文學研究叢書・現代文學叢刊

張愛玲異族論

陳勁甫　著

推薦序
一個優異的詮釋者

　　勁甫的碩博論都是我指導的。他說謝謝我，其實我才要感謝他。

　　勁甫念大學的時候，其實我並不認識他，他沒修過我的課，據說是搶不到。我聽其他老師說，系上有一個很有趣的學生，會學利菁的音色說話，很會主持節目，也擅長熱舞，有老師給他學期總成績九十九分。

　　當時就只是知道這個名字。

　　勁甫後來念了碩士班，拿一篇報告來問我，有關現代小說的處理方式。他說對現代小說很有興趣，喜歡看電影，也不排斥古典文學，如果沒意外的話，會研究古典戲曲。

　　很好啊。文學史上我最弱的就是明清戲曲，因此對學生要研究戲曲者，無不尊敬之祝福之。

　　在討論現代小說的過程中，我發現勁甫的文學概念很清楚，很好聊，不會問我如何追索「作者原意」這種低等問題，對於二十世紀一些新的文學批評方法也見視野。他懂得如何切入問題，知道重點是什麼。他有優越的表達能力，聰明，靈動，精準。

　　他不會要我說第二次。後來他去算命，問哪一個老師適合他，學術之路會走得比較順利？

　　聽說是觀世音菩薩選擇了我。

　　我的榮幸。

　　他說他想研究電影《霸王別姬》，我說本系是「文學」系，系上很多資深褊狹者不認為電影是泱泱本系的研究範疇。於是我們加了原

著小說進來，成為一本「文學與電影」領域的碩士論文。

他說他想放進張國榮。

張國榮？

他是演員耶！中文系的學位論文好像沒有人討論演員的。這時我也成了褊狹者（但不資深）。

為什麼可以呢？為什麼不可以呢？

於是開始討論開始寫。勁甫很敢想像，我們經常天馬行空的亂講亂想，什麼顏色都有，大笑之後多少有點啟發，想到之前沒想到的。

碩士論文口試那天，另兩位口試委員都讚美張國榮那章寫得好，很有觀點，我不敢相信我的耳朵。

本來以為那章會大大扣分，而我已經準備好如何回應他們的負面意見。

教學相長，果然是沒錯的。

勁甫又考上博士班。那時學校規定只有正教授才能指導博士生，若是副教授，要經系務會議通過；沒想到後來全面開放了，勁甫又到我的門下，要做張愛玲。

不是延續碩論比較快畢業嗎？這可是大轉彎。他願意，而且他短時間內熟讀張愛玲，這不是一件簡單的事。

很多學生沒辦法看張愛玲，無法深入縫隙與肌理，看是看完了，但說不出人物的心理動機與對白的潛台詞。

勁甫可以，他是一個優異的詮釋者。

論文之外，最難得的是，他有是非之心。他勇於為正義發聲，當有人在那邊倚老賣老為所欲為欺負同事的時候。（以下省略三萬字）他無畏無懼無視，簡直是天地間最陽剛者。

與其說勁甫是我的學生，不如說是我的一個很好的朋友。「亦師亦友」是最好的位置。如今，勁甫的博論修改後付梓為《張愛玲異族

論》，梳理張愛玲筆下多樣的外國人的文化意義。

　　張愛玲的小說裡確實有許多的外國人。說外國不精準，應該說在種族上的非華人，即異族。從第一篇〈第一爐香〉的喬琪喬開始，〈第二爐香〉的所有角色，〈紅玫瑰與白玫瑰〉的法國妓女，〈桂花蒸　阿小悲秋〉的哥兒達，隨便想想就一大票。為何張愛玲筆下這麼多異族人士？他們在上海與香港生存，各有各的風貌，這必須碰觸歷史、文化、種族、國族、殖民等深厚的內容，必須一一拆解其身分隱喻，以及張愛玲觀視的姿態。勁甫同時討論了種族混血與文化混血的問題，又更複雜了一層。

　　勁甫以他的能力與觀點，詮釋了這個現象的其然與所以然，確實在枝繁葉茂的張學論述中，貢獻了一番心力。長路在前，祝福勁甫。

鍾正道

東吳大學中國文學系副教授

自序
異國情調張愛玲

　　從香港回臺北的隔天早晨，睡意朦朧之際，手機鈴聲倏然大作。

　　叮玲玲玲玲玲——

　　接起電話，是熟悉的聲音：「你怎麼還沒報名博士班？」我被那平穩低沉的問句驚醒。望向桌上早已準備好卻遲遲未交出去的報名資料，起身洗漱後，我便匆匆騎車前往外雙溪。

　　那是二〇一六年四月份的事了，我至今依然清楚記得。

　　臺北是雨城，無人不曉。可正好那日，就是天氣晴朗。在去外雙溪的路上，回憶開始不停翻湧、回溯；想起當年初進校園時，愛徒樓仍是中文系學生上課的地方，熱舞社的據點也還在垃圾場旁邊。直到交出報名資料前，我都還在思考，從學士到碩士已經過去九年的時間，真的還要再繼續嗎？然後，也真就這樣又經過了七年的時間。

　　我將十六年的歲月，給了東吳。

　　想起碩士一年級時，我曾修習鄭明娳老師的「現代小說」課，印象極深。老師在課上要我們多讀魯迅與蕭紅，像這些關照社會、留心底層人民生活的才是真正的作家。在民國一眾才女裡素有「南張北蕭」之美稱。所謂「北蕭」自然是指蕭紅，至於「南張」則是指張愛玲。年輕時讀過的張愛玲篇目有限，散文如〈天才夢〉、〈愛〉，小說如〈紅玫瑰與白玫瑰〉、〈傾城之戀〉，就沒能再多了。反而因為現代小說課的緣故，我幾乎將蕭紅的著作讀了個遍：《生死場》、《商市街》還有令人震撼的《呼蘭河傳》。

　　那時，我還無緣得識張愛玲。

　　一直要到後來碰上鍾正道老師的「張愛玲專題」，才有了細讀張愛玲的機會。從〈金鎖記〉、〈第一爐香〉到〈色，戒〉；從小說、散文跨足到改編電影。系統性的閱讀與分析，好像終於明白，「張學」何以能成為「張學」。

　　發想博士論文階段，張愛玲也從來不是首選。張學一門深似海，多少學界前輩已經透徹研究張愛玲的方方面面。要再深挖，實非易事。但論文題目的探索卻依然輾轉思量未果，在正道老師的建議下，這才一腳踏進了張愛玲的世界。

　　而愈讀張愛玲的文字，愈發能察覺其中散溢著濃厚的「異國情調」（exotic）。神秘的印度公主薩黑荑妮、熱情的南洋女孩言丹朱、蒼白的混血公子哥喬琪喬、陰鬱的英國教授羅傑等等，在張愛玲的筆下，這些異族人物是那樣鮮活、立體。他們是作為中國人的對照；他們的文化、思想、價值觀，滲透進中國內裡，也潛移默化地影響著張愛玲對自身的建構與認同，還有觀看世界的方式。似乎，在討論張愛玲時，這是不可迴避的關鍵要素。有了前因，方能成就後果，《張愛玲異族書寫研究》於焉而生。

　　如今，這份論文即將付梓，思來想去《張愛玲異族書寫研究》稍嫌冗贅，故更名為《張愛玲異族論》，簡明扼要。

　　一路走來，由衷感謝指導我的鍾正道老師，在我生命最黑暗的時候，是您接住了我，讓我能重新走向有光的所在。謝謝張堂錡、許珮馨、莊宜文與楊佳嫻四位老師於口考時的指正和教誨；還有香港大學黃心村老師，曾給予我的鼓勵。從大學到研究所，得到太多師長教誨：感謝羅麗容老師、鄭明娳老師、沈惠如老師、謝靜國老師、林宜陵老師，政治大學的鄭文惠老師、紀大偉老師和陳佩甄老師；上海復旦大學的謝金良老師、周榮勝老師以及廣東中山大學的張海鷗老師。

　　負笈北上這些年，特別幸運有摯友黃璿璋、陳煒宗、張暘的陪

伴;「中華路暖暖窩」的彭瑩瑩、胡中瀚、張譯心;「東吳熱舞社」的老友曾婷揚、劉美伶;「老師麥擱假」的蘇韋靜、吳岱恩、沈子涵;「櫻桃老口」的彭筱媞、蔡炳源、劉依琳、沈婷茹、羅啟航;「臺北人 café」的陳復明、余致明、陳明明、陳霖霖一家,都是我最最溫暖的力量。還要感謝我的父親陳春生和母親吳美霞,是您們無條件的愛與信任,才使我能堅持走完這條艱難的路。

叮玲玲玲玲玲——

大夢初醒,我醒得徹徹底底。

噢,對了。那平穩低沉而熟悉的聲音,正是我的指導老師——鍾正道老師。

目次

第壹章
緒論

筆記裡偶然有狐仙幻化小人的故事，但是那又是一回事。——
原因可能是黃種人裡的漢族始終與小黑人隔離，漢族擴展後，
小黑人已經分投深山密林海島藏匿，東亞大陸上與小黑人共處
過的，走的走了，留下的沉沒在漢文化裡，失落了種族的回憶。
　　　　　　　　　　　　　　　　　　——張愛玲〈談看書〉[1]

第一節　〈談看書〉裡的人種學考察

　　張愛玲（1920-1995）對「人種」的關注是學界歷來默契的共同認知，她最早對人種學的閱讀與研究興趣，大概是從一九六五年左右開始的。她在那年十二月三十一日寫給夏志清（1921-2013）的信裡就寫及：「例如考古與人種學，我看了好些，作為一種逃避，尤其是關於亞洲大陸出來的人種。」[2]張愛玲對人種學的興趣一直延續到一九七四年四月她在《中國時報》人間副刊所發表的散文〈談看書〉，也同樣引述了大量人種學觀點，追蹤「小黑人」的種族傳說。

　　〈談看書〉開篇即談到紀昀（1724-1805）的《閱微草堂筆記》中，新疆傳說裡「有一尺來高的小人叫紅柳娃」[3]，並接著從紅柳娃轉

1　張愛玲：〈談看書〉，《惘然記——散文集二・一九五〇～八〇年代》（臺北：皇冠文化出版公司，2010年），頁40。
2　夏志清：《張愛玲給我的信件》（臺北：聯合文學出版社，2013年），頁36。
3　張愛玲：〈談看書〉，《惘然記——散文集二・一九五〇～八〇年代》，頁28。

向對夏威夷侏儒種族「棉內胡尼」（Menehune）的討論。張愛玲引述了人種學家瑟格斯（R. C. Suggs, 1932-2021）、魏達（A. P. Vayda, 1931-2022）、威廉・浩伍士（Howells, 1908-2005）、胡騰（E. A. Hooton, 1887-1954）、柏賽爾（J. Birdsell, 1908-1994）、庫恩（C. S. Coon, 1904-1981）、剛恩（S. M. Garn, 1922-2007）、考古學家莫維斯（H. L. Movius, 1907-1987）及語言學家戴安（I. Dyen, 1913-2008）等多位學者的研究論著，梳理了小黑人的種族源流、散布與遷徙路徑；並指出「不論小黑人變小是在亞洲哪一部份，從東亞去非洲，從西亞或南亞到東亞，新疆都是必經之地，應當有過小黑人。『紅柳娃』就是躲在紅柳樹林裡的小黑人」。[4]從新疆的紅柳娃到世界性的小黑人，張愛玲借用瑟格斯的說法，認為這是「出自一個共同的神話底層」所謂「種族的回憶」。[5]儘管這個「種族的回憶」終究是失落的，甚至張愛玲也自嘲自己企圖透過人種學知識來考證小黑人傳說的方法是「外行掉書袋」[6]的行為，但不可否認的是，在人種學的基礎上，張愛玲的確發展出一套屬於她的文藝／文學觀，且潛移默化地滲透進她的創作肌理之中。

此外，「種族的回憶」一詞還出現在後來的散文〈重訪邊城〉裡，張愛玲寫到臺北一座祀有神農的廟宇，她描述神農的形象「半裸，深棕色的皮膚，顯然是上古華南居民，東南亞人的遠祖。神農嚐百草，本來草藥也大都是南方出產，北邊有許多都沒有。草藥發明人本來應當是華南人。——是否就是『南藥王』？——至於民間怎麼會知道史前的華南人這麼黑，只能歸之於種族的回憶，浩如煙海的迷茫模糊的」。[7]那種失落的、浩如煙海的、迷茫模糊的「種族的回憶」，

4　張愛玲：〈談看書〉，《惘然記——散文集二・一九五○～八○年代》，頁39-40。

5　張愛玲：〈談看書〉，《惘然記——散文集二・一九五○～八○年代》，頁32。

6　張愛玲：〈談看書〉，《惘然記——散文集二・一九五○～八○年代》，頁44。

7　張愛玲：〈重訪邊城〉，《惘然記——散文集二・一九五○～八○年代》，頁177-178。

顯然是長久縈繞盤旋在張愛玲內心深處的。

那麼，既然對人種的考古是「外行掉書袋」，不妨就回到張愛玲再熟悉不過的文學範疇來看她如何談小黑人化身成童話故事裡的矮人、小仙人與小精靈。張愛玲列舉了華盛頓‧歐文（Washington Irving, 1783-1859）的小說《李伯大夢》（*Rip van Winkle*）和格林童話的《白雪公主與七矮人》（*Schneewittchen*）；兼而談及褐衣小人「勃朗尼」（Brownie）、穿綠的小人「艾爾夫」（Elf）、醜陋的老頭子「諾姆」（Gnome）與隱形、調皮淘氣的「格軟木林」（Gremlin）；她說：「西方童話裡超自然的成分，除了女巫與能言的動物，竟全部是小型人，根據小黑人創造的。美妙的童話起源於一個種族的淪亡──這具有事實特有的一種酸甜苦辣說不出的滋味。」[8]可見，在閱讀小說與童話的同時，張愛玲仍敏銳地察覺到文學裡早已淪亡的小黑人原型，足見其對種族的興趣仍在不斷衍生。

如果說〈談看書〉前面已經花了近三分之一的篇幅，針對小黑人傳說進行了詳盡的考古式挖掘，那麼中間的三分之一，張愛玲便是以文學和電影為例，展開一段社會人種學式的考究與論述。她仔細比對了諾朵夫（Charles Nordhoff, 1887-1947）與霍爾（James Norman Hall, 1887-1951）合著的小說《邦梯號上的叛變》（*Mutiny on the Bounty*），包括兩部據此改編的電影《叛艦喋血記》[9]，和密契納（James A. Michener, 1908-1997）與葛羅夫‧戴（A. Grove Day, 1904-1994）合著的散文集《樂園中的壞蛋》（*Rascals in Paradise*）；同樣都有關於「邦梯號」布萊（William Bligh, 1754-1817）船長的歷史記述，可兩者卻

---

8 張愛玲：〈談看書〉，《惘然記──散文集二‧一九五〇～八〇年代》，頁43-44。

9 張愛玲在文中說到她看過兩部《叛艦喋血記》的電影，一次是一九三五年查爾斯‧勞頓（Charles Laughton, 1899-1962）參演的版本，一次則是一九六二年馬龍‧白蘭度參演的版本。

選擇了相異的敘事策略。諾朵夫、霍爾寫叛艦「覓得桃源好避秦」之後就不提了[10]；馬龍‧白蘭度（Marlon Brando, 1924-2004）主演的電影卻在結局加上「大副克利斯青主張把船再駛回英國自首，暴露當時航海法的不人道。水手們反對，當夜有人放火燒船，斷了歸路，克利斯青搶救儀器燒死」[11]，給故事增添一個悲壯的收梢，頗具童話色彩。密契納、葛羅夫‧戴的版本，則根據近人對有關文件的研究，替布萊船長翻案，且寫他對於太平洋冒險的貢獻，是更為貼近史實的；尤其在最後寫到克利斯青強佔土人妻子，被土人開槍打死；張愛玲說，如此結局「有人生的諷刺，使人低徊不盡」。[12]

〈談看書〉最後的三分之一，張愛玲則是以郁達夫（1896-1945）常用的新名詞：「三底門答爾」（sentimental）[13]的概念，進入對「社會小說」、「記錄體」的探討與分析，從文類的角度談文學的「真實」問題。她認為：「諾朵夫筆下的《叛艦喋血記》與兩張影片都『三底門答爾』，密契納那篇不『三底門答爾』。……所謂『冷酷的事實』，很難加以『三底門答爾』化。」[14]然而，即使事實是冷酷的，但張愛玲卻喜愛那種從事實內裡發出來的真實的、錚然的「金石聲」。她就愛

---

10 張愛玲：〈談看書〉，《惘然記——散文集二‧一九五○～八○年代》，頁46。

11 張愛玲：〈談看書〉，《惘然記——散文集二‧一九五○～八○年代》，頁46-47。

12 張愛玲：〈談看書〉，《惘然記——散文集二‧一九五○～八○年代》，頁59。

13 張愛玲說：「『三底門答爾』（sentimental），一般譯為『感傷的』，不知道是否來自日本，我覺得不妥，像太『傷感的』，分不清楚。『溫情』也不夠概括。英文字典上又一解釋『優雅的情感』，也就是冠冕堂皇、得體的情感。另一個解釋是『感情豐富到令人作嘔的程度』。近代沿用的習慣上似乎側重這兩個定義，含有一種暗示，這情感是文化的產物，不一定由衷，又往往加以誇張強調。不怪郁達夫只好音譯，就連原文也難下定義，因為它是西方科學進步以來，抱著懷疑一切的治學精神，逐漸提高自覺性的結果。」參見張愛玲：〈談看書〉，《惘然記——散文集二‧一九五○～八○年代》，頁59-60。

14 張愛玲：〈談看書〉，《惘然記——散文集二‧一九五○～八○年代》，頁60。

看點真人真事，喜歡看比較可靠的歷史小說，因為其中有歷史傳記裡沒有的生活細節，能夠觸摸到另一個時代的質地。[15]

　　張愛玲的〈談看書〉，從人種的考古到帶有社會人種學觀察的書寫，展現了她豐富的人種學知識背景，如此視野又是從何而來？祝宇紅即指出，這與她對英、美人類學的接受和在香港大學求學時的許地山（1893-1941）教授，有十分緊密的關聯。[16]張愛玲自己也曾在〈談看書〉裡說：「學生時代在港大看到考古學的圖片，才發現了史前。」[17]難怪她極力地欲考察小黑人的傳說與其之後如何成為文學裡的小型人原型等，一系列關於人種的問題。

　　綜觀張愛玲〈談看書〉一文，參考人種學觀點，援引東西方文學典籍，談的是種族的回憶，也談文學真實的實踐。或許就像她自己說的，我大概是嚮往「遙遠與久遠的東西」[18]，因此我們才能不斷地在張愛玲的文本之中，看見她追尋種族的回憶與試圖留下種族的痕跡，並且是在生活細節裡真實觸摸到那個時代，關於種族的形象與質地。祝宇紅說：「或許，從晚期散文溢於紙面的人類學話語入手，可以找

---

15 張愛玲：〈談看書〉，《惘然記——散文集二‧一九五〇～八〇年代》，頁66。

16 祝宇紅指出：「張愛玲在港大接觸人類學，應該主要來自許地山的影響。〈談看書〉中張愛玲關注人種學、語言學，包括對美國學界對人種學殖民主義色彩的反思和批判，這些都顯示了她對美國當代人類學發展的追蹤關注，而她對叛艦人員在辟坎島經歷的一再辨析透露出獨特的文化退化、宗教問題等獨特視角，這屬於典型的二十世紀初英國人類學的學術觀點。有關小黑人的研究也是二十世紀初起就非常關注的一個人類起源問題，這種人類學視野與許地山在英國牛津所接受的人類學傳統極為相近。」此外，根據早張愛玲一年入學（1938年）港大中文系，後來成為歷史學家的金應熙（1919-1991）的回憶表示：「當時中文系只有三位老師，其中許地山負責歷史、哲學的大多數課程，……對西方社會學、人類學、心理學各派主張和代表著作，詳細評介，對我有很大的啟發。」參見祝宇紅：〈如何讀張愛玲散文？——一份基於人類學視野的考察〉，《現代中文學刊》2020年第4期，頁30-31。

17 張愛玲：〈談看書〉，《惘然記——散文集二‧一九五〇～八〇年代》，頁44。

18 張愛玲：〈談看書〉，《惘然記——散文集二‧一九五〇～八〇年代》，頁44。

到打開閱讀張愛玲散文的另一扇門。」[19]我想,張愛玲對人種的關
注,絕不僅只在散文之內,若從人種的視角再深入觀察,那麼也許我
們還可以在她的小說甚至信件裡,找到閱讀張愛玲的又另一扇門。

　　然而,在仔細閱讀張愛玲的各類文本後能明顯發現,與其說她試
圖描述的是各國「人種」(或稱「種族」,race),不如說她書寫的是
更趨近於「族群」(或稱「族裔」,ethnic)的概念。「Ethnic」強調的
是「社會建構、文化傳統以及族群團體,在自我建構本身認同,並透
過這個方式來排除非我族裔的種種行為和社會性的自我鞏固過程」。[20]
張愛玲不單純只呈述在滬、港的各國人種,其在外表膚色、面孔特徵
上的種族差異;她更著力於體現的是相異的族群之間,行為、性格乃
至文化和社會層面的不同。綜觀張愛玲的創作文本,內容充滿英國、
印度、南洋、日本等各種族群,形成張愛玲特殊的多元異族文本世
界。因此本書採取「異族」(相異的族群)一詞來全面統攝張愛玲筆
下的外國人,在種族、文化、社會等多重面向上的差異展示。有關張
愛玲的「異族」書寫是如何形塑、建構而成?如何實踐於小說創作的
各國人物形象上?異族書寫對張愛玲而言又具有何種特殊意義與價
值?遂成為本書研究的起點。

第二節　上海與香港「華洋雜處」的城市景觀

　　正如張愛玲在〈談看書〉裡的自述:「學生時代在港大看到考古
學的圖片,才發現了史前」;加上港大時期對人類學知識的接受,顯
然,張愛玲對不同族群的關注很早就有跡可循。張愛玲在寫上海的散

---

19 祝宇紅:〈如何讀張愛玲散文?——一份基於人類學視野的考察〉,頁27。
20 廖炳惠編著:《關鍵詞200:文學與批評研究的通用辭彙編》(臺北:麥田出版公司,
　　2003年),頁222。

文〈公寓生活記趣〉時，向讀者公布了她日常生活的秘密：「夏天家家戶戶都大敞著門，搬一把籐椅坐在風口裡。這邊的人在打電話，對過一家的僕歐一面熨衣裳，一面便將電話上的對白譯成了德文說給他的小主人聽。樓底下有個俄國人在那裡響亮地教日文。二樓的那位女太太和貝多芬有著不共戴天的仇恨，一搥十八敲，咬牙切齒打了他一上午；鋼琴上倚著一輛腳踏車。不知道哪一家在煨牛肉湯，又有哪一家泡了焦三仙。」[21]張愛玲為我們展示的，除了是一九四〇年代上海一處公寓裡日常生活的各種聲響與氣味，還有只聽得懂德文的小主人、教日文的俄國人，這般多元族群並存，宛如世界村的情景，自然是與上海當時的時空背景息息相關。

另外，張愛玲在寫港大經歷的散文〈燼餘錄〉中，前幾段則提到了香港戰爭期中，每個人不同的心理反應。她說，來自馬來半島一個偏僻小鎮的蘇雷珈，在炸彈侵襲學校宿舍時，沒有忘記要帶上她最顯煥的衣服；來自中國內地的艾芙林，是第一個受不住的人，歇斯底里起來，大哭大鬧；「中國－阿拉伯」混血的炎櫻（1920-1997）特別膽大，冒死上城去看電影，回宿舍後，即使流彈打碎了浴室的玻璃窗，她也還能從容地潑水唱歌。[22]張愛玲港大的同學們，除了中國人以外，還有馬來人與雜種人等等，不同的社會／文化背景致使他們在面對戰爭時做出了不一樣的反應。而香港也和上海一樣，都是不同族群的匯聚之地。

再看散文〈到底是上海人〉開篇第一段：「一年前回上海來，對於久違了的上海人的第一個印象是白與胖。在香港，廣東人十有八九是黝黑瘦小的，印度人還要黑，馬來人還要瘦。」[23]張愛玲對上海

21 張愛玲：〈公寓生活記趣〉，《華麗緣——散文集一・一九四〇年代》（臺北：皇冠文化出版公司，2010年），頁39。
22 張愛玲：〈燼餘錄〉，《華麗緣——散文集一・一九四〇年代》，頁66-67。
23 張愛玲：〈到底是上海人〉，《華麗緣——散文集一・一九四〇年代》，頁11。

人、廣東人、印度人和馬來人形貌體態的比較，看似隨口道來，其實
正透露出某種族群觀點；也同時反映了上海、香港，族群複雜共處、
彼此對照的城市樣貌。

　　除了對不同族群的記述之外，張愛玲在幾篇散文裡，更是直接將
不同族群的各類文化放在一起參考對照，頗有社會／文化人類學裡民
族誌書寫的意味。像是〈忘不了的畫〉裡，談到了美國、中國和日本
畫家在繪製妓女形象時所產生的不同視角；〈談音樂〉裡，不僅論西
洋與中國的樂器和音樂，也說到蘇格蘭的民歌、南美洲的曲子；〈談
跳舞〉裡，更是將中國、美國、暹羅、馬來、印度、日本的舞蹈全都
放在一起討論。借用祝宇紅的說法，這些是最能夠體現「文化人類
學」和「比較人類學」視野的隨筆文章。[24]確實，張愛玲對族群的書
寫，已然深入她所有日常生活的細節裡。若我們再閱讀她的小說創
作，必然也不難察覺，各種「雜七咕咚的外國人」亦大量充斥其中。
而之所以會造就族群紛呈、華洋雜處的奇特景象，則還得說回上海與
香港的租界／殖民歷史。

　　上海是中國近代租界史的肇端，所謂租界，即「租借地界」之意。
一八四三年十一月，第一任英國駐上海領事巴富爾（George Balfour,
1809-1894）宣布，正式於上海開闢英租界，對外開埠通商。隨著英國
在上海成功設立租界，美、法兩國也先後於一八四八年十一月及一八
四九年四月，分別在上海設立租界。據楊曼芬說法：「二十世紀中葉
上海城北的英、美、法三國租界，被當時華人稱為『夷場』，後來改
稱『洋場』。租界因為最初長為十里，所以又稱『十里洋場』。清政府
對『夷場』、『華洋分居』的格局頗為滿意，……隨著太平軍逼近江
南，特別是一八五三年小刀會起義，大批華人湧入租界避難，『華洋

---

24 祝宇紅：〈如何讀張愛玲散文？──一份基於人類學視野的考察〉，頁32。

分居』的格局旋被打破，租界成了『華洋雜處』、『五方雜處』的局面。」[25]直到一九三七年中日爆發淞滬會戰，上海於是年十一月遭日軍攻佔，惟有租界，形成所謂的「孤島時期」；一九四一年底，太平洋戰爭爆發，上海進入「淪陷時期」，直到一九四五年日本戰敗投降，「十一月二十四日，南京國民政府外交部正式對外發布《接收租界及北平使館辦法》，宣布收回上海租界，將原公共租界和法租界直接併入上海市政府轄區。此後，以戴高樂為首的法國臨時政府，於一九四六年二月二十八日，與中國政府簽訂了《關於法國放棄在華治外法權及其有關特權條例》，追認了中國政府對法租界的收回」。[26]上海租界前後歷時近百年的時間，至此方告終結。

香港方面，則是在鴉片戰爭（1840-1842）後，正式割讓給英國，成為英屬殖民地。雖然從人口組成的成分和比例看來，香港基本還是華人（尤其是廣東人）為主，「不過，從英國人踏足香港至九七回歸，主導香港社會發展的是佔總人口不到一成的西方人，包括英國人、葡萄牙人、美國人、德國人、法國人、西班牙人、荷蘭人、意大利人等；其中又以英國人、葡萄牙人佔多數」。[27]到了一九四一年十二月八日，日本空襲香港後，香港進入了「淪陷時期」（1941-1945）。直至一九四五年日本戰敗投降，英國才又伺機採取行動，宣布英國重佔香港，並恢復香港政府的運作。[28]

若將張愛玲的生命歷程與滬（租界）／港（殖民）歷史相互對照，她生命中的幾個重要時刻，正巧都與兩座城市的歷史進程緊密貼

---

25 楊曼芬：《矛盾的愉悅：張愛玲上海關鍵十年揭秘》（臺北：秀威資訊科技公司），頁114。

26 姜龍飛：《上海租界百年》（上海：文匯出版社，2008年），頁356-357。

27 劉志鵬、劉蜀永：《香港史——從遠古到九七》（香港：香港城市大學出版社，2019年），頁149。

28 劉志鵬、劉蜀永：《香港史——從遠古到九七》，頁299。

合。張愛玲於一九三九年離開上海前往香港就讀香港大學，此前，正好遇上淞滬會戰，經歷了上海的「孤島時期」；一九四一年又恰逢香港「淪陷時期」；一九四二年，張愛玲重返上海，這時的上海已是「淪陷時期」；一九五二年，當她再赴香港時，香港又再次回到英國手裡。如此天時、地利，成就了張愛玲的傳奇人生和文學生涯，如同柯靈（1909-2000）所言，這簡直就是「命中注定，千載一時，過了這村，沒有那店」[29]的事情。上海與香港「華洋雜處」的城市景觀看得多了，自然才能促成張愛玲從近乎人類學家的立場，以類似民族誌的田野調查之眼光，描繪和想像在上海與香港的各國族群。或可說，也惟有通過如此龐大的異族書寫，才能完整透視張愛玲眼裡的中國。

第三節　文獻回顧與檢討

唐文標（1936-1985）曾在〈私語張愛玲〉中，發出一則提問：「張愛玲也算得一個時代的見證人嗎？」他羅列了幾項因素，試圖拼湊一個「古代的迷失神盒」，他認為通過這些因素，可以呈現一些時代的遺憾、無奈和荒涼：

上海

百年來的租界，都會

中國最大的出納港口

資本主義式都市的商人、市民

新興的知識分子

---

29 柯靈：〈遙寄張愛玲〉，子通、亦清主編：《張愛玲評說六十年》（北京：中國華僑出版社，2001年），頁384。

張愛玲

　　傳統的官僚家庭，制度

　　沒落的逃避到租界的居民

　　新舊交接期的知識人

淪陷區

　　戰爭中的颱風眼

　　困居的小市民

　　夾縫下生活的知識販賣者

還有

　　抗戰的民族主義氣氛

　　血淚交流的中國人的悲哀

　　物質困乏下的生活、遊戲

　　中國勝利後的憧憬

　　…………[30]

在唐文標列出的一系列詞句中，基本囊括了張愛玲文學與人生的各種重要因素。特定的歷史時刻、特殊的城市景觀、家族的傳統遺存、西方文明／文化的介入等等，思想和物質層面兼備，彷彿已能完整證明，張愛玲確實算得上是一個時代的見證人。可惜的是，作為早期研究張愛玲學者之一的唐文標，顯然還來不及將張愛玲的「異族書寫」問題，放入那個古代的迷失神盒之中。再後來的研究者們，雖然也多少都曾觸及於此，但大多只是稍作闡述或僅僅處理了外圍問題；至今為止，我們仍然尚未得見一本關於張愛玲異族書寫研究的專書寫成。

---

30 唐文標：〈私語張愛玲〉，《張愛玲研究》（臺北：聯經出版事業公司，1976年），頁98-199。

不過，在大量的張愛玲相關研究文獻裡，還是有不少精彩的論文，值得關注。

　　首先是溫毓詩寫於二〇〇〇年的碩士論文《張愛玲文本中的人物心理與殖民文化研究》[31]，文中表格化整理了張愛玲小說裡所出現的外國人（包括留學生、混血兒在內），並用了其中一章，探討這些處在租界／殖民社會中的異國族群，他們的人際社交狀況、白種人的種族優越感、矛盾壓抑的心理狀態，還有雜種人複雜的種族認同，以及種族心理差異、民族性衝突、文化認同焦慮等問題。其次，張安怡寫於二〇〇八年的碩士論文《張愛玲小說人物淵源之研究》[32]，則花了約莫兩節的篇幅，從白種人的殖民優越與壓抑、黃種人的亞文化身分、雜種人的生存困境，到接受文化衝擊的留學生與文化雜交而生的華僑群體等面向，談華洋交錯、文化衝擊下的種族人物塑形問題。本書受溫毓詩、張安怡論文研究之啟發甚大，兩人的觀點，亦成為本書相當有力的立論基礎。不過，上述研究依然還停留在關於租界／殖民文化、都市空間對各國人種的影響與形塑；更加細微的族群問題，乃至更多元的跨地域／跨文化族群比較（如印度、南洋和日本人），談得並不完整。

　　期刊論文方面，祝宇紅的〈如何讀張愛玲散文？——一份基於人類學視野的考察〉，從人類學觀點重新閱讀張愛玲〈談看書〉與〈談看書後記〉兩篇，爬梳張愛玲在考古小黑人傳說背後，引出了有關張愛玲對文學原型、小說藝術形式與真實的關係等文學命題的思考；鍾希的〈顯隱之間——從《談看書》系列看張愛玲後期寫作〉則透過

---

31 溫毓詩：《張愛玲文本中的人物心理與殖民文化研究》（高雄：國立中山大學中國語文學系碩士論文，2000年）。

32 張安怡：《張愛玲小說人物淵源之研究》（臺北：中國文化大學中國文學系碩士論文，2008年）。

〈談看書〉看見張愛玲持續關注的對象「全都是那些在歷史、地理、社會層面為主流所遺忘、所曲解、所壓抑、所邊緣化的種族裔群」。[33] 兩篇文章詮釋〈談看書〉與〈談看書後記〉之觀點，亦是強化本書研究張愛玲人種書寫的初衷和動機之關鍵。

再者，有幾篇文章是從文化／社會視角切入，敘述他者（異族）和自我（中國）的相互對照關係，且著重在「外國女人」與「中國女人」之間所展現的差異和共通性。黃萬華的〈異族、「他者」形象：戰時中國文學的一種尋求〉，即認為張愛玲「不僅僅是真實呈現香港、上海的『洋場』生態，更是在借助於『異族』、『他者』形象探尋著小說主人公的『身分』，而這種探尋實際上也在探尋著自我」。[34]韋莉莉的〈言說「他者」言說自我──張愛玲筆下的外國人形象〉，聚焦在談張愛玲小說裡的「外國女人」，在他者（外國女人）與自我（上海女人）的相互言說裡，表述著張愛玲自己對「那個時代、那座城市、女性本質、男女關係等問題的理解與思考」。[35]陳淑瑞的〈因為懂得，所以慈悲──論張愛玲小說中的外國女人形象〉，則談張愛玲對「外國女人」的形象描寫，是「由表及裡、層層深入，力圖把表象下的真相呈現出來；其次這些女性在男性面前也多承受著被擺佈、被欺侮的淒慘命運，表面的光鮮豔麗掩不了情感的無奈，也抵不過現實的壓力」。[36]石萬鵬、劉傳霞在〈中國現代女作家異國女性形象書寫與

---

33 鍾希：〈顯隱之間──從《談看書》系列看張愛玲後期寫作〉，《華文文學》2015年第126期，頁76。

34 黃萬華：〈異族、「他者」形象：戰時中國文學的一種尋求〉，《文史哲》2002年第3期，頁106。

35 韋莉莉：〈言說「他者」言說自我──張愛玲筆下的外國人形象〉，《廣州廣播電視大學學報》2002年第2期，頁51。

36 陳淑瑞：〈因為懂得，所以慈悲──論張愛玲小說中的外國女人形象〉，《濟南職業學院學報》2016年第3期，頁88。

自我身份認同——以陳衡哲、冰心、張愛玲筆下的異國女性形象為例〉中，也以〈第二爐香〉的蜜秋兒太太、〈傾城之戀〉的薩黑荑妮和〈年青的時候〉的沁西亞等小說人物為例，說明張愛玲打破中／西、弱／強、落後／先進、主體／他者的二元對立論點，建構多重主體之間的交互關係；並認為張愛玲描繪異國女性形象的重心並不在凸顯中西文化、中國人與外國人的差異，「而是著重書寫他們作為脆弱人類的相通性」。文中亦強調，「這些異國女性形象既是中國現代知識女性文化想像的產物，也是自我身分建構的結果」。[37]孫名謠、馮傅禕的〈談張愛玲小說中的異國人形象——以《傳奇》為例〉，持續探討張愛玲「小說中的異國形象不僅僅是一個文學形象，更是一個文化形象，代表著作家和本土民族對異國的看法和態度」。[38]至於任茹文的〈論張愛玲小說中的陌生異族形象〉[39]，從異族形象裡反思的是，張愛玲自身的族裔認同和中國意識。還有趙園於一九八二年發表的〈開向滬、港「洋場社會」的窗口——讀張愛玲小說集《傳奇》〉[40]，算是很早便注意到張愛玲小說中生動描繪出滬／港「洋場社會」，是如何構成了張愛玲小說獨特藝術的文章。以上幾篇論文，論及張愛玲筆下關於不同族群的書寫問題時，主要圍繞在她如何經此建構自我身分認同，或是通過中外文化與上海、香港華洋雜處的城市／社會景況，體察張愛玲如何展示其異國觀點。這對本書在處理「異族書寫具有何種

37 石萬鵬、劉傳霞：〈中國現代女作家異國女性形象書寫與自我身份認同——以陳衡哲、冰心、張愛玲筆下的異國女性形象為例〉，《名作欣賞》2017年第10期，頁74。

38 孫名謠、馮傅禕：〈談張愛玲小說中的異國人形象——以《傳奇》為例〉，《遼寧師專學報（社會科學版）》2018年第3期，頁20。

39 任茹文：〈論張愛玲小說中的陌生異族形象〉，《中國現代文學研究叢刊》2016年第6期，頁25-33。

40 趙園：〈開向滬、港「洋場社會」的窗口——讀張愛玲小說集《傳奇》〉，子通、亦清主編：《張愛玲評說六十年》，頁400-413。

意義與價值」的問題上，深具參考價值。

　　此外，還有四篇文章同樣處理了張愛玲筆下的外國人與外國文化。第一篇是喬麗華的〈張愛玲筆下「雜七古董的外國人」〉[41]，從張愛玲的混血好友炎櫻說起，概略點名了張愛玲筆下的外國人和雜種人，說他們這些漂泊在香港、上海的「雜七古董」的人「是異族，是闖入者，可他們也有慾望，有掙扎」。但可惜就止於點名，而無更多分析。其餘三篇則以更為聚焦的方式進入文本，析論張愛玲對各別族群及其文化的觀察、想像與理解。陳煒舜於「虛詞」網站刊出的文章〈從艾許母女到喬琪喬──張愛玲小說與電影中的混血男女們〉[42]，雖然主要討論的是許鞍華導演的電影《第一爐香》（2020），但文中亦提到了〈紅玫瑰與白玫瑰〉的男主角范柳原在路上遇見艾許太太和她的混血女兒；陳煒舜對此從混血社群史觀點出發，解釋了身為中英混血兒的艾許小姐，那種高（洋）不成，低（華）不就的尷尬處境。池上貞子的〈張愛玲和日本──談談她的散文中的幾個事實〉[43]，就張愛玲的〈忘不了的畫〉、〈談跳舞〉和〈雙聲〉三篇散文，說明張愛玲如何看日本人與日本書化。陸洋的〈戦時期における張愛玲の散文：日本書化観と日本人観をめぐって〉[44]，則更加全面探究張愛玲的日本人／日本書化觀，甚至將張愛玲的「日本美男子」圖畫也一併納入

---

[41] 喬麗華：〈張愛玲筆下「雜七古董的外國人」〉，《文匯讀書周報》第1699號第3版，2018年6月24日。

[42] 陳煒舜：〈從艾許母女到喬琪喬──張愛玲小說與電影中的混血男女們〉，虛詞，2021年12月16日，取自https://p-articles.com/critics/2642.html，瀏覽日期：2023年3月18日。

[43] 池上貞子：〈張愛玲和日本──談談她的散文中的幾個事實〉，楊澤編：《閱讀張愛玲：張愛玲國際研討會論文集》（臺北：麥田出版公司，1999年），頁83-102。

[44] 陸洋：〈戦時期における張愛玲の散文：日本書化観と日本人観をめぐって〉，《JunCture：超域的日本書化研究》第10期（2019年3月），頁158-173。

討論。此三篇文章,對本書欲繼續深入挖掘張愛玲異族書寫的研究來說,也有很大的助益。

最後,尚須提及的是止庵、萬燕的《張愛玲畫話》[45]、夏蔓蔓的《南洋與張愛玲》[46]和黃心村的《緣起香港:張愛玲的異鄉和世界》[47]。《張愛玲畫話》可以拆成止庵和萬燕兩個部分,其中萬燕在她的「生命有它的圖案」一章裡,對張愛玲的各國人像圖畫作有詳細的闡述。夏蔓蔓的《南洋與張愛玲》,從題名就能得知,是關注張愛玲的南洋人與南洋文化書寫的著作。書中從張愛玲的小說、散文、電影劇本和自傳小說／小說自傳(《小團圓》)等面向,仔細整理了張愛玲的南洋書寫所反映的歷史文化價值與意義。黃心村的《緣起香港:張愛玲的異鄉和世界》,不僅對張愛玲筆下所描繪的香港大學歷史教授佛朗士,有相當完整的爬梳和考究;書中第五章「東洋摩登:張愛玲與日本」,重塑了張愛玲的日本遭遇並予以細緻的詮釋;第八章「匯流:世界的張愛玲」,則將張愛玲放入世界文學理論體系的脈絡中,重新審視張愛玲的身分歸屬、文化／文學意義,見解精闢而獨到。以上,皆是本書特別著重參考的三本專書論著。

回望過往,不難發現,有關張愛玲「異族」書寫研究的文獻資料,在龐雜的張學研究領域裡,仍是較為稀缺的。可是,為何張愛玲在晚年創作的散文〈談看書〉(1974)和〈重訪邊城〉(1982年以後)裡,依然會心心念念那個失落的、浩如煙海的、迷茫模糊的「種族的回憶」?張愛玲又是怎麼描繪異國族群?她筆下的各國人物又具備哪些特質與形象?對張愛玲自身又具有何等意義?這些都是亟待處理的

---

45 止庵、萬燕:《張愛玲畫話》(天津:天津社會科學院出版社,2003年)。

46 夏蔓蔓:《南洋與張愛玲》(新加坡:玲子傳媒私人有限公司,2017年)。

47 黃心村:《緣起香港:張愛玲的異鄉和世界》(香港:香港中文大學出版社,2022年)。

問題。而也惟有重新檢視張愛玲的異族書寫，才能為廣袤無垠的張學研究，為那個闕漏的古代迷失神盒，再添上一項不容忽視的重要因素。

第四節　研究範圍與方法

從一九四〇年代到一九九〇年代，張愛玲筆耕不輟五十多年，作品多不勝數，文類涵蓋小說、散文、書信等等，且中文、英文皆有。有鑒於其數量之龐大，本書決定先將研究範圍聚焦在張愛玲的「中文創作」之內，至於她赴美後寫成的諸如《易經》、《雷峰塔》、《少帥》等英文創作與美國人的相關書寫內容，則留待日後若有機會再行討論。而在版本方面，本書則以皇冠出版社於二〇一〇年發行的「張愛玲典藏新版」為主。

本書題名為：「張愛玲異族論」。顯然，這是一個相當複雜而龐大的命題。張愛玲對各國族群的考察、觀看與想像，於小說、散文和書信裡，無所不在。她身處的上海與香港，也因其租界／殖民背景乃至後來的相繼淪陷，進而成為了華洋雜處、多元文化混合的城市。究竟，張愛玲在她的時代裡，兩座城市中，將哪些異國族群收進了創作之中？溫毓詩曾以表格方式，作過一次整理。[48]在她所列的表格之中，把張愛玲小說中的人物角色概略分成「留學生、英屬大學生或具有旅外經驗者」、「殖民地中的外國人」與「殖民地中的混血兒（雜種人）」三種類別。本書則將按不同族群，重新梳理張愛玲「小說」中現身的各國人物，列表如下：

---

48 參見溫毓詩：《張愛玲文本中的人物心理與殖民文化研究》，頁69-71。

一、英國人：

篇名	英國人
〈第二爐香〉	羅傑安白登／蜜秋兒太太／靡麗笙／愫細／巴克／凱絲玲／毛利士／麥菲生夫婦 佛蘭克丁貝／克荔門婷（愛爾蘭）
〈紅玫瑰與白玫瑰〉	艾許太太
〈連環套〉	湯姆生／鐵烈絲／米耳
〈浮花浪蕊〉	咖哩太太／李察遜先生
《小團圓》	勞以德／安竹斯／唐納生小姐／馬壽 場文斯雷探長（蘇格蘭）

二、印度人：

篇名	印度人
〈傾城之戀〉	薩黑荑妮
〈第二爐香〉	摩興德拉
〈連環套〉	雅赫雅・倫姆健／發利斯・佛拉
〈色，戒〉	巴達先生

三、南洋人：

篇名	南洋人
〈紅玫瑰與白玫瑰〉	王嬌蕊（新加坡華僑）
〈傾城之戀〉	范柳原（馬來亞華僑）
〈心經〉	酈彩珠
《小團圓》	雷克（馬來亞）／李先生（馬來亞華僑） 柔絲（馬來亞華僑）／林醫生（馬來亞華僑） 嚴明昇（僑生）

四、雜種人：

篇名	雜種人
〈第一爐香〉	喬琪喬（中國－葡萄牙） 周吉婕（多國混血）
〈第二爐香〉	哆玲妲（猶太－英國）
〈茉莉香片〉	言丹朱（中國－南洋）
〈連環套〉	吉美（中國－印度）／瑟梨塔（中國－印度） 屛妮（中國－英國）
《小團圓》	比比／安姬／焦利 亨利孃孃（中國－葡萄牙）

五、其他：

篇名	其他
〈桂花蒸　阿小悲秋〉	哥兒達（外國人）
〈創世紀〉	格林白格夫婦（猶太人，領葡萄牙護照）
〈浮花浪蕊〉	葛林（猶太裔英國人）
〈第一爐香〉	亞歷山大・阿歷山杜維支（俄國）
〈年青的時候〉	沁西亞・勞甫沙維支（俄國）
〈連環套〉	梅臘妮（葡萄牙）
〈同學少年都不賤〉	汴・李外（猶太）
《小團圓》	范斯坦醫生（德國）／夏赫特（德國） 汝狄（美國）

以上表格，是依循張愛玲「小說」中現身的各國人物所製成。而本書主要欲聚焦討論的是英國人、印度人、南洋人和雜種人，除此之外，尚有日本人。但因張愛玲在小說中對日本人的描繪，除了有《小團圓》裡的「荒木」，其他幾乎都集中體現在散文創作之上，故未將

其納進表格裡。至於其他描述較少的族群（猶太人、俄國人、葡萄牙人、德國人等）以及美國人，將不納進本書的討論範圍。而本書除了以張愛玲的小說為本，其豐富的散文和書信等中文創作，甚至包括圖畫在內，亦皆是本書著重參考、分析之對象。

　　研究張愛玲的異族書寫，不可迴避的還有其對各國文化的體驗和感受。畢竟，光從〈談看書〉的寫作模式即可察覺，張愛玲在文章後半，轉向了接近社會／文化人類學的討論。若細究其小說、散文、書信等各類文本，也能讀出一種「絕口不談來歷，只研究社會習俗，以資切磋借鏡」[49]的企圖。甚至，張愛玲在文中還提到了美國社會人種學家路易斯（Oscar Lewis, 1914-1970）以「錄音帶」記下受訪對象的自述所寫成的作品《拉維達》（*La Vida*）。在她看來，路易斯這種不多加干涉，盡量保留人物真實口吻的記錄體書寫形式，有種「含蓄」的味道，其與中國小說接近自然的技術有異曲同工之妙。而張愛玲也表示，這種「含蓄最大的功能是讓讀者自己下結論」。[50]循此，本書將在「族群」的基礎之上，走進張愛玲描述異國文化／社會的文字縫隙裡，試圖完整呈述其之於種族、文化、社會的認知和理解；並具體而微的闡述張愛玲的異族書寫，又搭建起怎樣的文學圖景和認同機制。

　　本書在研究方法上每章各有偏重，以下將分別敘述各章所借用之理論方法。首先，在討論張愛玲面對英國人的部分，我採用了後殖民理論學者薩依德（Edward W. Said, 1935-2003）的「東方主義」論述。薩依德曾言：「東方主義者真正的專業，是將不平等供入廟堂，產生特殊的弔詭。」[51]而張愛玲文本中，在滬／港的英國人，便是將

---

49 張愛玲：〈談看書〉，《惘然記──散文集二・一九五○～八○年代》，頁45。

50 張愛玲：〈談看書〉，《惘然記──散文集二・一九五○～八○年代》，頁74。

51 愛德華・薩依德（Edward W. Said）著，王淑燕等譯：《東方主義》（新北：立緒文化事業公司，1999年），頁221。

自己擺在不平等、失衡的位置上，這當中產生的特殊的弔詭，則是他們的種族優越感以及對東方充滿矛盾認同的心理狀態。且薩依德指出，東方主義者都期待能全面詮釋東方、重新組構東方，甚至企圖將東方的舊風貌挽回、恢復。[52]這種詮釋與重建，亦是張愛玲筆下的英國人對上海和香港的期待。而在探究張愛玲文本裡「不中不西」的中國人，如何迎合西方的凝視與想像時，則借用了美籍歷史學家阿里夫・德里克（Arif Dirlik, 1940-2017）和楊瑞松所提出的「自我東方化」論述，尤其是阿里夫・德里克認為，東方人「在與東方主義者接觸後，最終會導致東方人自己遠離本土社會」。[53]這足以說明，何以張愛玲筆下的中國人要處處模仿英國的習慣、行英國的規矩。

其次，在談張愛玲面對印度人與南洋人時，必須先將印度和南洋受英國殖民的歷史背景考慮在內。本章基本從印度和南洋的歷史視角切入，因為惟有先回溯印度／南洋歷史，才能幫助我們更好理解，張愛玲是如何描繪印度人／南洋人的形象與性格。本書發現，在張愛玲印度人、南洋人的書寫中，充滿了個人對於該族群／文化的主觀印象，我試圖導入法國史學家泰納（Hippolyte Adolphe Taine, 1828-1893）的社會歷史研究方法之理論。泰納曾將文學視為種族（la race）、環境（le milieu）與時代（le moment）交互作用下的產物，在其《英國文學史》（*Histoire de la Littérature Anglaise*）、《藝術哲學》（*Philosophie de l'Art*）以及《論智識》（*De l'Intelligence*）等著作中，也是從這三大因素作為文化推進的原動力。[54]以此回顧張愛玲對印度與南洋的種族

---

52 參見愛德華・薩依德著，王淑燕等譯：《東方主義》，頁231。

53 Arif Dirlik, "Chinese History and the Question of Orientalism," *History and Theory* 35.4 (Dec. 1996), p. 113.

54 有關泰納的理論主張與影響，可參見林巾力：〈建構「台灣」文學──日治時期文學批評對泰納理論的挪用、改寫及其意義〉，《臺大文史哲學報》第83期（2015年11月），頁7-13。

書寫，亦可發掘其對於不同族群的印象與想像源於「種族－環境－時代」的語境之中。若對照當時印度人、南洋人在上海的歷史資料，可發掘張愛玲的「刻板印象」其來有自，與當時眾多的報刊資源和歷史紀錄相符，這也形塑了張愛玲觀看印度、南洋的特殊視角：張愛玲一方面複製英國帝國主義、殖民主義的立場，將種族他者化，對其進行東方主義式的人類學考察；一方面又深入「東方」內部的多樣組成，在〈傾城之戀〉、〈連環套〉、〈茉莉香片〉、〈紅玫瑰與白玫瑰〉等作中皆可發現，中國、印度／南洋人之間又各自有其位階次序，展現族群的複雜差異。

復次，討論張愛玲描寫雜種人的部分，本書則就「文化混血」與「種族混血」兩面，援用了霍米・巴巴（Homi K. Bhabha）對民族「混雜性」（hybridity）的觀點與鄧津華的著作《歐亞混血：美國、香港與中國的雙族裔認同（1842-1943）》中提及的「歐亞混血」（Eurasian）之概念深入探究與分析。[55]霍米・巴巴對「民族」的理解，是一種「除了教化還有精神動力，能呈現文化差異與認同，允許摻搭（hybrid）的程度超過任何用等第或二元區分來解釋社會衝突的看法。」[56]這和張愛玲筆下返回中國的留學生們所產生的文化混雜性，相互對應。另外，鄧津華表示，混種的個人總是被隱蔽，特別是其「擾亂了殖民者與被殖民者、白人與非白人的界線，因而在民族主義

---

55 「Eurasian」一字發明於十九世紀初被英國殖民的印度，以此委婉的說法取代「半種姓」（half-caste）等貶抑標籤，且僅指歐裔父親與亞裔母親所生的子女。該名稱隨即散布到大英帝國的其他屬地，亦援用於北美洲和中國；其字義隨流傳過程而改變，因此在中國和北美，「Eurasian」可指歐裔母親與亞裔父親所生的子女。參見鄧津華著，楊雅婷譯：《歐亞混血：美國、香港與中國的雙族裔認同（1842-1943）》（臺北：臺大出版中心，2020年），頁11。

56 巴拔（Homi K. Bhabha）著，廖朝陽譯：〈播撒民族：時間、敘事與現代民族的邊緣〉，《中外文學》第30卷第12期（2002年5月），頁78。

及族群歷史的既定典範（paradigms）中成為問題人物」。[57]若用以論析張愛玲筆下在上海、香港雜種人的生存困境，同樣也應證了族群／文化混血的尷尬情境。此外，鄧津華提到混血兒還經常被認定是「同時受雙方鄙視」的群體。這也同樣展現在張愛玲文本中的雜種人身上。他們不僅受純種中國人的排斥，在純種西方人的社會中，亦不受到歡迎。不純正的血統、矛盾的身分認同，造就了張愛玲所描寫的雜種人在中西文化之間，趑趄游移的艱難處境。

　　最後，討論張愛玲與日本人的章節部分，本章在方法上先採取羅蘭‧巴特（Roland Barthes, 1915-1980）於《符號帝國》中所使用的符號學進路，觀察日本歷史、社會、文化、日常生活所構成的一系列符徵（signifier）與符旨（signified）的連結，釐清張愛玲在討論日本面具、柏青哥等物件符號的感覺、認知及其外延（denotation）與內涵（connotation）意義究竟為何。[58]而後在探討張愛玲形塑日本人性格特質時，我則援用露絲‧潘乃德（Ruth Benedict, 1887-1948）從文化人類學視角對日本人的觀察，指出「日本人，將矛盾的氣質詮釋到極致」。[59]潘乃德在《菊與刀：日本書化的雙重性格》中還提到了日本人

<hr>

57 鄧津華著，楊雅婷譯：《歐亞混血：美國、香港與中國的雙族裔認同（1842-1943）》，頁15。
58 巴特的《符號帝國》書寫的對象即是「日本」。本書延續巴特慣用的符號學術語：「符號」（sign）、「符徵」（signifier）、「符旨」（signified），以及相應的「外延意義」（denotation）和內涵意義（connotation）。巴特指出，「看似中性與中立的符號運作，卻充滿了權力階層的印記，其中主要的機制，就是在符號的外延與內涵意義的過渡間，隱密地安插一個武斷、符合有權者利益的評價，繼而透過大眾媒介的操作，把此一人為的痕跡抹除，加以自然化。」而張愛玲對日本各式文化符號的描繪和感知，亦同樣與巴特的符號學思路不謀而合。參見詹偉雄：〈使用羅蘭‧巴特〉，羅蘭‧巴特（Roland Barthes）著，江灝譯：《符號帝國》（臺北：麥田出版公司，2014年），頁22。
59 露絲‧潘乃德（Ruth Benedict）著，陸徵譯：《菊與刀：日本書化的雙重性格》（新北：遠足文化事業公司，2018年），頁5。

獨具的控制感（sense of control）、秩序感、集體感，這些日本民族的特質，正好在張愛玲筆下被細緻的描繪出來。當羅蘭・巴特、潘乃德以符號學、文化人類學的方式考察日本獨有的民族性時，我們或可將張愛玲對日本人的描述，也作為一種符號學、文化人類學式的觀察與創作。

第五節　章節架構與開展

　　本書在首章以後，分別以英國人、印度人／南洋人、雜種人與日本人為各章研究主題，從歷史、文化、社會等向度，檢視張愛玲各類文本（小說、散文和信件）中異國族群的性格特質以及作家對各族群的描繪與展示。在第貳章〈毛姆全集裡漏掉的一篇──張愛玲的英國人書寫〉中，主要論及在滬（租界）、港（殖民地）的英國人，他們獨特的身分背景與「東方主義式的凝視」；以及中國人「自我東方化」迎合西方凝視的扭曲現象；另外，還探究了張愛玲在描述英國人時，複雜的心理狀態究竟如何形成。本章先參照前英國首相波爾溫（Stanley Baldwin, 1867-1947）和美國文學家愛默生（Ralph Waldo Emerson, 1803-1882）對英國人特質的描述，再與張愛玲筆下的英國人相互對比，試圖從中探見張愛玲對英國人的想像，或許帶有隔膜、刻板的印象，但亦不乏有精準且相符的觀察。接著，討論張愛玲寫出英國人的東方主義視野、種族優越及其對東方（中國）的矛盾認同；並同時梳理張愛玲透過揭露、批判中國人迎合西方凝視之行徑與敘述英國人的負面形象，建立了一種對抗自我東方化的表述。張愛玲在寫英國人時，一方面因為母親和英國文學作家等關係，對英國帶有戀慕與欽羨；加上當時汪偽政權的反英美政策風行，則形成了張愛玲在欽羨英美文化與服務政策之間特別的創作表現；而張愛玲帶有理性、阻隔的眼光，更造

就了她對英國人既近又遠的距離和書寫。

　　第參章〈再強些也是個有色人種──張愛玲的印度人／南洋人書寫〉，因考慮到印度和南洋共同接受英國殖民之背景，故將其併作一章討論。我先從張愛玲描繪「印度巡捕」和他的「紅色頭巾」所代表的文化象徵談起，探討印度巡捕在上海「紅頭阿三」的形象，形成一種政治化、戲謔化的文化形式。其後，論及張愛玲如何展現受英國殖民影響的印度人與殖民母國英國人和中國人三者之間，複雜的社會階序問題。在深究印度人特質時，我援引了印度學者阿馬蒂亞・森（Amartya Sen）的觀點，與張愛玲筆下的印度人彼此對照。續之，則論張愛玲對印度人和印度文化的局限理解與刻板想像。南洋人方面，主要論及張愛玲受到中國「南洋熱」與英國對馬來人的刻板理解之影響，並對照馬來西亞社會學家賽胡先・阿拉塔斯（Syed Hussein Alatas, 1928-2007）談馬來人之性格特質，探見張愛玲對馬來人奇觀、失真的描繪。而有關南洋女性的書寫，張愛玲如何將其作為一種與中國女性的參照？南洋華僑部分，張愛玲又是如何持續以他者化視角闡述華僑亦中亦西亦南洋的生活型態？亦是本章著重探討之處。

　　延續前面兩章，在第肆章〈雜七咕咚的人──張愛玲的雜種人書寫〉裡，依然可見，雜種人深受西方文化的影響，使他們位處中、西之間，不斷游移擺盪。本章先處理了回到上海／香港的中國留學生，所展現的「文化混血」現象，探析張愛玲筆下從海外回到中國的留學生，類似的共同感受與經驗：不適應感、失落感和優越感，造就中國留學生成為現代中國社會裡獨特的文化混血景觀。而後，進入「種族混血」之範疇，先通過鄧津華的「歐亞混血」（Eurasian）理論，概述近代混血論述（一九四三年以前）的形塑過程，後討論張愛玲對雜種人的書寫，關注體貌特徵之外，亦著重於描寫雜種人身分認同與其在滬／港的尷尬處境。張愛玲筆下的雜種人雖多是中西混血，但仍有幾

個「中國－南洋」、「中國－印度」混血的雜種人。張愛玲「中國－阿拉伯」混血的好友炎櫻，深刻影響了張愛玲對這類非歐亞混血的雜種人的認知。本章最後，即從炎櫻與張愛玲的友誼說起，探討炎櫻作為張愛玲對雜種人形象的參考與來源，如何再現於文本創作裡。

　　第伍章〈情願是日本的文明——張愛玲的日本人書寫〉，建立在池上貞子、陸洋與黃心村等，對張愛玲遭遇日本人和日本書化的研究基礎上，繼續深入挖掘張愛玲對日本書化的欣賞和領受，以及對日本人性格特質與內在思想的呈述。本章從張愛玲於一九五五年秋天寫給鄺文美（1919-2007）的信件裡，所描繪的日本物件和景象開始探討，繼而論日戰遺緒、與胡蘭成（1906-1981）的婚戀，成為瑣碎的、縈繞不止的日常，侵入張愛玲的生命與書寫之中，使她必須學習日文，和親日的官員、友人來往等等。再者，從張愛玲的散文篇章裡大量對日本書化（包括和歌、浮世繪、舞蹈、電影、料理及和服衣料等）的觀察與記錄，除了可見作家對日本書化的細緻描繪，更能從中看到日本人矛盾的民族特性。此外，我還論及張愛玲試圖「童稚化」、「陰柔化」日本人的文字，實在反映她對當時日本官方宣揚的雄偉、陽剛形象，一種極具顛覆性的對抗。本章最後一節，兼而以《小團圓》中一段「日式表演」，進一步析論張愛玲如何將日本人的「典型」，「變型」為她與胡蘭成關係的隱晦詮釋。

第貳章
毛姆全集裡漏掉的一篇
──張愛玲的英國人書寫

> 在東方定居過的歐洲人，總是有一種自覺，他們與自己生活的
> 東方環境疏離，和周遭有不等稱的關係。
> 到了十九世紀中葉，東方就變成迪斯萊利所說的，是西方人的
> 事業，學者可重新建構、恢復東方，而且也可重建自我。
> ──愛德華・薩依德：《東方主義》[1]

　　後殖民理論學者薩依德在《東方主義》一書中，曾細緻梳理了十
九世紀時，西方國家對東方的想像與形塑。緒論裡開宗明義寫道：
「『東方』（The Orient）幾乎就是歐洲的一項發明，而且自古以來便
是一個充滿浪漫、異國情調、記憶和場景縈繞、令人驚艷的地方。」
[2]對於不曾旅居東方的歐洲創作者而言，他們憑空發明了「東方」，然
也正因為「憑空發明」而導致許多錯誤與歪斜的理解。

　　即使薩依德筆下的「東方」大多指涉的是中東及阿拉伯等伊斯蘭
教的東方，但「東方主義」的概念亦適用於中國。因為「東方這個
詞，代表的不只是整體亞洲東方的同義字，而且被認為象徵遙遠和異
國情調，……」。[3]薩依德的「東方主義」論述，和其所謂歐洲人對東

1　愛德華・薩依德（Edward W. Said）著，王淑燕等譯：《東方主義》（新北：立緒文
　　化事業公司，1999年），頁230、240。
2　愛德華・薩依德著，王淑燕等譯：《東方主義》，頁1。
3　愛德華・薩依德著，王淑燕等譯：《東方主義》，頁105。

方環境的「疏離」、「不等稱的關係」以及歐洲人如何透過恢復東方進而重建自我的認同過程，同樣也浮現於張愛玲小說裡在滬（租界）／港（殖民地）的英國人角色身上。

張愛玲小說創作的活躍年代（其第一篇正式刊出的小說〈第一爐香〉，發表於一九四三年四月），已是二十世紀中期。英國人在東方的殖民地也已從埃及、敘利亞、土耳其和印度[4]，擴張至更遠東的中國。尤其是作為張愛玲多數小說主要發生場景的上海（滬）和香港（港），這些在滬／港的英國人（殖民者）揭示了「東方主義式的凝視」（the Orientalist gaze）與中國人（被殖民者）如何迎合此凝視之樣貌。

統整張愛玲小說中的英國人角色，主要出現在〈第一爐香〉、〈第二爐香〉、〈紅玫瑰與白玫瑰〉、〈連環套〉、〈浮花浪蕊〉和《小團圓》等小說之中。文本裡除了英國人以外，雖然尚有葡萄牙、愛爾蘭、俄國人等，但相對著墨不多。因此本章將以英國人作為主要論述對象，從上列小說出發，深入探究張愛玲如何形塑、展示在滬／港（租界／殖民地）的英國人，矛盾的東方主義。此外，還須從張愛玲（她同時是一名中國人）的視角，觀察其筆下的中國人在迎合西方的情境下，如何表現東、西混雜的異樣情調，而張愛玲對此之回應又體現出怎樣的個人觀點，本章從下試論之。

---

4 「英國人的東方是印度，是英國確實擁有的殖民地，途經近（中）東旅遊，目的地都是印度。」「在一八八○年之前，英國作家心目中的東方，是以大英帝國的版圖來測量，帝國版圖從地中海到印度。當他們描寫埃及、敘利亞、土耳其時，或是旅遊該地，其實就是政治意志領域的旅遊，見證大英帝國對殖民地的政治管理和政治定義。」參見愛德華・薩依德著，王淑燕等譯：《東方主義》，頁244、245。

第一節　矛盾與認同
──英國人的特質和東方主義式凝視

　　談英國人以前，我們不妨稍稍回顧英國如何在十九世紀時成為「日不落帝國」的這段歷史。自從一八一五年英國在拿破崙戰爭中取得勝利後，順利鞏固了其國際軍事政治的強勢地位；工業革命更使英國成為世界經濟強權國家。因此，當英國於一八一五年打贏第二次百年戰爭後，便開始自稱「日不落帝國」。尤其到了一九二二年，英國通過一戰獲得德國殖民地後，國土面積達到三千三百六十七萬平方公里，約為世界陸地總面積的百分之二十四點七五，從英倫三島延伸到加拿大、紐西蘭、澳洲、馬來亞、緬甸、印度、威海衛、香港、新加坡等地，地球上的二十四個時區均有英國領土，真正實踐了「日不落帝國」的稱號。整個十九世紀期間，英國鐵路快速建造（一八四五至一八五〇年代），隨之帶來的工商業繁榮發展，使英國獲得「世界工廠」的名號。同時，英國在外交策略方面則以向外國侵略為主要取向。尤其在一八四〇年，英國正式對中國發動鴉片戰爭及稍後的兩次英法聯軍（1857-1859），不僅將強勢外交手段拓展至中國，更從中獲得巨大商業利益。除了中國以外，英國支配印度，更是十九世紀的一件大事。英國勢力遍及地中海、中南美洲、非洲、東南亞等地，在進入二十世紀以前，全球受英國統治（含保護國）的人口已達三億五千萬，儘管英國已受德法俄的挑戰，英國的海外勢力仍居世界第一。英國國勢如日中天，英人在海外普受欽羨或畏懼，英語在殖民地廣為流行，英人也以「文明開發者」自居，在海內外一般英人心中，滋萌了一股高傲（pride）的情愫。[5]必須注意的是，以上資料是援引自一位

5　參見陳炳彰：《英國史》（臺北：大安出版社，1996年），頁151-166。

研究英國史的「臺灣」學者所寫的《英國史》。據其觀察，在海內外一般英人心中，會因為英國國勢之強盛而滋萌一股「高傲」的情愫。陳炯彰對英國人似乎與張愛玲有著相近的看法，而他們也正好都以東方人的視角去定義何為英國人。

在談到張愛玲筆下的英國人時，〈第二爐香〉肯定是無法迴避的文本。〈第二爐香〉之於張愛玲，最獨特之處就在於這是一篇人物角色幾乎全是純種英國人的小說。[6]因此在小說裡，張愛玲花了不少篇幅描繪這群居住在香港的英國人，凝視香港的方式：

> 當然，靡麗笙是可憐的，蜜秋兒太太也是可憐的；愫細也是可憐的，這樣的姿容，這樣的年紀，一輩子埋沒在這陰濕、鬱熱、異邦人的小城裡，嫁給他這樣一個活了半世紀無功無過庸庸碌碌的人。他自己也是可憐，愛她愛得那麼厲害，他們在一起的時候，他老是害怕自己做出一些非英國式的傻事來，……[7]

引文中身為在港英國人的男主角羅傑安白登所言及的「異邦人的小城」與「非英國式的傻事」，不禁令人想起班納迪克・安德森（Benedict Anderson）在其著作《想像的共同體：民族主義的起源與散布》裡，解釋民族主義的魔法是將「偶然化成命運」時，曾經援引法國哲學家德勃艾（Jules Régis Debray）的話：「是的，我生而為法國人是相當偶然的；然而，畢竟法蘭西是永恆的。」[8]這與其在之後的「愛國主義

6　除了克荔門婷為愛爾蘭人、摩興德拉為印度人以外，其他人物皆為英國人。

7　張愛玲：〈第二爐香〉，《傾城之戀——短篇小說集一・一九四三年》（臺北：皇冠文化出版公司，2010年），頁70。

8　班納迪克・安德森（Benedict Anderson）著，吳叡人譯：《想像的共同體：民族主義的起源與散布》（臺北：時報文化出版企業公司，2010年），頁49。

與種族主義」一章中談論到的「民族主義乃是從歷史宿命的角度思考的」一句[9]，可作前後參照。我們可以大致理解為：人雖然無法選擇出生在哪個國家、為哪個民族，但卻要永遠認同自己的國家與民族。對安德森和德勃艾而言，國家及民族認同是不會輕易變動的宿命。相同的想法，我們在羅傑安白登的話語中，也能隱隱察覺。

一　想像／現實中的英國人特質

羅傑「是一個英國人，對於任何感情的流露，除非是絕對必要的，他總覺得有點多餘」。[10]小說裡還提到，羅傑「沒有換過他的講義。……二十年前他在英國讀書的時候聽讀的筆記，他仍舊用做補充教材」。[11]他的克制、保守及不願橫生枝節的性格，大抵全來自於他身為一名英國人流淌在民族血液裡的特質。像羅傑這樣純正的英國人，其實〈第二爐香〉裡通篇皆是。但張愛玲終究是以中國人（東方）的視角書寫她看見的英國人，其中敘述是否貼合現實，仍需斟酌。不過，我們可以從張愛玲一幅題名為「英國人」的插畫，先行觀察其眼中的英國人。[12]張愛玲畫筆下的英國人，有幾個標誌性的特徵：手上的雨傘、身著的大衣和明顯下垂的眉毛與眼神。英國多雨，因此雨傘和大衣是英國人外出的標準配備；對此，張愛玲自然是知曉的，所以她才會在〈第一爐香〉中梁太太舉辦園會時如此寫道：「英國難得天晴，到了夏季風和日暖的時候，爵爺爵夫人們往往喜歡在自己的田莊

9　班納迪克・安德森著，吳叡人譯：《想像的共同體：民族主義的起源與散布》，頁211。

10　張愛玲：〈第二爐香〉，《傾城之戀——短篇小說集一・一九四三年》，頁66。

11　張愛玲：〈第二爐香〉，《傾城之戀——短篇小說集一・一九四三年》，頁89。

12　參見張愛玲：《華麗緣——散文集一・一九四〇年代》（臺北：皇冠文化出版公司，2010年），頁52。

上舉行這種半正式的集會。」[13]至於畫中英國人的眉毛、眼神下垂，則給人一種較為保守、消極甚至愁苦的感覺；萬燕則以為「是淡漠的意思」[14]，語出張愛玲的散文〈公寓生活記趣〉。她在文中描寫蚊子時說道：「如果牠們富於想像力的話，飛到窗口望下一看，便會暈倒了罷？不幸牠們是像英國人一般地淡漠與自足——英國人住在非洲的森林裡也照常穿上了燕尾服進晚餐。」[15]淡漠與自足還有那堅持要優雅的特質，亦是張愛玲對英國人的觀感。然而，我們或許可以再從英國人的自我剖析，來與張愛玲眼裡的英國人比對，考察兩者之間是否存在落差和謬誤。

曾為三任英國首相的波爾溫（Stanley Baldwin, 1867-1947）在〈英國人〉這篇小文裡[16]，對英國人的習性與思想有十分精闢的說明。波爾溫先從英國的地理環境來概括英國民族特性的形成，他認為「只要海洋一天是不可飛渡的天塹，英國人就一天自以為安全，……我們民族的特性大都可以或間接追溯到地理上孤立的因素」。[17]接著，波爾溫花了不少篇幅論及宗教信仰（《聖經》）對英國人長久以來潛移默化的深遠影響：

> 在喬叟以前，自從卡德門（Caedmon）最初以英語歌唱著「我們應以文字和愛心歌頌上帝」的時代起，我們傾心於上帝的工作與此權利，已是根深蒂固的維持了六百年。……這種「虔

13 張愛玲：〈第一爐香〉，《傾城之戀——短篇小說集一‧一九四三年》，頁28。

14 止庵、萬燕：《張愛玲畫話》（天津：天津社會科學院出版社，2003年），頁169。

15 張愛玲：〈公寓生活記趣〉，《華麗緣——散文集一‧一九四○年代》，頁39。

16 波爾溫（Stanley Baldwin）：〈英國人〉，A. D. K. Owen等編著，王學哲譯：《英國人之生活與思想（下冊）》（上海：商務印書館，1945年），頁157-182。

17 波爾溫：〈英國人〉，A. D. K. Owen等編著，王學哲譯：《英國人之生活與思想（下冊）》，頁158-159。

誠」和「嚴肅」的語氣是從不會在我們的文學中，無論是散文或詩歌，消失了它有時降為微弱的聲音，有時是嘹亮的呼號；古拉丁的文字加上了英國的修飾就變成了「責任」一詞。[18]

數百年來，每逢星期日，送入耳鼓之《聖經》的奇異言語，對於每個英國人的影響，依我看來是如下。他不知不覺地沉浸於希伯來的傳統中，而這傳統又很離奇的和他固有的性情與氣質相和諧。……希伯來精神是常感覺到生命的神秘及人類的愚弱。從這感覺自然意識到依賴一種更高的權力，這就是上帝，上帝的道理是很難發現的。創造主既認為是有那樣的態度，凡是虔誠的人總得調和自己的行為，使符合他認為是上帝的意旨，這就是要藉是非的標準來省察自己的行為。[19]

英國從「卡德門（Caedmon, 657-684）」[20]至「喬叟（Geoffrey Chaucer, 1343-1400）」[21]，期間經歷了六百多年的歲月，為英國人奠定了對上帝的堅定信仰。每逢星期日就要上教堂、讀《聖經》等各種儀式，亦轉而內化成英國人傳統、規律的習性。再者，出於對上帝的虔誠和嚴肅以待，以及人的行為又皆須符合上帝的旨意，更造就了英國人的節制與固守。張愛玲在〈第二爐香〉裡對英國人即有如下的描述：

那些人，男的像一隻一隻白鐵小鬧鐘，按著時候吃飯、喝茶、

---

18 波爾溫：〈英國人〉，A. D. K. Owen等編著，王學哲譯：《英國人之生活與思想（下冊）》，頁160-161。

19 波爾溫：〈英國人〉，A. D. K. Owen等編著，王學哲譯：《英國人之生活與思想（下冊）》，頁162。

20 卡德門是名字最早被廣為人知的英國詩人。

21 喬叟為中世紀的英國詩人。

> 坐馬桶、坐公事房,腦筋裡除了鐘擺的滴答之外什麼都沒有……
> 也許因為東方炎熱的氣候的影響,鐘不大準了,可是一架鐘還
> 是一架鐘。[22]

來到東方殖民地(香港)的英國人,也許會受到東方的影響,生活、
思考可能偶有偏差,然正如同張愛玲所言,「一架鐘還是一架鐘」。從
英國自帶而來的脾性,終究是難以動搖的,那便是英國人骨血裡的傳
統、規律、節制與固守。羅傑是如此,整個香港中等以上的英國人也
全是如此。

　　除此之外,〈第二爐香〉裡,當羅傑前往妻子愫細娘家,想勸回
愫細時,「他說:『愫細,請你原宥我!』他違反了他的本心說出了這
句話」[23],羅傑打破了自己的信念,他告訴愫細:「我們明天就度蜜月
去。」[24]提早結束學校課程,不顧一切請假旅行,這對十五年來在大
學裡循規蹈矩教學的羅傑而言,簡直背離了他的道德底線。如同波爾
溫提到的:「英國人往往極力追求道德的制裁,這也增加了糾紛。他
決不會毅然行動,除非他在心智的,倫理的,乃至精神的過程上達到
一種信念。」[25]由此即能窺見,張愛玲對羅傑性格的形塑與現實中的
英國人,算是相當貼近的。

　　然而,張愛玲到底不是英國人,她對英國人的書寫還是存在隔膜
的。張愛玲與美國文學家愛默生(Ralph Waldo Emerson, 1803-1882)
的看法是更加相似的(卻又有根本上的差異)。曾經旅行英國的愛默生
在《英國人的特質》一書中就如是說道:「英國人和美國人的虛偽是

---

22 張愛玲:〈第二爐香〉,《傾城之戀——短篇小說集一·一九四三年》,頁87。

23 張愛玲:〈第二爐香〉,《傾城之戀——短篇小說集一·一九四三年》,頁82。

24 張愛玲:〈第二爐香〉,《傾城之戀——短篇小說集一·一九四三年》,頁83。

25 波爾溫:〈英國人〉,A. D. K. Owen等編著,王學哲譯:《英國人之生活與思想(下
　　冊)》,頁169。

世界上其他民族所望塵莫及的。」[26]而身為英國人的波爾溫也特別明白，「偽善」和「狡詐」一直都是外國人對英國人最直接的理解。[27]波爾溫在文章最後引用了英國作家狄更斯（Charles Dickens, 1812-1870）於一八五四年發表的長篇小說《艱難時世》（*Hard Times*）裡，跑馬場的老騎士對拉格萊茵所說的話，為全文作結：「做聰明的事而且做仁慈的事：從最好的方面想像我，不要從最壞的方面想像我們。」[28]波爾溫期望外國人能用最好的方式想像英國人，是能被理解的。可是，作為外國人的張愛玲卻無法輕易抹除橫在東、西方之間的隔膜，自然也就有其想像英國人的方式了。尤其在〈第二爐香〉裡，張愛玲筆下的英國人就帶有偽善、狡詐的特質。此外，她更透過書寫，揭露了英國人身在殖民地的各種「陋習」以及對當時英國律法的針砭和嘲諷。

二　嚴峻的離婚法與種族優越感

在英國的法律上，離婚是相當困難的，唯一合法的理由就是犯姦。你要抓到對方犯姦的證據，那還不容易？[29]

英國的離婚律是特別的嚴峻，雙方協議離婚，在法律上並不生

---

26 愛默生（Emerson）編著：《英國人的特質（雙語版）》（臺北：崧博出版事業公司，2017年）。

27 「我們平素的從容安閒，以及遇到有關正義爭點時的突然慷慨激昂，兩者對照，幾乎使英國人自己也不明白，所以對於外國人自然是一個謎，他們只好歸之於這島民所擅長的偽善和狡詐了。」波爾溫：〈英國人〉，A. D. K. Owen等編著，王學哲譯：《英國人之生活與思想（下冊）》，頁164。

28 波爾溫：〈英國人〉，A. D. K. Owen等編著，王學哲譯：《英國人之生活與思想（下冊）》，頁182。

29 張愛玲：〈第一爐香〉，《傾城之戀──短篇小說集一‧一九四三年》，頁57。

效；除非一方面犯姦、瘋狂、或因罪入獄，才有解約的希望。[30]

　　張愛玲在〈第一爐香〉和〈第二爐香〉中，皆強調了「離婚」在英國法律上的困難與嚴峻。然而，兩文本間對於英國離婚法的成立原因卻稍有不同。王曉丹在〈論英國離婚法改革的法治發展〉中就曾提及：「在一九三七年之前，通姦是唯一的離婚原因，而後的法律改革將離婚的原因加以擴張。除了通姦，再加上遺棄三年、虐待、習慣性酗酒、以及不可治癒的精神失常。但是這五種離婚的原因，顯然無法符合社會的需求。另一方面，一九五○年通過的法律扶助與諮詢法令（Legal Aid and Advice Act 1950），促使更多人有經濟能力訴請法院請求離婚判決，但是這反而讓更多人體認到當時離婚法治的缺陷，引發更多改革的呼聲。」[31]

　　英國離婚法以一九三七年作為分界，從「通姦是唯一的離婚原因」過渡到除了包含遺棄三年、虐待、習慣性酗酒、不可治癒的精神失常等重大原因在內，都能促成離婚的有效性。[32]由此就能察覺，英國離婚法對於認可離婚一事是相當謹慎且多有限制的。回到文本之

---

30 張愛玲：〈第二爐香〉，《傾城之戀——短篇小說集一・一九四三年》，頁92。

31 王曉丹：〈論英國離婚法改革的法治發展——法政策、法理、法社會之探討〉，《臺大法學論叢》第35卷第5期（2006年9月），頁165。

32 關於英國請求離婚之法定原因，李永然、龔維智合著之〈淺論英國法上幾個有關離婚之問題〉一文中，有更加詳細的說明：「請求離婚之法定原因——（1）要求離婚之當事人不論夫或妻須以被告有下述原因之一，但這些原因應受下一節所論及的法律所規範：（a）自結婚之日起觸犯通姦罪（adultery）；（b）被告無任何原因棄養（desert）原告至訴訟提出時已達三年以上者；（c）自結婚之日起虐待（crulty）原告而致不堪同居生活者；（d）被告不健全的精神狀態已無法醫治（incurably of unsoundmind）且繼續照顧治療至訴訟提出時，已達五年以上者，及妻以得以其丈夫自結婚之日起即觸犯強姦（rape）、雞姦（sodomy）、獸慾（bestiality）罪為理由。」參見李永然、龔維智：〈淺論英國法上幾個有關離婚之問題〉，《律師通訊》第15期（1980年9月），頁1。

中，張愛玲刻意於小說中提及此事，恐有操作英國／中國婚姻議題的可能，同時亦彰顯了張愛玲對於英國離婚法的熟悉。〈第一爐香〉裡，梁太太用「犯姦」說服喬琪喬與葛薇龍結婚，不僅點出其深沉的謀算，也反映出喬琪喬對此婚姻的不感興趣和葛薇龍願意為了喬琪喬成為一名交際花的決心；〈第二爐香〉裡的羅傑則是在心中盤算離開妻子懷細與離開香港的可能性，然而他卻被這複雜嚴峻的英國離婚法，搞得進退兩難。畢竟香港行的是英國規矩，只要香港仍歸屬英國管轄，那麼在這座島上的中國人也好、英國人也罷，就能用律法讓自己脫困或受限於婚姻之中。

　　張愛玲為何要向讀者展示英國人對於婚姻的重視？畢竟，這和張愛玲本身對婚姻的看法是相互扞格的。她曾透過〈傾城之戀〉裡的男主角范柳原之口說：「婚姻就是長期的賣淫」[33]，這簡直與將婚姻視作神聖不可侵犯、合法離婚困難重重的英國人大相逕庭。而藉由小說裡梁太太之口和羅傑內心的嘀咕，亦正好體現了英國離婚法的問題，也將張愛玲自身對婚姻的觀感與英國人的相互對照。

　　除了對英國嚴峻的離婚法發表感想以外，張愛玲對在殖民地的英國人「種族優越」的觀察也全都融入小說之中，〈第二爐香〉就是個明顯的例子：

> 連政治與世界大局他們也不敢輕易提起，因為往往有一兩個脾氣躁的老頭子會氣喘吁吁地奉勸大家不要忘了維持白種人在殖民地應有的聲望，於是大家立刻寂然無聲，回味羅傑安白登的醜史。
> 飯後，大家圍著電風扇坐著，大著舌頭，面紅耳赤地辯論印度獨立問題，眼看著就要提起「白種人在殖民地應有的聲望」那

---

[33] 張愛玲：〈傾城之戀〉，《傾城之戀——短篇小說集一·一九四三年》，頁206。

一節了。羅傑悄悄地走開了，去捻上了無線電。[34]

「白種人在殖民地應有的聲望」一句，在小說裡被覆述了兩次。溫毓詩的論文《張愛玲文本中的人物心理與殖民文化研究》對此表示：「英國人的榮譽是以西方的價值尺度衡量他的成就。……首先因為（羅傑）他是歐洲人（特別是重名譽的英國人），是優越的種族、大學教授，而且還是男人——殖民主義本是以男性氣概為特徵——所以羅傑的多重困境是他在殖民地所引發的誤會，他淪喪了一個優秀種族與一個男人的尊嚴」[35]，相較於佔據多數的被殖民者，身為在殖民地的殖民者（英國人）是相對少數的。所以，為維持殖民者（種族）的優越性，英國人（包括羅傑在內）不容許輕易犯錯，尤其是在殖民地裡。如此，他們才能保持「白種人」對「黃種人」、「雜種人」等其他種族的絕對優勢。

另一個明顯的例子，我們可以在小說〈連環套〉裡窺見一二。張愛玲在〈連環套〉描述了一個名為鐵烈絲的英國尼姑罵別墅裡養的狗的情景：「鐵烈絲是英國人，卻用法文叱喝道：『走開！走開！』那狗並不理會，鐵烈絲便用法文咒罵起來。有個年輕的姑子笑道：『您老是跟牠說法文！』鐵烈絲直著眼望著她道：『牠又不通人性，牠怎麼懂得英國話？』」[36]鐵烈絲不用英國話而用法文罵狗，話語之間完全體現了她對自身國家語言高人一等的驕傲。小說接著寫道：「鐵烈絲一到便催開飯，幾個中國姑子上灶去了，外國姑子們便坐在廳堂裡等

34 張愛玲：〈第二爐香〉，《傾城之戀——短篇小說集一‧一九四三年》，頁91-92、95。

35 溫毓詩：《張愛玲文本中的人物心理與殖民文化研究》（高雄：國立中山大學中國語文學系碩士論文，2000年），頁75。

36 張愛玲：〈連環套〉，《紅玫瑰與白玫瑰——短篇小說集二‧一九四四年～四五年》（臺北：皇冠文化出版公司，2010年），頁24。

候。」[37]無不展示了殖民者／被殖民者、主／僕關係間的強烈對比，以及早已深入骨血、潛移默化的英國人的種族優越感。〈桂花蒸 阿小悲秋〉中，外國主人哥兒達看著女僕阿小時心想：「這阿媽白天非常俏麗有風韻的，卸了妝卻不行。他心中很覺安慰，因為他本來絕對沒有沾惹她的意思；同個底下人兜搭，使她不守本分，是最不智的事。」[38]哥兒達對阿小，就和〈連環套〉的鐵烈絲那幾個外國姑子一樣，總是以上對下的優越姿態看待。

在高低位階差異的優越感之下，結婚則是更複雜的事。在〈連環套〉裡，和〈第一爐香〉、〈第二爐香〉一樣，都提及了有關「結婚」的事。小說接近尾聲，霓喜「回到香港，買了一份南華日報，央人替她看明白了，果然湯姆生業於本月六日在英國結了婚」。[39]霓喜的第三任丈夫，又娶了在英國伯明罕的約翰・寶德先生與太太的令媛——桃樂賽。必須特別注意的是，在這段敘述以前張愛玲便寫下了一段值得玩味的文字：

> 在她的社會新聞欄前面，霓喜自己覺得是欄杆外的鄉下人，扎煞著兩隻手，眼看湯姆生與他的英國新娘，打不到他身上。她把她自己歸到四周看他們吃東西的鄉下人堆裡去。[40]

---

37 張愛玲：〈連環套〉，《紅玫瑰與白玫瑰——短篇小說集二・一九四四年～四五年》，頁24。

38 張愛玲：〈桂花蒸 阿小悲秋〉，《紅玫瑰與白玫瑰——短篇小說集二・一九四四年～四五年》，頁221。

39 張愛玲：〈連環套〉，《紅玫瑰與白玫瑰——短篇小說集二・一九四四年～四五年》，頁72。

40 張愛玲：〈連環套〉，《紅玫瑰與白玫瑰——短篇小說集二・一九四四年～四五年》，頁72。

南華日報的社會新聞欄是英國尼姑鐵烈絲與人間唯一的接觸，裡頭也同時記載著香港本地「上等人」的生死婚嫁，霓喜便是由此知曉了丈夫另娶的消息。張愛玲以「欄杆」將上等人（湯姆生與他的英國新娘）和鄉下人（霓喜）區隔開來，明示了殖民者／被殖民者的地位高低與隔閡，若再深入推敲，還能察覺張愛玲企圖對比英國人與英國人／英國人與中國人結婚的差異。就像〈第一爐香〉裡葛薇龍亦曾提到說過：「中尉以上的軍官，也還不願意同黃種人打交道呢！這就是香港！」[41]維持種族血統的純正優越，對英國人來說是相當重要的，一旦和中國人往來就成了社會中較次等的人。

最後，我們可以再來看看張愛玲畫筆下的外國人形象。張愛玲以「外國人對中國人」為題，畫出了外國人「勢利」的模樣。[42]畫中外國人女子斜睨的眼光傳達了張愛玲感受到的來自外國人不屑、高人一等的姿態；此即回應了她小說裡英國人充滿種族優越的表現。薩依德說：「無論這個特定的、例外的東方有多深刻而特殊，無論一個東方人可以如何逃離包圍在他四周的東方藩籬，在西方人看來，他必須先是一個東方人，其次才是一個人；而最後，他還是一個東方人。」[43]反之亦然，西方人永遠是西方人，東方終究僅是凸顯西方文化價值的一種參照。張愛玲不僅呈現了如此真相，更同時完成了她的反諷。

三　疏離的異邦與重建的故鄉

至於前文談到〈第二爐香〉裡關於羅傑所謂埋沒在「異邦人的小城」與害怕做出「非英國式的傻事」，歸根究柢還都與他身為英國人

---

41 張愛玲：〈第一爐香〉，《傾城之戀——短篇小說集一‧一九四三年》，頁27。

42 參見張愛玲：《華麗緣——散文集一‧一九四〇年代》，頁134。

43 愛德華‧薩依德著，王淑燕等譯：《東方主義》，頁149。

的身分認同有著密不可分的關連。如同前文所引薩依德之論述：「在東方定居過的歐洲人，總是有一種自覺，他們與自己生活的東方環境疏離，和周遭有不等稱的關係。」所以羅傑才會將香港稱作「異邦人」的小城，這正是來自於他對東方（香港）環境的疏離。

　　而長期接受英國式教育，也自然而然養成了羅傑英國式的性格與習慣。例如他「對於任何感情的流露，除非是絕對必要的，他總覺得有點多餘」。[44]皆是英國人特質的展現。另外，當羅傑從最親愛的朋友巴克口中聽到，在毛立士的推波助瀾下，太太愫細鬧著要離婚的事情已經搞得「差不多香港中等以上的英國人家，全都知道了這件事」[45]時，當下他心裡的想法更直接坦露了其作為一名在香港的純正英國人的焦慮和不安。羅傑只想著做一個「普通的人」，和那些像「一隻一隻白鐵小鬧鐘」的英國男人一樣，傳統、規律、節制與固守。然而，張愛玲早就透過愫細的姐妹靡麗笙的丈夫佛蘭克的下場，預言了羅傑生命的結局：自殺。

　　羅傑的婚姻鬧得如此不堪，如若不離開香港，那就再也無法生存下去了。羅傑會被中等以上的英國人排斥在外，面對來自愫細一家的逼迫。他曾想過也許離開香港，去上海、南京、北京等其他城市重新生活；「在中國的英國人，該不會失業罷？」[46]羅傑是如此盤算的。但是，羅傑終究是離不開香港了，因為他對香港早就有了不同的想法：

　　　香港，昨天他稱呼它為一個陰濕、鬱熱、異邦人的小城；今天他知道它是他唯一的故鄉。他還有母親在英國，但是他每隔四五年回家去一次的時候，總覺得過不慣。可是，究竟東方有什

44　張愛玲：〈第二爐香〉，《傾城之戀──短篇小說集一‧一九四三年》，頁66。
45　張愛玲：〈第二爐香〉，《傾城之戀──短篇小說集一‧一九四三年》，頁87。
46　張愛玲：〈第二爐香〉，《傾城之戀──短篇小說集一‧一九四三年》，頁88。

麼值得留戀的？[47]

香港對羅傑來說，不再只是「異邦人的小城」，更是他「唯一的故鄉」。
而東方（香港）對羅傑這個英國人來說究竟有什麼值得留戀的呢？我
們必須得先回到薩依德對「東方主義」的論述脈絡中找尋答案。

薩依德曾言：「每一個到東方旅遊，或短期定居那裡的歐洲人，
必須想辦法在精神上自保，以躲開東方令他們心神不定的異國影響
力。」[48]短期旅遊和定居，或許可以節制地躲開東方對歐洲人的魅惑，
但如若是像羅傑這樣一待就是十幾年的英國人呢？試想，歷康熙、雍
正、乾隆三朝最後死於中國的義大利畫師朗世寧（Giuseppe Castiglione,
1688-1766）；遠從德國前往中國的傳教士衛禮賢（Richard Wilhelm,
1873-1930），他們在中國一待就是四、五十年；還有後來的宮廷畫師
莊士敦（Sir Reginald Fleming Johnston, 1874-1938），更和羅傑一樣同
為英國人，也在中國待了近二十多年之久。不難想像，他們大概會隨
著時間的日積月累而逐漸對東方（中國）持有不同觀感，甚至產生認
同。所以儘管張愛玲筆下的羅傑原先對回去英國仍有憧憬，才在初到
香港之時，稱呼香港為「異邦人的小城」，但隨著十幾年的時間過去，
早已習慣於香港生活的羅傑，如今也認同香港是他「唯一的故鄉」。
這並非單純只是受到東方的魅惑，而是在矛盾之中逐漸建立起對於東
方（香港）的認同，縱使這份認同仍是構築在西方人東方主義式的凝
視之上。

然而與羅傑相比，〈紅玫瑰與白玫瑰〉中同樣是英國人的艾許太
太，卻有著不同的心思。艾許太太自然也和〈第二爐香〉裡的英國人
們相同都展現出對於原生種族的優越感。即使「她嫁了個雜種人」但

---

47 張愛玲：〈第二爐香〉，《傾城之戀——短篇小說集一・一九四三年》，頁88。
48 愛德華・薩依德著，王淑燕等譯：《東方主義》，頁241。

她仍是處處留心,「英國得格外道地」。[49]佟振保是在路上巧遇艾許太太的,她是振保在留學英國時,家裡給他匯錢帶東西時經常交托之人。當振保問她:「還住在那裡嗎?」艾許太太卻是如此回答的:「本來我們今年夏天要回家去一趟的——我丈夫實在走不開!」[50]張愛玲特別挑出了話語中的「回家」二字繼續闡述:「到英國去是『回家』」[51],其用意不言而喻。張愛玲再次通過艾許太太向讀者展示了她所察覺到的關於英國人的英國認同與種族優越的姿態。縱使已在租界(上海)生活了大半輩子,但存在骨血裡的種族認同和原鄉情結仍是難以輕易被抹滅的。對於東方有著異鄉與故鄉的矛盾認同這點,反倒更為明顯地表現在艾許太太身上。

　　異邦也好、故鄉也罷,〈第二爐香〉的羅傑和〈紅玫瑰與白玫瑰〉的艾許太太,儘管對於殖民地／租界的理解有所差別,但都很好地體現了薩依德所說的,歐洲人(包括英國人)將「東方作為一個相對照的意象、理念、人格與經驗,也幫助了對歐洲(或西方)的自我界定與示明」。[52]因為指認了何為東方,所以歐洲人亦界定了何為西方,認同也就此產生。有上海／香港作為參照,英國人才得以在這個既疏離又親近、既是異邦又是故鄉的土地上,尋得繼續生存下去的理由。

---

49 張愛玲:〈紅玫瑰與白玫瑰〉,《紅玫瑰與白玫瑰——短篇小說集二‧一九四四年～四五年》,頁154。

50 張愛玲:〈紅玫瑰與白玫瑰〉,《紅玫瑰與白玫瑰——短篇小說集二‧一九四四年～四五年》,頁154。

51 張愛玲:〈紅玫瑰與白玫瑰〉,《紅玫瑰與白玫瑰——短篇小說集二‧一九四四年～四五年》,頁154。

52 愛德華‧薩依德著,王淑燕等譯:《東方主義》,頁2。

第二節　表述與抗拒——中國人的自我東方化和
張愛玲的英國情結

　　周蕾在《婦女與中國現代性：東西方之間閱讀記》一書中討論電影《末代皇帝》[53]時，曾引述她母親對《末代皇帝》的反應：「一個外國鬼子竟然可以拍攝這麼一部關於中國的電影，真了不起！我得說他拍得好極了！」[54]而周蕾對其母親的反應是感到相當不安的：

> 作為一個種族觀眾，我母親認同於講述現代中國故事的無形主體的敘事運動，同時也認同於關於「中國」歷史的以溥儀為中心的敘事形象。甚至在她強調非中國製造的電影時使用了「外國鬼子」一詞，認同的過程看起來並沒有受到干擾。實際上，我們可以說，當她讚揚貝特魯奇雖然是個「外國鬼子」但做了一件了不起的事時，她與敘事形象的認同達到了最成功的地步。「外國鬼子」一詞標誌了母親對差異的認識，但是她的「竟然」一詞卻說明了在觀眾和電影形象之間可以發生的天衣無縫的干預和交換的過程。我的母親的反應不是去懷疑貝特魯奇對現代中國歷史的解釋，而是說，「然而，那還是我，是我們，是我們的歷史。儘管外國鬼子插了手，但我仍然看到了我們自己。」[55]

53　《末代皇帝》，是一部一九八七年上映，由義大利柏納多・貝特魯奇（Bernardo Bertolucci, 1941-2018）執導，義大利、英國與中國合作拍攝而成的歷史傳記電影，以中國最後一位皇帝溥儀為對象，講述其命運多舛的一生。

54　周蕾（Ray Chow）：《婦女與中國現代性：東西方之間閱讀記》（臺北：麥田出版公司，1995年），頁56。

55　周蕾：《婦女與中國現代性：東西方之間閱讀記》，頁56。

周蕾對母親反應的詮釋，特別適合作為本章從東方主義過渡到討論自我東方化之表述與抗拒以前的引文。「如何建立一個種族觀眾」是周蕾通過分析《末代皇帝》所提出的重要論點。母親的例子讓她清楚意識到作為一名中國觀眾，母親不是先去懷疑一個義大利導演對現代中國歷史的解釋，反而是在影像的幻覺裡，看見了中國，中國人，中國的歷史。對周蕾而言，《末代皇帝》當然是典型的「東方主義」電影，但卻無法解釋和她母親一樣的中國觀眾，之所以會喜愛這部電影的原因；顯然，《末代皇帝》與中國觀眾之間存在的是更加複雜難解的關係。周蕾接著指出了一個重要的想法：「不同種族的觀眾，佔據著一個難以生存的空間，這個空間幾乎預先就決定把種族觀眾從一個旨在揭露可疑的意識形態生產技術的閱讀理論中排斥出去。」[56]貝特魯奇對中國歷史「奇觀」（Spectacle）式的凝視和影像表述，就是一種文化干預。

　　中國人對中國種族（或民族）的歷史認識與認同，是被「想像」和「發明」出來的；更嚴重的是，在東方主義式的凝視之下，中國觀眾縱然喜愛，但其所看見的將不再是純粹的「我，我們，我們的歷史」。中國觀眾本該抱持「揭露可疑的意識形態」之立場去觀看《末代皇帝》，也將在貝特魯奇，一個歐洲導演的鏡頭裡被徹底抹除；觀眾不再「單純是種族的，而是被種族化了的」[57]，而這正是周蕾特別感到不安之處。同樣的不安，張愛玲早就意識到了；她在〈第一爐香〉、〈第二爐香〉、〈年青的時候〉等不少小說中，都明顯展現中國人被「種族化」之後的思想與生活，同時傳達了張愛玲對此排斥和抗拒的心理。

---

56 周蕾：《婦女與中國現代性：東西方之間閱讀記》，頁57。
57 周蕾：《婦女與中國現代性：東西方之間閱讀記》，頁58。

一　自我東方化的表述：迎合西方凝視與想像

　　楊瑞松在《病夫、黃禍與睡獅：「西方」視野的中國形象與近代中國國族論述想像》一書中提出了「自我東方化」（self-Orientalization）的論述，不僅適用於闡述中國人如何在接受西方文化後，企圖迎合西方民族對於中國「東方主義式的凝視」；更能說明這些在接受西化後的中國人，又是如何以變質的方式向西方民族展示中國形象。楊瑞松在書中提到：

> 所謂「神秘的東方國度」、「黃金遍地的大汗之國」，又或是黑格爾歷史哲學思維中「歷史停滯發展的專制帝國」等形形色色的論述。這些東方符號在不同的歷史時期，不僅提供了襯托西方思想文化的異文化情調想像，而且它們大抵是西方文化論述，在界定自我文化特色的論述策略中，所用來呈現西方文化優越性而所建構的「他者」。[58]

東方提供了西方對異文化情調的想像，據此所建立的思想文化論述也全以西方為主體。東方從來都是他者，只為襯托西方而存在。再者，誠如沈松僑所言：「當近代中國在歐美風雨的侵襲之下，面對『二千年未有之變局』，被迫揚棄中國中心的天朝體制，轉而納入由平等的主權國家所組成的現代世界體系時，中國作為一個『想像的社群』，自然必須因應現實需要，重新被想像、被建構；而中國的民族主義者，也往往是透過對各種混雜交錯的既存認同標誌的挪用與重編，來建立

---

[58] 楊瑞松：《病夫、黃禍與睡獅：「西方」視野的中國形象與近代中國國族論述想像》（臺北：政大出版社，2016年），頁2。

一套整合性的民族認同」。[59]美籍歷史學家阿里夫・德里克亦曾說過：
「雖然西方／東方的區別，以及對東方主義的概念和實踐起源於歐
洲。東方主義一詞也幾乎是專門用於描述歐洲人對亞洲社會的態度，
但我想在此建議，這種用法必須擴展到亞洲人對亞洲的看法，以說明
自我東方化的趨勢，這將成為東方主義歷史不可分割的一部分。」[60]
他強調「所謂的東方主義者，會在理智和情感進入『東方』的過程中
『東方化』自己。『東方人』也是如此，在與東方主義者接觸後，最終
會導致東方人自己遠離本土社會，……」[61]此正呼應了周蕾的不安。因
為中國人在構築中國的思想文化內涵時，並非純粹從中國自身出發，
而是從西方的論述與脈絡中再現中國。如此，中國人所展示的中國就
只能成為一個「自我東方化」後的、迎合西方凝視與想像的中國。

　　張愛玲在〈第一爐香〉裡描寫梁太太家時就特別地突出這點：

　　　　屋子四周繞著寬綽的走廊，地下鋪著紅磚，支著巍峨的兩三丈
　　　　高一排白石圓柱，那卻是美國南部早期建築的遺風。從走廊上
　　　　的玻璃門裡進去是客室，裡面是立體化的西式佈置，但是也有
　　　　幾件雅俗共賞的中國擺設。爐台上陳列著翡翠鼻煙壺與象牙觀
　　　　音像，沙發前圍著斑竹小屏風，可是這一點東方色彩的存在，
　　　　顯然是看在外國朋友們的面上。英國人老遠的來看看中國，不
　　　　能不給點中國給他們瞧瞧。但是這裡的中國是西方人心目中的
　　　　中國，荒誕、精巧、滑稽。[62]

---

59 沈松僑：〈近代中國民族主義的發展：兼論民族主義的兩個問題〉，《政治與社會哲
　　學評論》第3期（2002年12月），頁58-59。

60 Arif Dirlik, "Chinese History and the Question of Orientalism," *History and Theory* 35.4
　　(Dec. 1996), pp. 103-104. 此篇引文皆為筆者自譯。

61 Arif Dirlik, "Chinese History and the Question of Orientalism," p. 113.

62 張愛玲：〈第一爐香〉，《傾城之戀──短篇小說集一・一九四三年》，頁7。

梁太太的家是一棟「中西合併」的屋子。外部是美國南部早期建築的遺風、裡面是立體化的西式佈置；同時還有雅俗共賞的中國擺設，翡翠鼻煙壺、象牙觀音像、斑竹小屏風等，充滿東方色彩的物件。這就是梁太太欲向英國人展示的中國，只是這個中國卻是西方人心目中的中國，一種「特意自製的東方主義」。[63]而張愛玲在談到葛薇龍從玻璃門裡瞥見自己的影子時，則是如此描寫的：「她自身也是殖民地所特有的東方色彩的一部分」，[64]直接點明「殖民地所特有的東方色彩」——迎合西方凝視與想像的東方形象在香港普遍性的存在；葛薇龍對西方文化的仰望，也體現在她對喬琪喬「卑下的」、「容易滿足」的愛，因為喬琪喬不僅受過西式教育，他的整個生活都是西方在殖民地的主流型態，因此葛薇龍對喬琪喬的狂戀，某種程度上可視為「一種文化對另一種文化的接受、歸附與認同」。[65]張愛玲接著還敘述，把女學生打扮成像賽金花模樣，是香港當局「取悅於歐美遊客的種種設施之一」。[66]梁太太的家和香港當局把女學生打扮成賽金花模樣，都是一種東方對西方的迎合與取悅。張愛玲說：「然而薇龍和其他的女孩子一樣的愛時髦，在竹布衫外面加上一件絨線背心，短背心底下，露出一大截衫子，越發覺得非驢非馬。」[67]不論是融合西方建築風格與中國擺設的屋子，還是竹布衫混搭絨線背心的衣著，在張愛玲眼裡，都成了「非驢非馬」。

在張愛玲筆下，中國建築裝飾與衣服的再現，鎔鑄了東方與西方的拼貼想像，並且更迎合了西方凝視，且產生自我東方化的現象。必

---

63 李歐梵：《蒼涼與世故：張愛玲的啟示》（香港：牛津大學出版社，2006年），頁140。
64 張愛玲：〈第一爐香〉，《傾城之戀——短篇小說集一‧一九四三年》，頁7。
65 張安怡：《張愛玲小說人物淵源之研究》（臺北：中國文化大學中國文學系碩士論文，2008年），頁34。
66 張愛玲：〈第一爐香〉，《傾城之戀——短篇小說集一‧一九四三年》，頁7。
67 張愛玲：〈第一爐香〉，《傾城之戀——短篇小說集一‧一九四三年》，頁7。

須說明的是，這是一種諷刺的手法，或可說是一種「被殖民文化在殖民主義的介入、侵擾之下，零碎斷裂的現代化經驗」。[68]然而，此類以西方主體視角回望東方的想像，終究難以貼近張愛玲所認為的「現實」——這到底不是中國。因此，在上述張愛玲的文學再現中，建築裝飾與衣服，皆成了既非驢，亦非馬的奇異景觀。

　　我們可再以電影《末代皇帝》作為參照例子。片中，當來自英國的莊士敦第一次面見溥儀時，兩人是以握手方式問候彼此，而非行跪拜禮。其史實究竟為何，早已無從知曉。但我們還是能從片中飾演溥儀的年輕演員臉上和舉止間看出，他對這種「西式」的問候方式的欽羨和嚮往。像握手而非行跪拜禮這樣的小事，正是貝特魯奇賦予的一種想像的表演。他讓身為中國人的溥儀卸下了皇帝之尊，而以更為「進步」、「平等」的西方禮儀接待來自英國的莊士敦，無形之中，呈現了西方文化的優越性，坐實了中國的「他者」身分。反觀張愛玲在〈第二爐香〉開頭的描寫則有不同的意義。

　　〈第二爐香〉是由一位愛爾蘭（西方）女孩克荔門婷和「我」（東方）的對話開啟故事，張愛玲寫道：「我」正在讀的一本《馬卡德耐使華記》。馬卡德耐，以我們較熟悉的譯名稱作「馬嘎爾尼」。乾隆五十七年（1792）馬嘎爾尼（Lord Macartney, 1737-1806）奉英王喬治三世之命前來中國，自此拉開近代中、英兩大帝國相互接觸乃至衝突的序幕。此行目的，英方希望能與中國展開貿易，建立外交關係，最後卻因「覲見禮儀」問題，致使所有請求遭到乾隆皇帝拒絕，最終無功而返。沈松僑認為馬嘎爾尼的覲見禮儀事件「明白反映了中華帝國體制與現代民族國家世界秩序扞格不入的困境」[69]，文化認知、家庭背景

---

68 彭秀貞：〈殖民都會與現代敘述——張愛玲的細節描寫藝術〉，楊澤主編：《閱讀張愛玲——張愛玲國際研討會論文集》（臺北：麥田出版公司，1999年），頁300。
69 沈松僑：〈近代中國民族主義的發展：兼論民族主義的兩個問題〉，頁61。

所造成的迥異思想與觀念，恰巧也是摧毀〈第二爐香〉男女主角羅傑與愫細婚姻的關鍵。我們或可以說，這場中西文化交流史上的尷尬事件，成為了張愛玲用作羅傑與愫細之間，一則潛藏的故事楔子。

　　張愛玲敏感地觀察到，滬／港作為租界／殖民地的社會語境，對中國人的深刻影響；尤其是服膺於西方文化思想下的中國人，他們逐漸向阿里夫・德里克所言的「與東方主義者接觸後，最終會導致東方人自己遠離本土社會」的狀態靠近，在努力迎合西方之凝視和想像的同時，還不遺餘力地自我東方化。好比〈桂花蒸　阿小悲秋〉裡的李小姐，當她曉得哥兒達喜歡中國東西後，就送了一副銀碗筷給哥兒達當作生日禮[70]；好比〈年青的時候〉裡，張愛玲說：「汝良是個愛國的好孩子，可是他對於中國人沒有多少好感。他所認識的外國人是電影明星與香烟廣告肥皂廣告俊俏大方的模特兒，他所認識的中國人是他父母兄弟姐妹。」[71]英國對中國東方主義式的想像；西方文化思想對中國人的影響，由此便可見一斑。更甚之，可再看〈傾城之戀〉中范柳原與白流蘇的這段對話：「范柳原笑道：『香港飯店，是我所見過的頂古板的舞場。建築、燈光、佈置、樂隊，都是老英國式，四五十年前頂時髦的玩意兒，現在可不夠刺激了。實在沒有什麼可看的，除非是那些怪模怪樣的西崽，大熱的天，仿著北方人穿著紮腳袴──』流蘇道：『為什麼？』柳原道：『中國情調啊！』」[72]在香港，「老英國式」的風格早已過時，反而是西方人效仿中國北方人民穿紮腳袴的模樣，更能引起范柳原的注意。足見，在中國不僅是中國人迎合西方，隨著日久時長的中國生活，西方人也逐漸受到「中國情調」的影響甚深。

---

70 張愛玲：〈桂花蒸　阿小悲秋〉，《紅玫瑰與白玫瑰──短篇小說集二・一九四四年～四五年》，頁207。

71 張愛玲：〈年青的時候〉，《紅玫瑰與白玫瑰──短篇小說集二・一九四四年～四五年》，頁75。

72 張愛玲：〈傾城之戀〉，《傾城之戀──短篇小說集一・一九四三年》，頁194。

二　自我東方化的抗拒：英國人的負面書寫

張愛玲在另一篇小說〈鴻鸞禧〉中描寫上海婁家結婚時的廳堂曾說道：

> 廣大的廳堂裡立著朱紅大柱，盤著青綠的龍；黑玻璃的牆，黑玻璃壁龕裡坐著小金佛，外國老太太的東方，全部在這裡了。其間更有無邊無際的暗花北京地毯，腳踩上去，虛飄飄地踩不到花，像隔了一層什麼。[73]

蔡源煌認為：「外國老太太眼底的東方，不外乎一些抽離了日常生活的傳統象徵，而紅柱、青龍，與其說是人們生活的一部分，毋寧說是外國人定型的滿清王室宮殿造型，老百姓也只有在民國以後的日子裡，在像婚禮這麼隆重鋪張的場合才受用一次。總之，東方主義是一種以偏概全的暴力想像。」[74]蔡源煌採取後殖民主義的視角看張愛玲，本身即依循薩依德「東方主義」之論述。蔡源煌指出東方主義本身就是以一種偏見且粗暴的想像方式面向東方。而引文最後所謂的「腳踩上去，虛飄飄地踩不到花，像隔了一層什麼」的感覺，就和前文提及的「張愛玲對英國人的書寫存在隔膜」類似。正因為東、西方之間彼此的凝視與想像並不「現實」、「準確」，張愛玲在意識到這樣的不安之後，才會在小說裡描繪中國人自我東方化迎合西方的同時，亦亟欲擺脫和抵抗這樣的表述。據此，前文提到的非驢非馬的奇異景

---

73 〈鴻鸞禧〉的故事雖無寫及英國人，而是以留學美國的婁囂伯為敘述對象，但此段描述依然能體現西方人凝視與想像的東方形象。張愛玲：〈鴻鸞禧〉，《紅玫瑰與白玫瑰——短篇小說集二·一九四四年～四五年》，頁125。

74 蔡源煌：〈從後殖民主義的觀點看張愛玲〉，楊澤編：《閱讀張愛玲：張愛玲國際研討會論文集》（臺北：麥田出版公司，1999年），頁281。

觀，實然終究非張愛玲所認為的「現實」（中國）。張愛玲在描寫此種自我東方化進而去迎合西方的現象時，也總是帶著一種諷刺、抵抗的意味（儘管她也是身處於中國在走向現代過程中，無可避面接受西方影響的一分子）。首先，〈第二爐香〉就相當值得玩味，字句細節盡顯張愛玲反對中國人自我東方化和迎合西方的立場。

　　小說開始便透過愛爾蘭的克荔門婷與中國的「我」之間的中西對話，體現而出。克荔門婷對於談論「性」是這樣想的：「我真的嚇了一跳！你覺得麼？一個人有了這種知識之後，根本不能夠談戀愛。一切美的幻想全毀了！現實是這麼污穢！」[75]反觀「我」的回應：「我很奇怪，你知道得這麼晚！……多數的中國女孩子們很早就曉得了，也就無所謂神秘。我們的小說書比你們的直爽，我們看到這類書的機會也比你們多些。」[76]確實，若回顧中國文學史的發展軌跡便能得知，中國人從很早以前就開始有對於性的描繪。尤其是明、清時期，大量的狎邪小說層出不窮，就連名列四大奇書之一的《金瓶梅》都不乏有大膽的性敘述。

　　此外，〈第二爐香〉女主角愫細也有個極端保守的家庭。愫細的姐妹靡麗笙就曾告訴過愫細的丈夫羅傑，在她們家「連我們所讀的報紙，也要經母親檢查過才讓我們看的」[77]。愫細母親對於女兒的保守教養，讓靡麗笙和愫細兩位女兒的婚姻，最終都因性知識和經驗的匱乏而走向了毀滅。不論是克荔門婷還是愫細一家，張愛玲透過了〈第二爐香〉故事裡人物們對性恐慌和無知的書寫，縱使旨在彰顯保守家庭教育的個案問題，但亦可將其視作是意在試圖瓦解代表先進、開放的西方形象。

---

75 張愛玲：〈第二爐香〉，《傾城之戀──短篇小說集一・一九四三年》，頁61。
76 張愛玲：〈第二爐香〉，《傾城之戀──短篇小說集一・一九四三年》，頁62。
77 張愛玲：〈第二爐香〉，《傾城之戀──短篇小說集一・一九四三年》，頁69。

　　至於〈第一爐香〉中，類似「非驢非馬」的觀點，其實還有另外一段：

> 香港社會處處模仿英國習慣，然而總喜歡畫蛇添足，弄的全失
> 本來面目。梁太太這園會，便渲染著濃厚的地方色彩。草地上
> 遍植五尺來高福字大燈籠，黃昏時點了火，影影綽綽的，正像
> 好萊塢拍攝「清宮秘史」時不可少的道具。燈籠叢裡卻又歪歪
> 斜斜插了幾把海灘上用的遮陽傘，洋氣十足，未免有點不倫不
> 類。[78]

繼非驢非馬以後，對於這種模仿英國習慣，卻同時還得加上西方人喜歡的中國式福字大燈籠的行為，張愛玲說這是「畫蛇添足」、「全失本來面目」、「不倫不類」。梁慕靈認為，張愛玲是站在一個較為「中國」的位置，去觀察全面被殖民的香港（與香港相比，上海的半殖民狀態是較為「中國」的）。[79]因此，張愛玲自然也是抱持著一種更為「上海」的，或者說更為「中國」的立場，來評價〈第一爐香〉裡梁太太舉辦的這場園會。張愛玲還在〈第一爐香〉中寫到：「香港大戶人家的小姐們，沾染上英國上層階級傳統的保守派習氣，也有一種嬌貴矜持的風格，與上海的交際花又自不同。」[80]張愛玲對此類中西混雜，甚至模仿英國傳統的情況明顯是抗拒的，所以才有了「非驢非馬」、「畫蛇添足」、「全失本來面目」、「不倫不類」及「嬌貴矜持」等負面評價的產生。

---

78 張愛玲：〈第一爐香〉，《傾城之戀──短篇小說集一‧一九四三年》，頁28-29。

79 梁慕靈：〈他者‧認同‧記憶──論張愛玲的香港書寫〉，《中國現代文學》第19期（2011年6月），頁63。

80 張愛玲：〈第一爐香〉，《傾城之戀──短篇小說集一‧一九四三年》，頁26。

　　除了通過對自我東方化的表述展現抵抗態度，張愛玲在〈第一爐香〉裡，更直接描繪英國人的負面形象。女婢睨兒問梁太太，明兒請客是否要再另找人補缺呢？梁太太道：「請誰呢？這批英國軍官一來了就算計我的酒，可是又不中用，喝多了就爛醉如泥。哦？你給我記著，那陸軍中尉，下次不要他上門了，他喝醉了盡黏著睄睄胡調，不成體統！」[81]〈第一爐香〉最後，也有段關於英國水手的敘述。張愛玲寫醉醺醺的英國水手在路上勾搭妓女的情景，甚至將葛薇龍誤認作招攬客人的妓女：「後面又擁來一大幫水兵，都喝醉了，四面八方的亂擲花炮。瞥見了薇龍，不約而同地把她做了目的物」，[82]從以上敘述可知，英國人／英國文化並非總是美好，同時存在的還有他們的低俗和不成體統。

　　當然，張愛玲對英國人的負面書寫肯定不僅於此，她在其自傳式小說《小團圓》裡，藉由一樁發生在英國的華人殺妻案，亦直指英國人對中國的不瞭解，甚至幾近無知的情形。當《小團圓》裡的蕊秋談到這起謀殺案時，她說道：「真是氣死人，那裡的人對中國什麼都不知道，會問『中國有雞蛋沒有？』偏偏在這麼個小地方出個華人殺妻案，丟不丟人？」[83]很久以後，九莉看到一本「蘇格蘭場文斯雷探長的回憶錄」也提及了這件事。回憶錄中寫到「日記上又有離開美國之前醫生給她的噩耗：她不能生育。探長認為她丈夫知道了之後，不孝有三，無後為大，所以殺了她。」張愛玲說：「這是自以為瞭解中國人的心理。」[84]不論是英國人問「中國有雞蛋沒有？」的愚蠢問題，還是蘇格蘭場文斯雷探長認為中國人仍抱有「不孝有三，無後為大」

---

81 張愛玲：〈第一爐香〉，《傾城之戀——短篇小說集一・一九四三年》，頁12。
82 張愛玲：〈第一爐香〉，《傾城之戀——短篇小說集一・一九四三年》，頁60。
83 張愛玲：《小團圓》（臺北：皇冠文化出版公司，2009年），頁83-84。
84 張愛玲：《小團圓》，頁85-86。

的陳舊想法；從華人殺妻案一事，我們能更加清楚察覺到張愛玲對英國人不瞭解中國人的憤慨，並批判了英國人對中國傳統文化自以為是的認知。

　　我們可以再看〈浮花浪蕊〉，小說是以船為敘事空間，以「意識流」手法展開女主角洛貞的故事。金良守認為，從「空間移動」的角度來看的話，洛貞和鈕夫人的移動過程，以及由兩人記憶合併而成的一條——英國→上海→香港→出國——的移動路線，也是「大英帝國的沒落」和「戰後世界秩序的重組」一種流動的表現。[85]他進一步指出小說裡「大英帝國沒落」的徵兆是通過國際婚姻來表現[86]，並注意到為什麼小說裡國際婚姻的男子不是英國白人紳士，而是設定為黑人（李察遜）的原因：「這都是因為大英帝國的解體與英國價值下跌的本土化，在這裡使個子矮小、極具自卑感的黑人李察遜的登場，是不是就是與當時對於冷戰的國際秩序重組的張愛玲的意識？」[87]張愛玲再次通過國際「婚姻」的失敗來暗示大英帝國的沒落與戰後世界秩序的重組，不失為一種對英國勢力的反面描繪。

　　關於張愛玲書寫英國負面形象的動機，除了是她對英國、對中國人自我東方化一種抗拒的展現，我們顯然還不能忽視當時瀰漫在中國的一股「反英美」風氣，亦起到推波助瀾的作用。一九四三年，正是張愛玲創作能量的巔峰時期，〈第一爐香〉、〈第二爐香〉就是在這年寫成；也是在這年，英、美租界和法租界先後交還汪精衛（1883-1944）政府，而前一年（1942）年初，汪精衛政府剛剛於上海成立了「中華

---

85 金良守：〈張愛玲與國民國家的問題：以〈色，戒〉、〈浮花浪蕊〉為中心〉，林幸謙主編：《千迴萬轉：張愛玲學重探》（新北：聯經出版事業公司，2018年），頁377。

86 金良守：〈張愛玲與國民國家的問題：以〈色，戒〉、〈浮花浪蕊〉為中心〉，林幸謙主編：《千迴萬轉：張愛玲學重探》，頁377。

87 金良守：〈張愛玲與國民國家的問題：以〈色，戒〉、〈浮花浪蕊〉為中心〉，林幸謙主編：《千迴萬轉：張愛玲學重探》，頁378。

民族反英美協會」，便開始鼓吹作家在作品中表現反英美意識。中華民族反英美協會的出現必然是受到日本影響的，日本自一九三七年發動全面侵華戰爭後，「為排擠英美、獨霸遠東，舉著『興亞』的旗號，在日本國內以及中國、朝鮮等地相繼掀起了數次反英美浪潮」。[88]甚至在一九四三年十二月於上海舉辦了「反英美文獻展覽會」，陳列英美侵華史實、懸掛中美條約及簽訂條約後經濟侵略的數據表格等。[89]柯靈（1909-2000）說過：「日本侵略者和汪精衛政權把新文學傳統一刀切斷了，只要不反對他們，有點文學藝術粉飾太平，求之不得，給他們什麼，當然是毫不計較的。天高皇帝遠，這就給張愛玲提供了大顯身手的舞臺。」[90]不難想見，張愛玲身處在具有反英美風氣之下的淪陷上海，即使她只是寫些「男女間的小事情」，作品裡「沒有戰爭，也沒有革命」[91]，但其自我表達卻「總是纏雜混跡於一系列含蓄隱晦但執著的文化實踐中」。[92]張愛玲利用自己的書寫，或含蓄隱晦，或旁敲側擊，也算是回應了在政治操弄下所產生的反英美意識型態。

　　張愛玲書寫英國人時，有表述、抗拒還有批判，如此複雜的心理可以再進一步從「後殖民觀點」繼續加以辨識。蔡源煌在〈從後殖民主義的觀點看張愛玲〉一文中即表示，張愛玲早年創作的〈第一爐香〉、〈第二爐香〉、〈紅玫瑰與白玫瑰〉、〈桂花蒸　阿小悲秋〉、〈年青的時候〉等中短篇小說，勾勒出兩種不同角度的後殖民主義思考：

---

88 許哲娜：〈日本「興亞」旗號下的反英美運動（1937-1945）〉，《東北亞學刊》第5期（2015年9月），頁52。

89 許哲娜：〈日本「興亞」旗號下的反英美運動（1937-1945）〉，頁55。

90 柯靈：〈遙寄張愛玲〉，子通、亦清主編：《張愛玲評說六十年》（北京：中國華僑出版社，2001年），頁384。

91 張愛玲：〈自己的文章〉，《華麗緣──散文集一・一九四〇年代》，頁116。

92 黃心村著，胡靜譯：《亂世書寫：張愛玲與淪陷時期上海文學及通俗文化》（上海：上海三聯書店，2010年），頁25。

一種是「反對型後殖民思考」（oppositional post-colonialism）；另
一種是「共犯型後殖民思考」（complicit post-colonialism）。……
而所謂的反對型後殖民主義，目的就是要解構在歐洲中心論底
下醞釀出來的白種人優越論以及純種、雜種的二分法。「共犯
型」後殖民主義這個名稱雖然刺眼，卻有它的道理，意思是說
在殖民地時代或殖民地獨立之初，接受殖民者的價值觀的人，
難免有狗腿子、洋奴的罪孽感，怎麼說總有點不名譽、不合時
宜的感覺（英文作 illicit）。可是，殖民帝國瓦解以後，舊時的
殖民主義逐漸被強國的外交運作、干涉內政、政治經濟軍事援
助，甚至意識形態滲透等新殖民主義所取代，或者，更近一步
引申，在後現代的電子媒體籠罩下，人們耳濡目染到高度開發
國家的訊息，接受的層面越來越廣──在這種條件下，後殖民
思考也唯能在順應世界潮流的心態下，甚至在一種共犯（com-
plicit）結構裡進行。[93]

本書之觀點與蔡源煌的論述是相同的。張愛玲的小說，寫到了西方人
東方主義式的凝視與想像，凸顯出西方人的種族優越，諷刺自我東方
化迎合西方的反面表述，此即所謂「反對型後殖民思考」；另一方
面，她藉由評價中西混雜的中國人、建築裝飾、衣著、生活習性是
「非驢非馬」、「畫蛇添足」、「全失本來面目」、「不倫不類」及「嬌貴
矜持」的，並且刻畫英國人的負面形象，此即點出張愛玲對中國人在
接受西方時所產生的迎合現象所作出的「共犯型後殖民思考」的批判
和抗拒。

　　本章至此討論了西方人（英國人）如何對中國（滬／港；租界／

---

93 蔡源煌：〈從後殖民主義的觀點看張愛玲〉，楊澤編：《閱讀張愛玲：張愛玲國際研討
　　會論文集》，頁280。

殖民地）產生矛盾的認同關係，探究西方人的種族優越及他們對東方
的凝視與想像；此外，亦論及張愛玲對中國人自我東方化的表述與抗
拒如何在小說之中開展與傳達，藉此梳整了張愛玲看英國人的內／外
觀點，是以東方主義和自我東方化迎合西方等複雜的視角建構而成。
然而，回顧張愛玲的生命歷程，卻不難發現，她對英國其實存在某種
美好的戀慕和欽羨情結。而這一切，也許該從張愛玲和她母親、英文
老師及其喜愛的英國作家之關係開始說起，我們才能更加全面地理
解，張愛玲對英國人複雜的觀看是如何形塑而成的。

三　英國欽羨：母親、英文老師與毛姆

　　張愛玲的母親黃逸梵（1893-1957）深受五四思潮影響，崇尚西
式生活，是典型的時代新女性。一九二四年，在長期受丈夫張志沂
（1896-1953）的冷落下，她決定離家出走，與情如姐妹的小姑張茂淵
（1901-1991）前往英國留學，一去就是四年的時間。張愛玲八歲那年
（1928）搬回上海，母親也從英國回來了。張愛玲在〈私語〉中描述
了母親回來後與母親相處的生活，母親教她學英文、繪畫、彈鋼琴，
甚至有次「我母親和一個胖伯母並坐在鋼琴櫈上模仿一齣電影裡的
戀愛表演，我坐在地上看著，大笑起來，在狼皮褥子上滾來滾去」。[94]
那是張愛玲最接近西式淑女的時刻，也是她童年記憶裡短暫開心的
時光。

　　張愛玲一家在搬到一所有狗、有花、有童話書的花園洋房後，她
曾寫信給天津的一個玩伴描繪她的新屋，儘管得到的回應是「那樣的
粗俗的誇耀」，但張愛玲卻認為：「藍椅套配著舊的玫瑰紅地毯，其實

---

94 張愛玲：〈私語〉，《華麗緣——散文集一‧一九四○年代》，頁148。

是不甚諧和的，然而我喜歡它，連帶也喜歡英國了，因為英格蘭三個字使我想起藍天下的小紅房子，而法蘭西是微雨的青色，像浴室的磁磚，沾著生髮油的香，母親告訴我英國是常常下雨的，法國是晴朗的，可是我沒法矯正我最初的印象。」[95]母親從英國帶回來的各種優雅、卓絕的西式品味，深深吸引著張愛玲。因此，張愛玲大抵是在八歲左右，就因為母親的關係，對英國有了最初的印象，也是在這個時候，便喜歡上了英國。

　　後來，張愛玲的父母還是協議離婚了，但是能經常去看母親這件事，還是讓張愛玲非常高興的。後來母親動身去法國，張愛玲在〈私語〉裡寫道：「母親走了，但是姑姑的家裡留有母親的空氣，……我所知道的最好的一切，不論是精神上還是物質上的，都在這裡了。」[96]張愛玲曾說，「我一直是用一種羅曼蒂克的愛來愛著我母親的」[97]她深愛著母親，認為母親的一切都是最好的，這其中當然包括母親曾留學過的英國。因此對於未來計畫，張愛玲說她中學畢業後的第一步，便是要去英國讀大學。[98]此外，在〈私語〉中張愛玲還曾描述過她父親因為後母的關係揚言說要用手鎗打死她：「我暫時被監禁在空房裡，我生在裡面的這座房屋忽然變成生疏的了，像月光底下的，黑影中現出青白的粉牆，片面的，癲狂的。」[99]看到此等景象，張愛玲想：

　　Beverley Nichols 有一句詩關於狂人的半明半昧：「在你的心中睡著月亮光，」我讀到它就想到我們家樓板上的藍色的月光，

95 張愛玲：〈私語〉，《華麗緣——散文集一·一九四〇年代》，頁148-149。

96 張愛玲：〈私語〉，《華麗緣——散文集一·一九四〇年代》，頁150。

97 張愛玲：〈童言無忌〉，《華麗緣——散文集一·一九四〇年代》，頁124。

98 張愛玲：〈私語〉，《華麗緣——散文集一·一九四〇年代》，頁151。

99 張愛玲：〈私語〉，《華麗緣——散文集一·一九四〇年代》，頁153。

　　那靜靜的殺機。[100]

　　面臨父親的言語威脅，被監禁家中的張愛玲，當下腦海裡浮現的，不是自小熟讀的《紅樓夢》、《金瓶梅》或《海上花列傳》，而是英國作家貝弗利・尼柯爾斯（Beverley Nichols, 1898-1983）的詩句。因為母親曾留學英國，且基於對母親的愛而連帶喜歡上英國的張愛玲，同時也喜讀英國作家的文學作品。除了貝弗利・尼柯爾斯以外，張愛玲曾親口說過，她特別喜歡毛姆（Somerset Maugham, 1874-1965）、赫胥黎（Aldous Huxley, 1894-1963）等英國作家的小說。一九四四年三月十六日於新中國報社舉辦的「女作家聚談會」，出席的作家有汪麗玲、吳櫻之、潘柳黛、譚正璧、藍葉珍、關露、蘇青等人，其中當然包括了張愛玲。會談中，當吳江楓詢及張愛玲平常喜歡讀什麼書時，張愛玲回答：「S. Maugham（毛姆），A. Huxley（赫胥黎）的小說，近代西洋戲劇，唐詩、小報、張恨水。」[101]張愛玲的弟弟張子靜（1921-1997）也在《我的姊姊張愛玲》一書中提到姊姊頂愛看毛姆寫的東西，並要他留心學習毛姆的寫作方法。[102]張愛玲究竟有多愛毛姆？我們還能從她一九八二年七月五日寫給莊信正的信裡窺探一二：「我剛巧又腳扭了筋，不能多走路，正愁讀物斷檔，收到毛姆傳，來得正是時候，喜從天降，連照片都精彩，張張看了又看。」[103]

　　另外，一九四三年《紫羅蘭》主編周瘦鵑（1895-1968）在讀完〈第一爐香〉、〈第二爐香〉的稿件後，更認為其風格近似於毛姆，而

100　張愛玲：〈私語〉，《華麗緣——散文集一・一九四〇年代》，頁153。
101　唐文標主編：《張愛玲資料大全集》（臺北：時報文化出版企業公司，1984年），頁242-243。
102　張子靜：《我的姊姊張愛玲》（臺北：時報文化出版企業公司，1996年），頁116。
103　莊信正：《張愛玲來信箋註》（臺北：印刻文學生活雜誌出版公司，2008年），頁106。

又受一些《紅樓夢》的影響。當時張愛玲即表示，她自己正是毛姆作品的愛好者。[104]毛姆對張愛玲的影響之深，可以從不少地方探見。她在〈《張看》自序〉中就曾如此描述炎櫻父親的一位老友：「整個像毛姆小說裡流落遠東或南太平洋的西方人。」[105]而在註解《海上花列傳》第卅三回「快刀」一事時，則曾引普立茲獎新聞記者泰德・摩根（Ted Morgan）所著的《毛姆傳》（Maugham）說明：「一九三五年名作家毛姆遊法屬圭安那，參觀罪犯流放區──當地死刑仍用斷頭台──聽見說有個醫生曾經要求一個斬犯斷頭後眨三下眼睛；醫生發誓說眨了兩下。」[106]此外，小說〈浮花浪蕊〉裡亦共計出現了七次毛姆的名字。嚴紀華據此認為：「可以察覺張愛玲對於毛姆以及其作品的浸淫、玩味與喜愛，到個中的體會、察納與內化，在自己的作品中帶有『毛姆』的感覺，也就成為一種『習慣成自然』。」[107]張愛玲讀毛姆，也讀其他如蕭伯納（Bernard Shaw, 1856-1950）、赫胥黎、勞倫斯（D. H. Lawrence, 1885-1930）等英國作家的文學作品。在張愛玲的成長過程裡，英國的文化、文學就這樣潛移默化地影響著她及其往後的書寫風格。

　　可根據黃心村的說法，張愛玲在港大時期，毛姆並不在當時港大英文系的必讀書單之中[108]，那麼張愛玲閱讀毛姆的起始，極有可能便

---

104 參見周瘦鵑：〈寫在紫羅蘭前頭〉，唐文標主編：《張愛玲資料大全集》，頁305-309。

105 張愛玲：〈《張看》自序〉，《惘然記──散文集二・一九五〇～八〇年代》（臺北：皇冠文化出版公司，2010年），頁112。

106 張愛玲：《海上花落》（臺北：皇冠文化出版公司，2020年），頁16。

107 嚴紀華：《看張・張看：參差對照張愛玲》（臺北：秀威資訊科技公司，2007年），頁195。

108 「英文系的必讀書單中基本都是十七至十九世紀的正典作品，其中有莎士比亞、狄更斯、沃爾特・司各特、奧立佛・高德史密斯、威廉・梅克比斯・薩克萊、強納森・史威夫特、羅勃特・白朗寧、拜倫、賽謬爾・泰勒・柯勒律治、威廉・華茲渥斯、湯瑪士・哈代、馬修・阿諾德等，加上《聖經》和荷馬史詩。這個文學

與她當時的英文老師有很大的關聯。張愛玲在港大二年級時的英文老師貝奇（Bernard Gregory Birch, ?-?）就曾鼓勵張愛玲多讀毛姆。[109]另外，她一年級的英文老師索爾特（Keith W. Salter, 1913-2000）與只上了一學期的三年級的英文老師辛普森（Robert Kennedy Muir Simpson, ?-?），甚至是當時的兩位華裔女助教賴寶勤和梁文華，「都有可能把毛姆、赫胥黎、威爾斯、斯黛拉・本森等等在文學院書單之外的熱門作家推薦給他們的學生」[110]；身為港大學生一分子的張愛玲，也應當受到這些英文老師的啟發而開始讀起毛姆的著作。

然而喬麗華在〈張愛玲筆下「雜七古董的外國人」〉文章末尾寫道：

> 毛姆筆下的遠東之旅、福斯特的《印度之行》、印度裔作家奈保爾的《米格爾街》、杜拉斯的《情人》、露絲・普拉瓦爾・傑哈布瓦拉的《熱與塵》等等，無不因為印度背景而走紅。我手頭有一本獲布克獎作家的小說集，翻閱獲獎作家的簡歷，其中不少有著遠東或非洲的生活經歷，他們筆下的異域元素很輕易地就能打動歐美的讀者，甚至感染了我們。但他們筆下的故事，終究是站在殖民者的角度。他們寫不出羅傑・安白登的故事、艾許太太的故事，寫不出《浮花浪蕊》裡李察遜先生和他太太的故事，咖哩先生和潘小姐的故事，他們是「毛姆全集裡漏掉的一篇」，若不是因為張愛玲的驚鴻一瞥，他們的背影將註定無

殿堂裡只有兩位女作家：珍・奧斯汀和喬治・艾略特。現代作家只有一位蕭伯納。日後對她的文學生涯影響極大的赫胥黎、H・G・威爾斯、毛姆、勞倫斯、斯黛拉・本森等當年的熱門作家都不在文學院的必讀書單中。」黃心村：《緣起香港：張愛玲的異鄉和世界》（香港：香港中文大學出版社，2022年），頁145。

109 黃心村：《緣起香港：張愛玲的異鄉和世界》，頁147。

110 黃心村：《緣起香港：張愛玲的異鄉和世界》，頁145-148。

聲無息地湮滅於時代浪花中。[111]

確實如同張愛玲在〈浮花浪蕊〉裡寫的一樣：「想必內中有一段故事，毛姆全集裡漏掉的一篇。」[112]即使張愛玲喜愛毛姆、風格近似毛姆，但她與毛姆終究不能全部混為一談，因為他們的「眼光」不同。張愛玲並非單純採取西方作家「東方主義」（殖民者）的凝視視角，而是站在更為中國（被殖民者）的立場，去看生活在上海／香港的西方人（英國人）與中國人。因此，胡蘭成才會說：「如今民國的世界便像這樣，亦不過是被西洋的尾巴掃著罷了，所以愛玲還是從赫克斯來（赫胥黎）的影響走了出來。」[113]張愛玲勢必得擺脫英國作家們的影響，才能寫出他們永遠看不見的故事。透過張愛玲，我們不僅得以看見毛姆全集裡漏掉的篇章，故事中的各色人物形象（不論中國人還是英國人及其他）亦從她的文字裡鮮活了起來。

第三節　理性與阻隔的眼光

張愛玲看英國人，視角為何？是本章最後欲解決的問題。我們不妨再次思考這個問題：張愛玲對英國人複雜的觀看是如何形塑而成的──她是建立在對於英國的戀慕與欽羨情結之上，且混雜著東方主義和自我東方化迎合西方的複雜視角所形成的。張愛玲對英國人的複雜視角究竟如何產生？胡蘭成在《今生今世》裡就曾經如此談過張愛玲：

---

111 喬麗華：〈張愛玲筆下「雜七古董的外國人」〉，《文匯讀書周報》第1699號第3版，2018年6月24日。

112 張愛玲：〈浮花浪蕊〉，《色，戒──短篇小說集三‧一九四七年以後》（臺北：皇冠文化出版公司，2010年），頁246。

113 胡蘭成：《今生今世》（臺北：遠景出版事業公司，2009年），頁292。

> 托爾斯泰的「戰爭與和平」，我讀了感動的地方她全不感動，
> 她反是在沒有故事的地方看出有幾節描寫得好。她不會被哄了
> 去陪人歌哭，因為她的感情清到即是理性。[114]

張愛玲曾在〈論寫作〉裡提到作文要迎合讀者的心理，辦法不外這兩
條：（一）說人家所要說的，（二）說人家所要聽的。[115]張愛玲太明白
寫作是怎麼回事，以至於她能不被故事情節的發展左右了感情。她在
〈論寫作〉最後說到她最喜歡申曲裡的幾句套語：「五更三點望曉
星，文武百官上朝廷。東華龍門文官走，西華龍門武將行，文官執筆
安天下，武將上馬定乾坤……」讀到其中的「文官執筆安天下，武將
上馬定乾坤」時，使張愛玲「思之令人淚落」。[116]果然，張愛玲的確
能在沒有故事的地方，看見細節並被深深打動，這是她與一般讀者最
不相同之處。至於「感情清到即是理性」，則能在其小說中體察得
到。許子東曾引費勇在其著作《張愛玲傳奇》中之論述來評價張愛玲
的創作意象和技巧，費勇認為：「張愛玲的譬喻充滿了真正的女性意
識，像一個冷靜的敏銳的旁觀者不經意的述說。」[117]張愛玲的所有小
說幾乎都是以極其冷靜、敏銳的旁觀者（或者說「上帝視角」）口吻
來訴說人物與故事。這種不帶有情感而只是純粹陳述的狀態，即是胡
蘭成所謂「感情清到即是理性」的樣子。另外，胡蘭成還在《今生今
世》裡寫到：

---

114 胡蘭成：《今生今世》，頁289。
115 張愛玲：〈論寫作〉，《華麗緣——散文集一·一九四〇年代》，頁101。
116 張愛玲：〈論寫作〉，《華麗緣——散文集一·一九四〇年代》，頁104-105。
117 許子東：〈物化蒼涼——張愛玲意象技巧初探〉，《再讀張愛玲》（香港：牛津大學出
   版社，2002年），頁150。

　　愛玲與我說,「西洋人有一種阻隔,像月光下一隻蝴蝶停在帶
有白手套的手背上,真是隔得叫人難受。」[118]

回顧前文,我們亦能明顯感受到張愛玲對西方人的觀感,「像隔了一
層什麼」,而張愛玲在《小團圓》中也寫到了這樣的阻隔感。她說九
莉有時候會想:「會不會這都是個夢,會忽然醒來,發現自己是另一
個人,也許是公園裡池邊放小帆船的外國小孩。當然這日子已經過了
很久了,但是有時候夢中的時間好像很長。多年後她在華盛頓一條僻
靜的街上看見一個淡棕色童化頭髮的小女孩一個人攀著小鐵門爬上爬
下,兩手扳著一根橫欄,不過跨這麼一步,一上一下,永遠不厭煩似
的。她突然憬然,覺得就是她自己。老是以為她是外國人——在中國
的外國人——因為隔離。」[119]張愛玲在下一段落裡寫道:「她像棵
樹,往之雍窗前長著,在樓窗的燈光裡也影影綽綽開著小花,但是只
能在窗外窺視。」[120]由此可知,張愛玲比擬的是九莉和邵之雍感情間
的阻隔;但同時卻也凸顯了張愛玲自己身在中國,格格不入的處境。
我認為胡蘭成所說的「理性」與「阻隔」,特別能借用來為張愛玲看
英國人,作一概括。
　　也正因為張愛玲感覺自己像是「在中國的外國人」,她方能用一種
更加疏離的「洋人看京戲」的眼光來看看中國的一切。但同時張愛玲
也說:「像我們都是在英美的思想空氣裡長大的,有很多的機會看出
他們的破綻。」[121]洋人看京戲彷彿像東方主義式的凝視;而長期浸淫
在租界／殖民地接受西方文化思想的張愛玲卻又能輕易看穿東方主義

---

118 胡蘭成:《今生今世》,頁292。
119 張愛玲:《小團圓》,頁219。
120 張愛玲:《小團圓》,頁220。
121 張愛玲:〈雙聲〉,《華麗緣——散文集一・一九四○年代》,頁257。

是以極偏見且粗暴的想像方式面向東方。張愛玲沒有一頭栽進西方在租界／殖民地所營造的先進文明幻覺中，而是以一種居高臨下的透徹眼光，觀照眼前的所有人事物（不論是英國人還是迎合英國的中國人），就像她明白地看透了在港大求學期間遇見的歷史教授佛朗士（英國人）：

> 佛朗士是一個豁達的人，徹底地中國化，……他對於英國的殖民地政策沒有多大同情，但也看得很隨便，也許是因為世界上的傻事不止那一件。每逢志願兵操演，他總是拖長了聲音通知我們：「下禮拜一不能同你們見面了，孩子們，我要去練武功。」想不到「練武功」竟送了他的命──一個好先生，一個好人。人類的浪費……[122]

張愛玲在〈燼餘錄〉裡為這個「徹底中國化」的英國人的死，發出了激動的言辭，說佛朗士是一個好先生，一個好人，他的死是人類的浪費。後來在《小團圓》中，佛朗士化身為安竹斯先生，張愛玲描述當九莉聽見安竹斯死訊的時候，則是「一陣陰風石門關上了」。[123]不論是《小團圓》的安竹斯先生；還是後來出現在《易經》裡的布雷斯代先生，皆是佛朗士的再現；而張愛玲也始終帶著「一些模糊的情愫，不能點明，只能意會」[124]的方式，在字裡行間回憶這位深刻影響著她的英國籍教授。

　　張愛玲之所以能看透佛朗士這個英國人，是因為「佛朗士生前自稱是『Hong Kong Stayer』，可以譯作港居者，或者時髦些，說是『港

---

122 張愛玲：〈燼餘錄〉，《華麗緣──散文集一‧一九四〇年代》，頁68-69。
123 張愛玲：《小團圓》，頁231。
124 黃心村：《緣起香港：張愛玲的異鄉和世界》，頁85。

漂』。他是大英帝國殖民歷史背景中的一個漂流者。他的學生張愛玲
也是一個漂流者，在香港是過客，回到應該是故土的上海依然改變不
了流徙的命運。佛朗士和張愛玲是二十世紀殖民、再殖民、反殖民、
後殖民的大背景中的一對師生。張愛玲之成為一個作家，或許也正是
從佛朗士的近代歷史課上開始了對殖民和後殖民的思考，並帶著這個
課題飄洋過海到了另一塊大陸」。[125]張愛玲和佛朗士相似的境遇，讓
她更加理解這位被徹底中國化的歷史教授。但是，當前人在散文和小
說裡努力梳理張愛玲與佛朗士之間模糊的情愫，或者試圖翻找現實生
活中的佛朗士是否確有其人時，張愛玲所留下的隻言片語，尤其從
〈燼餘錄〉的描述裡，我所看到的卻是張愛玲試圖去評價佛朗士之
死，其悲劇性究竟何在：是因為被「徹底中國化」？還是「為英軍打
仗」的緣故所致？張愛玲的想法是「可是他死了——最無名目的死。
第一，算不了為國捐軀。即使是『光榮殉國』，又怎樣？」[126]「又怎
樣？」，語氣裡滿是難以言說的情緒。張愛玲是透徹的，透徹到即使
面對喜愛的歷史教授的死訊，她仍舊嘗試冷靜地為佛朗士之死給予評
價。而這一切便是源自於她的「理性」。就像胡蘭成所言，張愛玲是
「民國世界的臨花照水人。看她的文章，只覺她甚麼都曉得」。[127]

　　不論我們在張愛玲的文字中，讀到東方主義式的表述，抑或以自
我東方化的角度迎合西方的抗拒，皆因張愛玲「居高臨下」的冷眼視
角，促成她筆下人物與故事之間永遠保持距離，甚至挾帶「阻隔」性
質。正如張愛玲〈封鎖〉裡所言：「生命像《聖經》，從希伯來文譯成
希臘文，從希臘文譯成拉丁文，從拉丁文譯成英文，從英文譯成國
語。翠遠讀它的時候，國語又在她腦子裡譯成了上海話。那未免有點

125　黃心村：《緣起香港：張愛玲的異鄉和世界》，頁76。

126　張愛玲：〈燼餘錄〉，《華麗緣——散文集一‧一九四〇年代》，頁69。

127　胡蘭成：《今生今世》，頁290。

隔膜。」[128]即使有很多的機會可以看出英國人的破綻，但在跨語系和跨族裔的交際之間，張愛玲始終讓自己站在文化與族群的「他者」視角進行觀看，上述凝視英國人的篇章亦具此特徵。張愛玲以理性瞭解英國人，卻又因「阻隔」看不清英國人。因此，在張愛玲的文學表現中可以見到，她選擇站在更高遠、更超越的位置，讓身在滬／港的英國人，及眾多沾沾自喜迎合西方的中國人，各自搬演纏繞、混雜的生命故事。

旅美香港作家袁則難（1949-?）[129]寫過一首詩作：「時間不詳／地點沒有印象／只記得彷彿是個早晨／我走到鏡前，看見／腳踏的是英國來路鞋／身穿美國牛仔褲／意大利絲巾，墨西哥皮帶／頭還斜戴著一頂法國式的帽子／就是不見了中間的面孔／沒有咀臉，也不知是哭是笑／是哀是愁／於是我明白／從來也沒有袁則難／過去沒有／現在也沒有／當各國的顏色在鏡中互相排斥時／我甚至連影子也失掉了。」[130]

袁則難的詩、散文與小說經常展現個人在異鄉生活的苦澀與哀愁，尤其是散文集《凡夫俗子》中的多篇在港日記，皆描寫一九八三年回港探親時的所見所聞，寫及港人對於九七回歸的惶恐和失措，字裡行間無不流瀉對於故鄉香港的愛與認同。[131]而這首〈沒有臉的人〉，更是袁則難在內察己身後，寫出對於家國認同的糾結與失落。穿搭在其身上的英國鞋子、美國牛仔褲、意大利絲巾、墨西哥皮帶和法國帽子，使他成為各國文化的拼貼物，於是他在鏡前沒有了自己，沒有了

---

128 張愛玲：〈封鎖〉，《傾城之戀——短篇小說集一・一九四三年》，頁168。

129 袁則難，原名袁志惠，一九四九年生於香港，六七年畢業於赤柱聖士提反中學，七〇年春赴美，獲華盛頓州立大學藥劑醫師學位，……作品多發表在臺灣報刊雜誌上。參見袁則難：《不見不散》（臺北：圓神出版社，1986年），頁183。

130 袁則難：〈沒有臉的人〉，《中外文學》第3卷第12期（1975年5月），頁49。

131 參見袁則難：《凡夫俗子》（臺北：爾雅出版社，1985年）。

歷史，甚至無從得知自己的身分、家國認同究竟歸屬何地；這是屬於袁則難作為一名香港人的悲哀，正好與張愛玲的苦澀遙相呼應。

　　長期浸淫在滬／港租界和殖民地的張愛玲，眼前所見同樣是充滿異國情調的各式拼貼，看見中國人在強勢西方文化思想的影響下逐漸失落主體性，這些景況都被敏感細膩的張愛玲記錄下來，反映在小說、散文等創作之中。被張愛玲批判是「非驢非馬」、「畫蛇添足」、「全失本來面目」、「不倫不類」的中國人，全都成為了「沒有臉的人」。[132]特別是在寫英國人時，張愛玲的心理狀態是尤為複雜的。她一方面因為母親和英國文學作家的關係而對英國帶有戀慕與欽羨；但一方面又企圖寫出西方人的東方主義視野、西方人的種族優越和負面形象；並且揭露甚至批判中國人自我東方化迎合西方的扭曲現象。不過，也正因為如此，張愛玲才能寫出毛姆全集裡漏掉的各種篇章。

　　本章首先從想像／現實兩面爬梳英國人的特質，對照張愛玲小說中對英國人或貼合或差異之描述；進而透過張愛玲〈第一爐香〉、〈第二爐香〉、〈連環套〉……，及繪畫作品等，指出張愛玲筆下英國人的規律、節制、固守等形象特質，實與英國人（波爾溫）的自我表述相近，並非是全然偏頗的刻板印象；但張愛玲又以冷眼、世故等疏離的視角書寫，字裡行間透露出其對英國人偽善、狡詐的評價，與英國人形成「隔膜」的效果。在張愛玲小說中時常顯現作家對英國人種族優越的批判，除了對所見英國人的律法、陋習加以嘲諷，更繪製英國人不屑、高人一等模樣的圖畫。同時，張愛玲還以〈第二爐香〉的羅傑和〈紅玫瑰與白玫瑰〉的艾許太太作為例證，寫出了英國人對於租界／殖民地，既是異邦也是故鄉的矛盾認同。其次，本章指出張愛玲

132　其實張愛玲也是「沒有臉的人」。至於她是如何從傳統中國人身分轉向變成充滿複雜認同的現代鬼魂；並從「上海人」逐漸成為失了五官的「沒有臉的人」，將在最後的「結論」一章再行闡述，以作為全書之收束。

於小說中不僅展示了對中國人以自我東方化迎合西方的抗拒與批判，
來自張愛玲成長經歷中對母親和毛姆等英國文學作家的深遠影響，卻
又使她對英國始終擁有微妙的戀慕和欽羨。最後，本章通過胡蘭成的
評價與張愛玲的自我評述，指出張愛玲對英國人的觀看視角，存在
「理性」與「阻隔」兩種特點。理性層面上，張愛玲在看待佛朗士的
死亡事件時，試圖以文化人類學式的知識分析其死亡的悲劇性，與英
國人的文化慣習息息相關；阻隔層面上，張愛玲又以文化和族群的
「他者」觀看，並以更高遠的超越位置描繪英國人。在溫熱的記憶與
冷眼的旁觀中，形成了張愛玲文學裡，對英國人既近又遠的距離。

第參章

再強些也是個有色人種

——張愛玲的印度人／南洋人書寫

眉中間有個紅點／頭紗遮住臉／好像每個人都有特別氣味／聞
了才發現那是咖哩作祟／恆河水／菩提樹葉／古老的情節／時
間在倒迴／我們倆穿著布紗／聽著梵樂／還想著是幻覺／奇怪
的語言／催著我快快起舞／碎碎唸啊唸

——孫燕姿：《神奇》[1]

　　二○○三年一月，新加坡歌手孫燕姿發行專輯《未完成》，在全
亞洲創下突破一百萬張銷量的亮眼佳績，主打歌曲《神奇》，極具印
度樂風格，充滿異國情調的節奏和旋律，特別抓耳。「這首散發著濃
濃印度曲風的『神奇』，是孫燕姿趁著休假時，到倫敦旅遊，觀賞了
一齣現代舞台劇，配樂中帶著濃濃的印度風，引發孫燕姿的靈感。日
前孫燕姿拍攝『神奇』MV 時，打扮成印度女郎的模樣，化粧師特地
花了六小時，為她設計了手部的圖騰手繪，當孫燕姿隨著歌曲的節奏
擺動身體時，纖纖玉手也隨著曼妙起舞，風情十足」。[2]此篇報導給出
的重要訊息是：《神奇》的創作契機是孫燕姿到「倫敦」旅遊時，聽
到濃濃的「印度」風配樂而引發的。於是，眉中間的紅點，遮住臉的

1　天天作詞，李偲菘作曲，孫燕姿演唱：《神奇》，收錄於專輯《未完成》（臺灣：華
　　納音樂唱片，2003年）。

2　施心媛：〈孫燕姿變身印度女郎　真神奇〉，《民生報》，第C2版，2002年12月31日。

頭紗，咖哩氣味，恆河，菩提樹，古老的情節，奇怪的梵語和舞蹈，
遂成為作詞人天天為孫燕姿寫下的《神奇》的歌詞內容。[3]《神奇》
的 MV 則是找來黃中平執導[4]，影像一開場便有大量印度人物風景照
片快速閃現，緊接在後是樂手們演奏印度傳統樂器西塔琴（sitar）、
塔布拉鼓（tabla）的畫面，然後是孫燕姿翩翩起舞。此外，MV 裡還
充斥著各式印度元素，手繪圖騰、紗麗、眉間的紅點相繼現身。最特
別的是中段間奏時出現的印度僧侶被擺設在畫面之中，整部 MV 就宛
如一幅拼貼而成的印度奇觀（Spectacle）。這是「新加坡」（南洋）歌
手孫燕姿在「英國」，通過舞臺劇裡的印度風配樂，想像「印度」的
方式。而它絕不僅是南洋對印度的想像，更是在族群紛雜的當代華語
世界裡對印度的想像。

　　孫燕姿和《神奇》的創作起點所觸及到的，「英國」、「印度」與
「南洋」跨地域、跨種族的想像關係，同樣也在張愛玲的文本中被反
覆書寫。與上海（半殖民／租界）、香港（殖民地）有著相同的命
運，印度和南洋（馬來亞、新加坡、緬甸等地）亦曾都是英國的殖民
地。並且，張愛玲想像印度與南洋的開始，還深受到其好友炎櫻和母
親的影響。因此，張愛玲的小說、散文裡便經常出現印度、南洋人以
及張愛玲對他們的看法和評價。〈第二爐香〉、〈傾城之戀〉、〈連環
套〉、〈色，戒〉裡有印度人；〈茉莉香片〉、〈心經〉、〈紅玫瑰與白玫
瑰〉等小說中則有南洋人，當然《小團圓》中也不乏有印度人和南洋
人的相關書寫。本章欲先從當代華人對印度、南洋的想像談起，再分
別概述印度、南洋作為英國殖民地的相關歷史背景，並以印度人、南
洋人為主要論述對象，回到張愛玲的小說與散文中，視察其對印度與
南洋的認識從何而來；印度人、南洋人在上海／香港的生活是何等境

3　天天，本名梁鴻斌，臺灣知名作詞人。
4　黃中平，臺灣知名音樂錄影帶導演。

況；他們的形象特質有何特別之處；又是如何再現於張愛玲的小說與
散文創作之中？

第一節　觀看的局限——零散破碎的印度人書寫

　　二〇二二年金馬奇幻影展的「Surprise Film」放映《考萊塢之命
運迴圈》（*Maanaadu*），獲得臺灣影迷不少關注。[5]本片從「時間迴圈」
的概念打開故事，以男主角 Khaliq 在飛機上的時刻為起點，和自己
的死亡為終結，描述他不斷重複的一天。劇情觸及印度信仰、婚姻議
題，展示宗教／種姓制度的複雜關係。而電影除了展現極具獨特的影
像風格之外，片名中的「考萊塢」（Kollywood）[6]一詞，則令人心生疑
竇。因為從來只聽過「寶萊塢」（Bollywood）[7]，又不曾聽過「考萊
塢」。先就電影情節而論，故事一開始，描述男主角 Khaliq 預計從杜
拜飛往印度南部城市孔巴托（Coimbatore）參加好友婚禮，但卻因事
耽擱導致飛機為了他而延誤起飛時間。此時，機上空服員與一名國會

5　《考萊塢之命運迴圈》（*Maanaadu*）是由活躍於南印度坦米爾電影界（也稱考萊塢、
　　康萊塢，Kollywood）的導演文卡特普拉布（Venkat Prabhu）所執導的電影作品，於
　　二〇二一年正式上映。

6　清奈通行的語言是坦米爾語（Tamil），……以坦米爾語發音的南印電影就稱作「康
　　萊塢」。坦米爾語使用人口超過七千萬人，歷史超過兩千年之久，是印度另一個相
　　當重要的語言，而這個「康萊塢」出產的電影，自然也有大批的支持者與海內外市
　　場。參見黃偉雯：《用電影說印度：從婆羅門到寶萊塢，五千年燦爛文明背後的現
　　實樣貌》（臺北：創意市集，2018年），頁237-238。

7　「寶萊塢」（Bollywood）是指以孟買為影視基地，語言使用以北印度語（Hindi，又
　　稱印地語）為主的電影。對臺灣觀眾來說，這個還是最為熟悉的印度電影主流。但
　　因為臺灣人缺乏對印度細節的認知與瞭解，所以只要是看到有印度演員的電影，或
　　是外景在印度的電影，就會概括性地認為這是寶萊塢，在一些電影簡介裡面也會很
　　刻板的寫上「印度語」發音，其實這是一個很深的誤解。參見黃偉雯：《用電影說
　　印度：從婆羅門到寶萊塢，五千年燦爛文明背後的現實樣貌》，頁234。

議員的對話特別值得我們思考。當議員質問空服員飛機為何延誤起飛時，空服員回答：「我不懂坦米爾語（Tamil）」、「我也不懂印地語（Hindi）」，議員身邊的人則表示：「那其實是英語（English）。」據悉，印度主要的官方語言以印地語和英語為主；北印度和中部人民多使用印地語，南方人民則較多使用坦米爾語。可見，儘管同為印度人且擁有相同國籍，但仍有可能因著地域的分佈，導致人民無法具體理解彼此。同是印度人尚且如此，更何況是來自完全不同種族、國家的華人（臺灣人）？

華人世界對印度電影的接受，絕大部分來自「寶萊塢」，甚至以為「寶萊塢」即代表印度電影的全部，因此我們也就慣於以寶萊塢來想像印度了。寶萊塢電影甚至主宰（或形塑）了印度人如何看待自己，寶萊塢成為所有的印度人的共通語言寶庫，一種人人都會說的語言，一首刻畫著眾人人生的主題曲。[8]以《寶萊塢生死戀》（Devdas）為例[9]，二〇〇二年上映的《寶萊塢生死戀》在印度和全世界獲得了空前成功，在臺灣，「自從『寶萊塢生死戀』成為二〇〇三年金馬影展的開幕片之後，近十年來，寶萊塢成了臺灣影展的必備特點。」[10]實則不止十年，《寶萊塢生死戀》於二〇二一年又再次被選入金馬奇幻影展「影迷許願池」的片單之中，足見此部電影深受觀眾喜愛程度之高。然而在印度，除了寶萊塢以外，至少還有兩個以「萊塢」聞名的影視基地，分別是「托萊塢」（Tollywood）[11]和考萊塢。前面提及

---

8 傑瑞・賓多（Jerry Pinto）：〈寶萊塢：夢想製造機的內幕〉，麥肯錫顧問公司（McKinsey & Company）編，李靜怡譯：《重新想像印度：亞洲下一個超級強國的潛力解碼》（新北：遠足文化事業公司，2017年11月），頁362。

9 《寶萊塢生死戀》（Devdas）是由寶萊塢導演桑傑里拉班薩里（Sanjay Leela Bhansali）所執導的電影作品，於二〇〇二年正式上映。

10 聞天祥：〈給我寶萊塢〉，《聯合晚報》，第B8版，2012年3月25日。

11 海德拉巴位在印度的中部，屬於安得拉邦，主要使用的語言是泰盧固語

的《考萊塢之命運迴圈》就是「考萊塢」出品電影。根據此例及前述孫燕姿《神奇》歌詞裡對印度的拼貼式詞語，皆可察覺當代華人想像印度的不完整和局限性。

當代尚且如此，更何況是張愛玲的時代？當時因受英國半殖民（租界）／殖民的緣故，許多印度人來到上海和香港。張愛玲眼前所見的族群紛雜的中國土地上，印度人自然也成為她觀看的對象之一。但張愛玲筆下關於印度人的描寫並不完整，大多是零散的敘述；重要一點的還能以次要角色作為與主角之參照，至於其他涉及印度人的部分，基本上都僅是寥寥幾語便就此帶過。有趣的是，儘管只有破碎的文字片段，但卻也足夠提供我們認知張愛玲所處時代的印度人處境以及她對印度人的看法。在討論張愛玲如何看印度人以前，我們必須得先回顧印度受英國殖民統治的歷史背景，以及印度人在英國勢力進入中國後，為何也隨之來到中國的相關情況。如此，方能再深究現身於張愛玲小說及散文創作中的印度人。

一 「被殖民」到「移民」：殖民統治時期的印度人

如要討論英國對印度的殖民統治歷程，就得從一六〇〇年十二月三十一日，英國女王伊莉莎白一世頒予英屬東印度公司（EIC）「皇家特許狀」，讓其負責東方貿易一事說起。自那時開始，英屬東印度公司前後壟斷了東印度貿易權長達近兩世紀的時間。公司的合股制度讓英商得以共同分攤貿易風險，董事會（Court of Directors）的集中指

（Telugu）。……使用泰盧固語拍攝的電影被暱稱為「托萊塢」（Tollywood），又稱泰盧固電影，在印度及新馬一代占有相當龐大的市場和觀影人口，其影視基地位在海德拉巴的拉莫吉影城（Ramoj）。參見黃偉雯：《用電影說印度：從婆羅門到寶萊塢，五千年燦爛文明背後的現實樣貌》，頁236。

揮、文件保存的穩定性機制及個別擁有專業能力的僱員組成等優勢，
都讓英屬東印度公司成為了印度本地商業家族的最大競爭者。他們不
僅使英國壟斷了亞洲的貿易權，更擁有軍事武力的協助。雖然當時在
財力和組織性方面仍不及對手荷屬東印度公司（VOC），亦無法與當
時印度境內正值盛世的蒙兀兒（Mughal）帝國抗衡，但在蒙兀兒的熱
烈歡迎下，英屬東印度公司很快地便在十七世紀前半葉於印度成功建
立起既安全且賺錢的貿易版圖。十八世紀初期，孟加拉也成為了英屬
東印度公司的搖錢樹，當時貿易範圍已遍及整個恆河河谷。

　　何以英屬東印度公司能在印度大獲成功？答案在於歐洲本身。對
海島國家來說海外貿易至關重要，所以英國人誓言不惜任何代價都要
保護他們在印度的利益，雖然工業革命尚未發生，但英國經濟已經充
滿生氣蓬勃的商業倫理；再者，英國的成功也源於一七五七年的佔領
孟加拉，英屬東印度公司掌握了印度最富庶的省份，正因為擁有這樣
的資源，英屬東印度公司才能夠在持續不斷的印度地域邦國競賽中擊
敗其他邦國脫穎而出，並於一八一八年，正式成為印度的主人。[12]

　　英屬東印度公司掌控印度時期，主要仍是以經濟利益考量為出
發。尤其在十八世紀後期開始，英屬東印度公司更力圖發展和遠東地
區的貿易關係，這為帕西人（Parsi）和其他印度商人提供了機會[13]，
使他們成為英國私商的代理人。在這種新環境下，印度西部的商業活
動開始大舉擴張，無論是向內陸，還是從孟買海岸向外。[14]再加上一

---

12 關於英屬東印度公司的崛起、對印度的統治和受殖民統治下印度的社會境況等內容，
　可參見芭芭拉・麥卡夫（Barbara D. Metcalf）、湯瑪斯・麥卡夫（Thomas R. Metcalf）
　著，陳琦郁譯：《劍橋印度簡史》（新北：左岸文化事業公司，2005年），頁57-159。

13 帕西人，是指主要立足於印度次大陸，信仰瑣羅亞斯德教（或稱祆教、拜火教）的
　民族。

14 拉希德・瓦迪亞著，沈依迪譯：〈始於古吉拉特的商業故事：帕西商人與他們的商業
　貿易〉，沙美智（Mishi Saran）、章可主編：《黃浦江上的飛鳥：上海印度人的歷史》
　（上海：上海人民美術出版社，2018年），頁46。

八五八年「特許狀」權利遭解除後，結束了東印度公司對印度貿易的壟斷，但它對中國貿易的壟斷則被保留了下來。[15]因此，大量的英國商人、印度商人也轉往中國尋覓發展可能。然而隨著英國殖民印度的時間漸長，印度對英國的價值早已遠不止於「經濟利益」。在十九、二十世紀交替的年代裡，「印度在很多方面都可以說是大英帝國系統的核心，其中的重點之一是為英國在熱帶地區的殖民地提供契約勞工」。[16]可其後離開印度的人民卻不再僅是契約勞工，更是在大英帝國擴張期間向外尋求生存與工作機會的移民。尤其當「印度和中國這兩個高度組織化的國家」皆被拉進「通商幹線的地區」時，印度和中國不僅皆具有回應貿易衝擊、適應全球化改變的能力[17]，他們同時還都處於英國的殖民勢力範圍。在相同帝國的殖民底下，印度人當然也獲得更多機會前往中國。

　　至於英國人是如何成功深入中國地界？約翰・達爾文（John Darwin）提出，「對世上某些地區來說，英國人能以讓當地主權大抵完好無損的有力外交，為自身貿易打開門戶：這就是拉丁美洲模式。在較不合作的地區，則採用相對強制的手段：如果當地人不願開放門戶，英國人即強行開鎖，打破大門」。[18]顯然，英國對中國採取的是後者手段，「一八三九至一八四二年間，英國人以此對付中國，要求北京讓其自由進入中國市場，並以汽船封鎖長江（中國主要交通動脈），直到北京屈服。此後，靠著中國開放的大批『通商口岸』（洋商可不受中國官署管轄的區域）、一對砲艇和香港的一座大港（香港已割讓

---

15 拉希德・瓦迪亞著，沈依迪譯：〈始於古吉拉特的商業故事：帕西商人與他們的商業貿易〉，沙美智、章可主編：《黃浦江上的飛鳥：上海印度人的歷史》，頁46。

16 芭芭拉・麥卡夫、湯瑪斯・麥卡夫著，陳琦郁譯：《劍橋印度簡史》，頁167。

17 約翰・達爾文（John Darwin）著，黃中憲譯：《未竟的帝國：英國的全球擴張》（臺北：麥田出版公司，2021年），頁20。

18 約翰・達爾文著，黃中憲譯：《未竟的帝國：英國的全球擴張》，頁23。

英國），英國人希望攫取中國的『財富』，且不必背負自行統治的龐大負擔。」[19]由此可知，十七世紀以降中國對英國基本已是門戶洞開的狀態，香港是完全的殖民地，而上海在後來成為英租界的半殖民地境況也早就能夠預見。

回到印度，在被英國長期殖民的境況下，印度很早就出現「移民」群體，不論是以商人、契約勞工或是巡捕等不同身分。如同前述，隨著全球化經濟體和「地球村」情境的快速發展，移民後來更增添了離散的情結。印度人雖然多前往牙買加、英屬圭亞那、斐濟、馬來亞、緬甸、錫蘭、肯亞、烏干達等地，但同時期作為英國半殖民（租界）／殖民地的上海和香港，自然也都能見到印度人的身影。[20]最後，這裡所謂的從「被殖民」到「移民」，並非單指一種身分的過渡或變換，我想強調的是印度人身分的重疊：他們既是「被殖民者」，也是（特別指離開印度前往中國的）「移民」。

二　滬／港的印度巡捕：從錫克警察談起

前述大致梳理了英國殖民統治印度的歷程，並說明了印度人前往中國之緣由與動機，理解為何在中國地界能看見印度人的身影之後，便也就能明白何以在張愛玲的小說和散文裡能不時看見那些生活在滬／港的印度人了。我們不妨就先從最顯眼的印度巡捕（錫克警察）開始談起。張愛玲筆下對印度巡捕的描繪雖然不多，但就以下這段閃現於小說〈連環套〉裡關於印度巡捕的記述，卻已能隱隱感受到一九四

---

19 約翰‧達爾文著，黃中憲譯：《未竟的帝國：英國的全球擴張》，頁23。

20 一八四五年，上海道台宮慕久與英國領事巴富爾根據《中英南京條約》將上海洋涇浜以北設立為英國僑胞的居留地，是為中國近代史上第一個居留地（租界）。英屬香港則是指一八四一年至一九九七年間英國殖民下的香港。

○、一九五○年代，上海或香港某種充滿奇異的城市景觀：

> 林子裡一座棕黑色的小木屋，是警察局分所，窗裡伸出一只竹
> 竿，吊在樹上，晾著印度巡捕的紅色頭巾。[21]

文中寫到一日清早，霓喜一行七八個人和她由女傭領著的兩個孩子一
起，乘了竹轎到山上遊玩。在經過一處林子時，他們看見了窗外晾著
印度巡捕紅色頭巾的警察局分所。後來他們決定在山上住一宿隔日再
下山，但英國尼姑梅臘妮卻怕明早有神父來做禮拜，怕趕不及回去。
霓喜答道：「路上有巡警，還怕什麼？」其他姑子們則笑道：「奶奶你
不知道，為了防強盜，駐扎了些印度巡捕，這現在我們又得防著印度
巡捕了！」[22]此處雖然並無對印度巡捕有太多描述，但是「紅色頭
巾」和外國尼姑們的話語卻值得細究。
　　首先是印度巡捕的「紅色頭巾」，就與當時將印度巡捕戲稱為
「紅頭阿三」的背景有所關聯。[23]「紅頭」自然是與當時的印度巡
捕──尤以錫克人為主──習慣頭纏紅巾有關[24]；「阿三」則是上海人

21　張愛玲：〈連環套〉，《紅玫瑰與白玫瑰──短篇小說集二‧一九四四年～四五年》
　　（臺北：皇冠文化出版公司，2010年），頁23。

22　張愛玲：〈連環套〉，《紅玫瑰與白玫瑰──短篇小說集二‧一九四四年～四五年》，
　　頁24。

23　「紅頭阿三」是近代華人對上海公共租界的印度巡捕的蔑稱，如同「假洋鬼子」的
　　文學形象，「紅頭阿三」形象也是半殖民地中國的文化產物之一。參見劉永廣：〈殖
　　民恥辱與文化戲謔──「紅頭阿三」形象的塑造與傳播〉，《歷史教學》2018年第12
　　期，頁20。

24　章可在〈上海最顯眼的印度人：錫克警察〉文中提到：「要講述近代上海印度人的
　　故事，錫克人是一個無法繞開的群體，尤其是受僱於租界工部局巡捕房的錫克巡捕
　　（警察）們。他們散布在公共租界的各條街道，維護治安、指揮交通，成為近代上
　　海城市景觀中無可忽視的重要部分，也常常出現在今日有關『近代上海』的城市記
　　憶當中。」至於為何印度巡捕尤以錫克人為主，則是因為「公共租界建立後，原有

對印度巡捕一種厭惡、嘲諷與貶低的表示。[25]劉永廣認為：「『紅頭阿三』形象的想像、敘述與建構是半殖民地的中國大眾認識與反抗殖民主義與帝國主義控制的一種文化形式。……它解構了英國殖民者的殖民權威，形塑與固化了大眾對『紅頭阿三』形象的政治化與戲謔化認識。」[26]此外，對無法準確區分印度各個族群的上海人來說，對錫克人「紅頭阿三」的看法其實就等於他們對「印度人」的看法。[27]到底也是上海人的張愛玲，自然也明白在她指出「紅色頭巾」時，其背後所暗含的文化意義。章可說：「在近代上海，中國人和錫克巡捕的相遇始於建立租界的英國人，終於佔領租界的日本軍隊。這個過程包含的寓意耐人尋味，它正體現了中國和印度在近代共同面對的文化困境，即總是要在西方文化主導的體系中找尋自己的容身之處。然而，也正是在這個找尋的過程中，雙方有機會面對彼此，發現差異和認

的工部局巡捕房時常感到人手不足，便大量招募新人。由於錫克人素來以尚武、遵守紀律且忠心耿耿著稱，被英國殖民當局認為是擔任士兵和警察的上佳選擇，香港從一八六七年開始就已經有了錫克警察。」並且，「由於錫克人多認同自己『戰鬥民族』的稱號，平日執勤盡忠職守，對犯罪行為下手很少留情。在巡捕房的上層看來，錫克巡捕的薪水僅比華人巡捕高出不多，遠低於英國人或其他歐洲人，而且他們不會說中文，與本地華人也很少交往，避免了警察與犯罪團隊勾結的危險，因而逐漸樂於使用錫克人。」參見章可：〈上海最顯眼的印度人：錫克警察〉，沙美智、章可主編：《黃浦江上的飛鳥：上海印度人的歷史》，頁95。

25 章可據薛理勇《舊上海租界史話》一書，整理了有關「阿三」一詞的來歷，其可能的說法有三：第一是英語中的Sir在上海方言中發音接近為「三」，於是市民對巡捕稱「阿Sir」，在口語中逐漸變成「阿三」；第二是印度巡捕每天都需操練，操練時往往會對長官的指令大聲回應道「Yes Sir」，而上海市民聽不懂「Yes Sir」的意思，便索性因其音近而稱為「阿三」；第三是初期巡捕多不會說上海方言，執勤時與本地人溝通十分困難，巡捕為強調自己意見，便反覆說「I say」，而不懂英語的上海人便以此稱他們為「阿三」。參見章可：〈上海最顯眼的印度人：錫克警察〉，沙美智、章可主編：《黃浦江上的飛鳥：上海印度人的歷史》，頁99。

26 劉永廣：〈殖民恥辱與文化戲謔——「紅頭阿三」形象的塑造與傳播〉，頁20-21。

27 章可：〈上海最顯眼的印度人：錫克警察〉，沙美智、章可主編：《黃浦江上的飛鳥：上海印度人的歷史》，頁95。

同。」[28]循此，若再回過頭去思考〈連環套〉裡，那些英國尼姑笑說，不僅要防強盜，還得防印度巡捕的輕蔑話語，就能深刻感受到，在中國不僅是中國人蔑視印度人，英國人在印度人面前更展示了身為殖民者的優越姿態；張愛玲僅透過簡短的描述，便向我們傳達了英國、中國和印度之間的差異、認同與複雜的權力關係。

　　除了〈連環套〉，〈傾城之戀〉裡也簡單提到了印度巡捕。小說寫到有一天，范柳原和白流蘇正在街上買菜，碰著薩黑荑妮公主，寒暄幾句後范柳原邀了薩黑荑妮一同吃飯。張愛玲接著補充：「她的英國人進了集中營，她現在住在一個熟識的，常常為她當點小差的印度巡捕家裡」[29]，這句話同樣深具意義。究竟是怎樣的殖民統治，讓一名印度女人選擇要與英國人在一起（是在一起，不是結婚）？[30]班納迪克‧安德森（Benedict Anderson）在《想像的共同體：民族主義的起源與散布》中寫到，英屬東印度公司的憲章在一八一三年被送交更新時，英國國會指令每年分配十萬盧比用以振興本地（印度）人的教育——同時包括「東方式」和「西方式」的教育。一八二三年，公共教育委員會（Committee of Public Instruction）在孟加拉設立；一八三四年，湯瑪斯‧巴賓頓‧馬考萊（Thomas Babington Macaulay, 1800-1859）成為這個委員會的主席。他宣稱「一書架的好歐洲藏書可以抵得上全部的印度和阿拉伯文學的價值」，並且在次年提出了他那惡名昭

---

28 章可：〈上海最顯眼的印度人：錫克警察〉，沙美智、章可主編：《黃浦江上的飛鳥：上海印度人的歷史》，頁100。

29 張愛玲：〈傾城之戀〉，《傾城之戀——短篇小說集一‧一九四三年》（臺北：皇冠文化出版公司，2010年），頁219。

30 關於薩黑荑妮，范柳原曾向白流蘇提到：「人家在上海也是很有名的。後來她跟著一個英國人上香港來。你看見她背後那個老頭子麼？現在就是他養活著她。」以此說明薩黑荑妮和英國老頭子的關係。參見張愛玲：〈傾城之戀〉，《傾城之戀——短篇小說集一‧一九四三年》，頁197。

彰的《教育備忘錄》（*Minute on Education*）。……他的建議立即被採納實施。一個徹底的英國式教育體系將被引進，而這會創造出——以馬考萊自己那令人難以啟齒的話來說——「一個種類的人，他們的血統和膚色是印度的，但他們的品味、意見、道德和思維能力卻是英國式的」。[31]安德森以為，這個有意識地規劃和推動的長期（三十年！）政策，意不在將「游惰之徒」（印度人）轉化為基督徒，而在將他們變成雖然有著無法救贖的膚色與血統，但卻在文化上同化於英國的人。它意圖推動一種精神的混種（mental miscegenation）。[32]如此，英國這個殖民母國，從教育層面著手，大力推動文化和思想的同化政策，三十年來就這樣不斷潛移默化地規訓著印度人對於英國的認同甚至嚮往、崇拜。所以不難理解，薩黑荑妮選擇要和英國人在一起的原因。

　　另一方面，由於薩黑荑妮的英國人進了集中營，所以她只好借住在一個「熟識的，常常為她當點小差的印度巡捕家裡」，此則反映了同為印度人的薩黑荑妮和印度巡捕之間的階級問題。根據范柳原的說法，薩黑荑妮是「克力希納‧柯蘭姆帕王公的親生女，只因王妃失寵，賜了死，她也就被放逐了，一直流浪著，不能回國。其實，不能回國倒是真的，其餘的，可沒有人能夠證實」。[33]印度因宗教（印度教）關係，世襲的種姓制度連帶影響了印度社會明顯的階級差異，身為王公之後的薩黑荑妮公主，再加上她攀附了英國人的緣故，使她在中國的社會地位遠高於只是受雇於英國人的印度巡捕，若不是薩黑荑妮的英國人進了集中營，她又怎會「委身」於位階低下的印度巡捕家裡？如果說〈連環套〉裡關於印度巡捕的描述，向我們傳達了英國、

---

31 班納迪克‧安德森著，吳叡人譯：《想像的共同體：民族主義的起源與散布》（臺北：時報文化出版企業公司，2010年），頁140-141。

32 班納迪克‧安德森著，吳叡人譯：《想像的共同體：民族主義的起源與散布》，頁141。

33 張愛玲：〈傾城之戀〉，《傾城之戀——短篇小說集一‧一九四三年》，頁196-197。

中國和印度之間的差異、認同與複雜的權力關係；那麼〈傾城之戀〉中薩黑荑妮借住到印度巡捕家中一事，便意在彰顯依靠英國的印度人與受僱於英國的印度人之間，不對等的身分和階級落差。

三　被忽視的特質：慣於爭鳴的印度人

不論是〈連環套〉中以「紅色頭巾」描繪印度巡捕，透過英國尼姑的話語傳達英國人在印度人面前展示身為殖民者的優越姿態，還是〈傾城之戀〉中用薩黑荑妮對比印度巡捕來體現不對等的身分、階級落差；就像前述章可所言，「對無法準確區分印度各個族群的上海人來說，對錫克人『紅頭阿三』的看法其實就等於他們對『印度人』的看法」。張愛玲破碎、片斷式的書寫，雖反映了她觀看印度人的局限，但其中仍不乏有對印度人頗為準確的體察和感受。

我們可以再回來檢視安德森談馬考萊對印度在接受英國教育後的預言：「沒有一個接受了英國教育的印度教徒還會繼續誠心誠意地信仰他的宗教。」[34]必須列舉馬考萊的說法，其原因在於西方人對印度的想像，是一種「特別專注於印度文化中宗教與精神要素的癖好」[35]，而馬考萊的預言就直接應證了這個說法。再者，印度人對自我形象的內在認同，「在過去的數個世紀中受到殖民主義的很大影響」。[36]不僅如此，英國對於印度這個「東方」的想像，更是薩依德所謂的「東方主義」的典型。[37]我們能以此來說明，正是因為英國人對印度人觀看

34　班納迪克・安德森著，吳叡人譯：《想像的共同體：民族主義的起源與散布》，頁141。

35　阿馬蒂亞・森（Amartya Sen）著，劉建譯：《慣於爭鳴的印度人：印度人的歷史、文化與身份》（北京：中國人民大學出版社，2018年），頁115。

36　阿馬蒂亞・森著，劉建譯：《慣於爭鳴的印度人：印度人的歷史、文化與身份》，頁114。

37　阿馬蒂亞・森以薩依德的「東方主義」論述作為比較和對照，聚焦探討了西方在理

的局限，進而影響了張愛玲及和她一樣的中國人，對印度人觀看的局限。而印度學者阿馬蒂亞·森（Amartya Sen）在著作《慣於爭鳴的印度人：印度人的歷史、文化與身份》裡，針對印度人被長期忽視的多樣的性格特質，有十分詳盡的論述，特別適合用來與張愛玲筆下的印度人作一對照。「慣於爭鳴的印度人」──阿馬蒂亞·森的書名，開宗明義即點出了他對印度人性格特質的總結。

阿馬蒂亞·森於書中開篇如此寫道：

> 對我們印度人而言，長篇大論並不陌生。我們能夠滔滔不絕地講很長時間。半個世紀以前，克里希納·梅農在聯合國.（當時他是印度代表團團長）創下發表最長演說的紀錄（九小時不停頓），迄今尚無任何地方的任何人可以望其項背。……我們確實喜歡說話。[38]

他另外指出，光是古代梵語史詩《摩訶婆羅多》就大約是古希臘詩人荷馬（約公元前九世紀－前八世紀）的《伊利亞特》與《奧德賽》合在一起的長度的七倍[39]，以此表明印度人長於「爭鳴」、「論辯」的傳

解印度方面的三種形成對照又互相衝突的立場及態度，分別為：「獵奇者」、「官員」和「文化保護者」。他認為「獵奇者」主要關注於印度的諸多奇異方面，焦點在於印度不同尋常的事物、奇異的事物；「官員」與帝國權力的行使攸關，並從英國總督的視角將印度看作一塊臣服領土。這種觀點吸納了一種優越感和監護人意識；「文化保護者」則是最開明的，對印度文化的多方面做了記錄、分類和展示等方面的努力，且避免更多先入為主的觀點。參見阿馬蒂亞·森著，劉建譯：《慣於爭鳴的印度人：印度人的歷史、文化與身份》，頁114-131。

38 阿馬蒂亞·森著，劉建譯：《慣於爭鳴的印度人：印度人的歷史、文化與身份》，頁3。

39 阿馬蒂亞·森著，劉建譯：《慣於爭鳴的印度人：印度人的歷史、文化與身份》，頁3。

統。他接續說道，這種「爭鳴」、「論辯」的傳統直到今天仍對印度有著重大的影響，此項傳統促使異端（不合於印度教教義的）之間成為印度的自然事態，這種持續不斷的爭鳴更是組成印度社會公共生活的重要關鍵。[40]此外，是印度人對差異的寬容態度，尤其是對宗教多樣性的寬容——「印度在歷史紀年中一直是印度教徒、佛教徒、耆那教徒、猶太教徒、基督教徒、穆斯林、瑣羅亞斯德教徒、巴哈伊教徒等諸多教徒的共同家園」。[41]最後，阿馬蒂亞‧森試著從宗教懷疑論者、無神論者等角度來形容印度人[42]，他強調對於印度的記述過分聚焦於印度予人深刻印象的宗教狂熱，這將導致印度遺產中的「理性主義」部分相對而言遭到忽視，再加上殖民主義產生了「逐漸削弱了印度人知識自信的效應」[43]，更使「印度人在論辯、科學、數學以及其他所謂『西方的成功領域』的著作遭到異常忽視」。[44]阿馬蒂亞‧森認為這種「選擇性的忽略，事實上已經導致在解釋印度思想時出現重大偏見」。[45]

　　綜觀阿馬蒂亞‧森的說法，印度人因宗教、種姓的刻板印象，致

---

40 阿馬蒂亞‧森著，劉建譯：《慣於爭鳴的印度人：印度人的歷史、文化與身份》，頁10。

41 阿馬蒂亞‧森著，劉建譯：《慣於爭鳴的印度人：印度人的歷史、文化與身份》，頁13-14。

42 「對印度文化有一種極其常見的權威界定，在詮釋印度傳統時特別看重宗教的作用，而宗教懷疑論在印度的強大存在，是與之相悖的，或至少看上去與之相悖」。「實際上，不同形式的無神論思想在整個印度史上一直有大量的追隨者，今天同樣如此」。參見阿馬蒂亞‧森著，劉建譯：《慣於爭鳴的印度人：印度人的歷史、文化與身份》，頁17，18-19。

43 阿馬蒂亞‧森著，劉建譯：《慣於爭鳴的印度人：印度人的歷史、文化與身份》，頁62。

44 阿馬蒂亞‧森著，劉建譯：《慣於爭鳴的印度人：印度人的歷史、文化與身份》，頁64。

45 阿馬蒂亞‧森著，劉建譯：《慣於爭鳴的印度人：印度人的歷史、文化與身份》，頁20。

使他們長於「爭鳴」、「論辯」，對差異的寬容，以及於科學、數學等理性學科上的成就，被經常性忽視。而這些被經常性忽視的印度人特質，卻正好反映在張愛玲小說中對印度人角色的職業、身分的選擇上。回顧前述，印度人以商人、契約勞工或是巡捕身分前往滬／港成為移民；正好在張愛玲的小說裡，印度人就是以商人為主（爭鳴和論辯能力即是成功商人的必備技能），還有交際花（漂亮的說話技巧亦是成功交際花的必備技能）、醫學院學生（理性學科）等，張愛玲對印度人的特質還是把握得相當穩妥的。

第二節　刻板的理解——印度人角色之形塑

> 印度有一種顛狂的舞，……這種舞的好，因為它彷彿是只能如此的，與他們的氣候與生活環境相諧和，以此有永久性。地球上最早開始有動物，是在泥沼裡。那時候到處是泥沼，終年濕熱，樹木不生，只有一叢叢壯大的厚葉子水草。太陽炎炎晒在污黑的水面上，水底有小的東西蠢動起來了，那麼劇烈的活動，可是沒有形式，類如氣體的蒸發。看似齷齪，其實只是混沌。齷齪永遠是由於閉塞，由於局部的死；那樣元氣旺盛的東西是不齷齪的。這種印度舞就是如此。[46]

張愛玲在散文〈談跳舞〉中，記述了她曾經（只）看過一次印度舞表演的經歷。雖然是舞臺很小，背景只是一塊簡陋的幕搭建而成的非正式演出，但這次的觀看經驗，卻透過舞蹈提供了她認識印度的機會，其中，不乏有既定的理解。像是女舞者標誌性的印度「披紗」；

---

46 張愛玲：〈談跳舞〉，《華麗緣——散文集一・一九四〇年代》（臺北：皇冠文化出版公司，2010年），頁211-212。

還有女舞者編演的節目名為「母親」，在張愛玲看來，是「描寫多病多災的印度，印度婦女的迷信與固執的感情，可以有一種深而狹的悲慘」。[47]前述引文中的「永久性」，還有那種宛如「原始」泥沼林地的「混沌」，亦點出張愛玲對印度的固有想像。首先，對於印度具有「永久」和「混沌」的論斷，顯然是因為印度文明歷史的足夠「古老」。古印度的文明歷史最早可上溯至約公元前三三〇〇年，和美索不達米亞、古埃及和華夏並稱為四大古文明。赫爾曼・庫爾克（Hermann Kulke）和迪特瑪爾・羅特蒙（Dietmar Rothermund, 1933-2020）在著作《印度史》前言便開宗明義說道：「印度的歷史就是一個偉大文明的迷人史詩。它是一種具有驚人的文化延續性的歷史。」[48]而自古以來就給人有永久的，帶有原始、混沌感受的印度，也是張愛玲想像它的方式。另外，關於女性舞蹈演員在印度社會中身分位階的問題，傑瑞・賓多在〈寶萊塢：夢想製造機的內幕〉裡提到：「數世紀以來，印度社會向來以近乎輕蔑的態度看待表演者。儘管人們喜愛、甚至崇敬演員、歌手和音樂家，卻絕對不會和他們結婚，不可能讓兒子與他們有任何瓜葛，更不可能讓女兒拋頭露面地去表演。在表演者與觀眾間，有一條鮮明的血線」[49]，足見在傳統印度社會裡人們對於表演者的普遍賤斥。而張愛玲觀看的這齣名為「母親」的演出後得出印度的多病多災、印度婦女的迷信與固執的感情之感想，自然也是基於對印度舞蹈和女性的傳統認知。一旦觸及女性，只能是「深而狹的悲慘」了。同樣對印度人的刻板想法，張愛玲也曾在〈《張看》自序〉中說

---

47 張愛玲：〈談跳舞〉，《華麗緣──散文集一・一九四〇年代》，頁217-218。

48 赫爾曼・庫爾克（Hermann Kulke）、迪特瑪爾・羅特蒙（Dietmar Rothermund）著，王立新、周紅江譯：《印度史》（北京：中國青年出版社，2008年），頁XII。

49 傑瑞・賓多：〈寶萊塢：夢想製造機的內幕〉，麥肯錫顧問公司編，李靜怡譯：《重新想像印度：亞洲下一個超級強國的潛力解碼》，頁356。

過，她和炎櫻剛進港大時，有一天炎櫻父親的老朋友說要請炎櫻看電影，並叫上張愛玲一塊去，張愛玲寫：「單獨請看電影，似乎無論中外都覺得不合適。也許舊式印度人根本不和女性來往，所以沒有這些講究。」[50]字裡行間，亦無不流露張愛玲對印度女性地位低下的既定看法。觀賞印度舞表演的親身體驗和受到炎櫻的影響，讓張愛玲對印度人有了更多接觸和理解，這些經歷遂成為她在小說創作裡，形塑印度人的基礎。

一　印度公主薩黑荑妮

　　綜觀張愛玲的小說，大量書寫印度人的作品非〈傾城之戀〉莫屬。雖然小說的男女主角是留學英國的公子哥范柳原與上海大戶人家小姐白流蘇，但其中，張愛玲仍然耗費不少篇幅來描述印度公主薩黑荑妮，且張愛玲很有意識地將薩黑荑妮用來與白流蘇作對照。如同水晶就認為薩黑荑妮決不是一個閒角，而是一個反襯流蘇的重要人物。水晶注意到張愛玲在薩黑荑妮的名字中，嵌進一個「黑」字，和白流蘇的「白」，恰恰成為一對反義字，形成了「黑美人」與「白美人」的對照。[51]儘管張愛玲曾回應他：「《傾城之戀》難為你看得這樣仔細，不過當年我寫的時候，並沒有察覺到『神話結構』這一點。她停了停又說，彷彿每個人身上都帶有 mythical elements 似的。」[52]但萬燕卻對此表示，張愛玲的說法並不就意味著水晶是牽強附會，而有可

---

50 張愛玲：〈《張看》自序〉，《惘然記——散文集二・一九五○～八○年代》（臺北：皇冠文化出版公司，2010年），頁112。

51 水晶：〈試論張愛玲〈傾城之戀〉中的神話結構〉，《替張愛玲補妝》（濟南：山東畫報出版社，2004年），頁36。

52 水晶：〈蟬——夜訪張愛玲〉，《替張愛玲補妝》，頁18。

能更說明了「潛文本」對她潛意識的影響，造就了白流蘇與薩黑荑妮這樣天然的相輔相成的關係。[53]這種「參差對照」的文學手法，她在〈自己的文章〉中就曾明確的表示過：

我喜歡參差對照的寫法，因為它是較近事實的。[54]

梅家玲以為，所謂「參差」，意即「不齊」，……凡兩種以上的事物在「疊合」的同時，亦具有「歧出」之處，均可謂之「參差」。但在張愛玲加入「對照」之說後，「參差對照」已不再止於疊合與歧出，轉而因兩造間的對映互涉，更多出一分相生相成之意。[55]「參差對照」也因而成為張愛玲典型的書寫模式。然而，薩黑荑妮除了是女主角白流蘇的參差對照之外，通過這個印度公主的角色，我們還能看見什麼？小說中，張愛玲在薩黑荑妮正式登場時，細緻地描繪了這位被一群洋紳士，眾星捧月一般簇擁著的印度公主的外貌、妝容、衣著和舉止。薩黑荑妮有著一頭結成雙股大辮的黑長髮，晶亮的指甲，黃而油潤的臉色，影沉沉的大眼睛，古典型的直鼻子和粉紅的厚重的小嘴唇；身著玄色輕紗氅和金魚黃緊身長衣。張愛玲就曾經畫過薩黑荑妮的圖像，從圖像可見張愛玲想像中的薩黑荑妮，除了帶著印度標誌性的頭紗和大耳環外，也能看到其筆下所謂影沉沉的大眼睛、古典型的直鼻子和厚重的小嘴唇等五官模樣。[56]最重要的是，張愛玲說即使薩黑荑妮穿上了西式裝束、巴黎最新的款式，但她卻依舊帶著「濃厚的

53　萬燕：《解讀張愛玲：華美蒼涼》（北京：中華書局，2018年），頁140。

54　張愛玲：〈自己的文章〉，《華麗緣——散文集一‧一九四〇年代》，頁115。

55　梅家玲：〈烽火家人的出走與回歸——〈傾城之戀〉中參差對照的蒼涼美學〉，楊澤編：《閱讀張愛玲：張愛玲國際研討會論文集》（臺北：麥田出版公司，1999年），頁266。

56　參見張愛玲：《傾城之戀——短篇小說集一‧一九四三年》，頁221。

東方色彩」。[57]我們能感受到，作為一名受到追捧的成功的交際花，薩
黑荑妮顯然還深諳與男人們的相處及說話應對之道。

值得注意的是，薩黑荑妮和白流蘇互動的方式，就足以瞥見在中
國，一位「印度公主」和一個「中國女人」處境的差異：

> 流蘇在那裡看她，她也昂然望著流蘇，那一雙驕矜的眼睛，如
> 同隔著幾千里地，遠遠的向人望過來。柳原便介紹道：「這是
> 白小姐。這是薩黑荑妮公主。」流蘇不覺肅然起敬。薩黑荑妮
> 伸出一隻手來，用指尖碰了一碰流蘇的手，……[58]

薩黑荑妮只是用指尖「碰」了一碰流蘇的手，而非「握」了流蘇的
手。攀附了英國人的薩黑荑妮既昂然又驕矜的態度與肅然起敬看著薩
黑荑妮的流蘇，在社會地位的權力關係上，又一次形成了強烈的對
照。而張愛玲對印度人的刻板印象更體現在〈傾城之戀〉另一段范柳
原關於薩黑荑妮的描述裡：

> 薩黑荑妮上次說：她不敢結婚，因為印度女人一閒下來，待在
> 家裡，整天坐著，就發胖了。我就說：中國女人呢，光是坐著，
> 連發胖都不肯發胖——因為發胖至少還需要一點精力。懶倒也
> 有懶的好處！[59]

范柳原所謂「懶倒也有懶的好處」的想法，不禁使人再度想起馬考萊
稱印度人是「游惰之徒」的見解。印度人的懶惰，或許還得先歸咎於

---

57 張愛玲：〈傾城之戀〉，《傾城之戀——短篇小說集一‧一九四三年》，頁196。
58 張愛玲：〈傾城之戀〉，《傾城之戀——短篇小說集一‧一九四三年》，頁196。
59 張愛玲：〈傾城之戀〉，《傾城之戀——短篇小說集一‧一九四三年》，頁199。

是印度作為熱帶地區國家的一種原罪。[60]歐洲人對印度人的刻板印象，長久以來也確實深深影響著中國人對印度存在嚴重的偏見[61]，如一九三三年出版的《國語教學做法》中，對印度人就有以下的看法：「印度地方的人都很懶惰。他們田裡種很多很多的鴉片烟，無論男女老少十分之六七吸鴉片烟吧。印度人只知享樂主義，而不知有國家有社會，所以要亡國。」[62]近代中國這些教科書編者對印度人性格懶惰的偏見，也正好通過薩黑荑妮的話語，展示在了張愛玲的小說之中。

二　印度商人雅赫雅與巴達先生

〈傾城之戀〉裡，來自印度的薩黑荑妮是以交際花形象現身於小說之內；而在〈連環套〉及〈色，戒〉中，張愛玲則刻畫了印度人的商人形象。張愛玲曾經畫過一張關於印度商人的小插圖，可以提供我們對印度商人有初步的想像。鬈髮、高起的鼻子還有西式外套，幾個標誌性特徵，確實都和〈連環套〉、〈色，戒〉裡的印度商人非常相似。[63]

---

60 熱帶地區潮濕、炎熱的氣候，引發了西方世界對於熱帶地區「黏膩」、「懶惰」的想像。就連一九二九年商務印書館出版，陳鐸主編的《新學制地理教科書》第四冊，其中第一大章也是以「熱帶下的印度」為名，足見熱帶想像與印度之間的深刻連結。參見陳鐸編：《新學制地理教科書（小學校高級用書）》（上海：商務印書館，1929年），第4冊。

61 陳建維於博士論文《近代中國社會的印度想像（1895-1949）》的「在教科書裡急需教化的印度小老弟」一章中，詳盡地爬梳了近代中國官方教科書對於印度的描繪及書寫。並且歸納這些教科書編者以「迷信」、「不團結」、「早婚與女權低落」、「懶惰與鴉片誤國」等觀點，試圖指出印度亡國的原因所在，有助於我們理解中國對印度的刻板印象是如何形成的。參見陳建維：《近代中國社會的印度想像（1895-1949）》（臺北：中國文化大學史學系博士論文，2021年），頁79-114。

62 孫慕堅、馮鼎芬、朱荄陽編：《國語教學做法（新生活教科書）》（上海：大東書局，1933年），第4冊，頁74。

63 參見張愛玲：《華麗緣——散文集一‧一九四○年代》，頁33。

　　在討論〈連環套〉中的印度商人以前，我想先談談張愛玲對女主
角霓喜相貌的描繪。霓喜在十四歲左右被養母送到了一個印度人的綢
緞店裡，有趣的是，霓喜雖然是中國人，但張愛玲卻說：「霓喜的臉
色是光麗的杏子黃。一雙沉甸甸的大黑眼睛，碾碎了太陽光，黑裡面
揉了金。鼻子與嘴唇都嫌過於厚重，臉框似圓非圓，沒有格式，然而
她哪裡容你看清楚這一切。她的美是流動的美，便是規規矩矩坐著，
頸項也要動三動，真是俯仰百變，難畫難描。」[64]霓喜的形容姿態和
薩黑荑妮——臉色黃而油潤，影沉沉的大眼睛，古典型的直鼻子，粉
紅的厚重的小嘴唇——簡直像極了，或許正是因為霓喜有著印度女人
般的長相，才能讓那印度商人「一見她便把她留下了」。[65]而這位綢緞
店的印度商人，名字叫作「雅赫雅・倫姆健」，張愛玲說他「養著西
方那時候最時髦的兩撇小鬍子，……他頭上纏著白紗包頭，身上卻是
極挺括的西裝」[66]；還說他「是一個健壯熱情的男子，從印度到香港
來的時候，一個子兒也沒有，白手起家，很不容易，因此將錢看得相
當的重，年紀輕輕的，已經偏於慳吝」。[67]張愛玲筆下的雅赫雅，擁有
印度（頭上纏著白紗包頭）和西方（兩撇小鬍子和西裝）文化混雜的
形象，是受到英國殖民影響的印度人；而他重視錢財的慳吝性格則強
調了其作為一名商人的職業特質。然而在霓喜心中，雅赫雅即使「再

---

64 張愛玲：〈連環套〉，《紅玫瑰與白玫瑰——短篇小說集二・一九四四年～四五年》，
　　頁12。

65 張愛玲：〈連環套〉，《紅玫瑰與白玫瑰——短篇小說集二・一九四四年～四五年》，
　　頁11。

66 張愛玲：〈連環套〉，《紅玫瑰與白玫瑰——短篇小說集二・一九四四年～四五年》，
　　頁12。

67 張愛玲：〈連環套〉，《紅玫瑰與白玫瑰——短篇小說集二・一九四四年～四五年》，
　　頁14。

強些也是個有色人種的商人」[68]，和在政府裡供職的、沾著點官氣的
「英國」工程師湯姆生相比仍是矮了一截。霓喜對雅赫雅的評價凸顯
了即便同是在中國工作，也依然有種族、職業高低的區分。

　　〈連環套〉中還有另一位頗有地位的印度珠寶商人，是雅赫雅的
遠房表親發利斯‧佛拉，當他新從印度來香港時年紀不過二十一二
歲，張愛玲是如此形容發利斯的：「個子不高，卻生得肥胖扎實，紫
黑面皮，瞪著一雙黑白分明的微微凸出的大眼睛，一頭亂蓬蓬烏油油
的鬖髮，身穿印度條紋布襯衫，西裝袴子下面卻赤著一雙腳」[69]，和
雅赫雅一樣有著類似的印度和西方文化混種的形象。順帶一提，張愛
玲在〈第二爐香〉也有寫到一名受到英國殖民影響的印度人，這名印
度人是一個醫科六年生（理性學科），名喚摩興德拉。摩興德拉登場
就是在孜孜矻矻預備畢業考試，漆黑的躺在床上，開了手電筒看書。
[70]當女主角愫細大半夜跑到學生宿舍敲了摩興德拉的門後，大批的學
生也因為愫細這一鬧都擁到摩興德拉的房門口來。正當大家在想辦法
試圖幫助愫細時，擔心畢業文憑會因此生出問題的摩興德拉「只求卸
責」[71]，他只想趕緊去把校長或教務主任請來，將這個可能會讓人產
生許多誤會的教授的新婚妻子交出去給校方解決。摩興德拉這種不願
節外生枝，又克制、保守的性格，像極了英國人。和雅赫雅與發利斯
相同，摩興德拉極具英國特質的性格，大概也是來自英國潛移默化的
文化影響。

　　回到〈連環套〉裡的發利斯。在受雅赫雅邀約的那晚，飯桌上霓

68　張愛玲：〈連環套〉，《紅玫瑰與白玫瑰——短篇小說集二‧一九四四年～四五年》，
　　頁68。
69　張愛玲：〈連環套〉，《紅玫瑰與白玫瑰——短篇小說集二‧一九四四年～四五年》，
　　頁33。
70　張愛玲：〈第二爐香〉，《傾城之戀——短篇小說集一‧一九四三年》，頁74。
71　張愛玲：〈第二爐香〉，《傾城之戀——短篇小說集一‧一九四三年》，頁76。

喜對這個新到香港的印度人百般調鬧，說要幫他做媒，「說個標緻小媳婦兒」，聽到發利斯在家鄉有個一心一意想娶的表妹，便急忙問道：「兩個人私下裡要好？」結果雅赫雅噗嗤一笑道：

> 你不知道我們家鄉的規矩多麼大，哪兒容得你私訂終身？中國女人說是不見人，還不比印度防得緊。[72]

張愛玲用雅赫雅的話語，又一次將中國女性和印度女性作了對照，盡顯印度女性地位的低落以及印度社會對女性箝制與禁錮。如此觀點，和陳建維在《近代中國社會的印度想像（1895-1949）》裡提到的，中國官方教科書對於印度的描寫有著「女權低落」的看法，如出一轍。另外，若要討論到印度的珠寶商人，那就必須還得提到〈色，戒〉裡的巴達先生。

〈色，戒〉中的珠寶店，剛好是〈色，戒〉故事最高潮段落的發生場景。假扮成商人之妻，化名麥太太的愛國女大生王佳芝，就是在這間珠寶店裡戴上了汪偽政府特務頭子易先生送給她的六克拉鴿子蛋戒指；也是在這間珠寶店裡，王佳芝要易先生「快走」，而讓易先生逃過了被刺殺的命運。至於印度珠寶商人的名字——巴達先生——從何得知？張愛玲在小說裡，王佳芝和易先生第一次走進珠寶店時就有提到：「一進門左首牆上掛著長短不齊兩隻鏡子，鏡面畫著五彩花鳥，金字題款：『鵬程萬里巴達先生開業誌喜陳茂坤敬賀』，都是人送的。」[73]隨後，他們看見了巴達先生，「一個矮胖的印度人從圈椅上站

---

72 張愛玲：〈連環套〉，《紅玫瑰與白玫瑰——短篇小說集二‧一九四四年～四五年》，頁34。

73 張愛玲：〈色，戒〉，《色，戒——短篇小說集三‧一九四七年以後》（臺北：皇冠文化出版公司，2010年），頁200。

起來招呼，代挪椅子；一張蒼黑的大臉，獅子鼻」。[74]巴達先生，是以張愛玲的好友炎櫻的父親為原型所設定的。張愛玲曾在《對照記》中說過：「炎櫻姓摩希甸，父親是阿拉伯裔錫蘭人（今斯里蘭卡），信回教，在上海開摩希甸珠寶店。」[75]形象特別相符。而我們還可以在王佳芝對易先生說了「快走」，易先生連蹌帶跑奪門而出以後，看見張愛玲對巴達先生的刻畫：雖然對這突如其來的狀況，巴達先生當下「怔住了」，但當王佳芝定了定神後，只見巴達先生「倒已經扣上獨目顯微鏡，旋準了度數，看過這隻戒指沒掉包，方才微笑起身相送。也不怪他疑心。剛才講價錢的時候太爽快了也是一個原因」。[76]字句間，張愛玲透露了巴達先生對戒指的重視，還有對爽快談定價錢這件事抱持在意、謹慎的態度，皆彰顯出巴達先生的商人本能。如此，又正好回應了前文提及張愛玲小說裡的印度人，除了交際花，就是以商人為主的敘述。

　　最後，我想再回過頭來談談張愛玲曾於《對照記》裡提到的關於母親黃逸梵的一段人生經歷：

> 一九四八年她在馬來亞僑校教過半年書，都很過癮。……珍珠港事變後她從新加坡逃難到印度，曾經做尼赫魯的兩個姊姊的秘書。一九五一年在英國又一度下廠做女工製皮包。[77]

---

74 張愛玲：〈色，戒〉，《色，戒——短篇小說集三・一九四七年以後》，頁200。

75 張愛玲：《對照記——散文集三・一九九〇年代》（臺北：皇冠文化出版公司，2010年），頁51。

76 張愛玲：〈色，戒〉，《色，戒——短篇小說集三・一九四七年以後》，頁206。

77 張愛玲：《對照記——散文集三・一九九〇年代》，頁22。張愛玲對與母親逃難到印度，做過尼赫魯（Pandit Jawaharlal Nehru, 1889-1964）兩個姐妹的秘書之描述，同樣也出現在《小團圓》之中。參見張愛玲：《小團圓》（臺北：皇冠文化出版公司，2009年），頁281。

作為時代新女性的黃逸梵，自從在一九二四年決定與小姑張茂淵前往英國留學起，遂成為第一代「出走」家庭的中國「娜拉」。[78]一九二八年，黃逸梵與丈夫張志沂正式離婚後再次出國，所以才有了一九四八年在馬來亞僑校教書、從新加坡逃難到印度的種種經歷。另一個巧合是，李安導演在二〇〇七年將〈色，戒〉翻拍成電影時，雖然〈色，戒〉故事發生的主要場景只在上海、香港兩地，但片中有不少場景卻選擇在馬來西亞的檳城及霹靂州的首府怡保取景，完成拍攝。李安彷彿真的讀懂了張愛玲，他在張愛玲原作的字裡行間找尋到被潛藏甚或是遺落的文字碎片。張愛玲終其一生都不曾踏足英國、印度和南洋，反倒是其母親甚至是李安，實踐並完成了她的想像。而在印度人的討論之後，以下將接續探究張愛玲筆下的南洋人，究竟又浮現怎樣的特質與形象。

第三節　差異的形象——參差對照的南洋人書寫

南洋，是今東南亞區域的傳統稱呼。而現今認定的「東南亞」主要又受到中國和印度兩大文明影響甚大，因而在舊典籍中，西方學者對這個區域有遠印度（Farther India）、印度支那（源自法屬印度支那）、南洋、小中國（Little China）等的不同稱呼。[79]南洋涵蓋的國家

---

78 「娜拉」是挪威劇作家易卜生（Henrik Ibsen, 1828-1906）於一八七九年創作的劇本《玩偶之家》（*Et dukkehjem*）中的女主角，劇情講述「家庭主婦娜拉當初是如何滿足地生活在所謂的幸福家庭裡，但是她最後醒悟了：自己是丈夫的傀儡，孩子又是她的傀儡。於是她走了，只聽到關門聲。接著就是閉幕。」黃逸梵的覺悟出走，就和娜拉一樣。卷耳：《黃逸梵：一生飄逸　一世梵唱》（北京：北京燕山出版社，2017年），頁49。

79 高嘉勵、邱明斌主編：《縱橫東南亞：跨域流動與文化鏈結》（臺中：國立中興大學，2021年），頁10。

眾多、歷史紛雜，想爬梳南洋史並非易事。[80]然而，不能迴避的是，我們必須先大致明白同時期與張愛玲在滬／港（1920-1950年代）時的南洋人（尤其是華僑）的相關歷史背景以及中國（尤其是上海）對南洋的認知與描述，才能更方便理解張愛玲筆下的南洋人，其特質、性格是如何被展現出來。

　　說到張愛玲筆下的「南洋」，泰半指的是馬來亞或新加坡，且幾乎是「華僑」，《小團圓》和〈談跳舞〉裡閃現的「馬來人」，可算是張愛玲唯二提及的南洋土著。至於華僑移居南洋的歷史，最早可追溯至唐朝；而華僑開始在他國形成社區則從宋朝開始，因為當時政治、經濟重心南移，海上交通與唐朝相比亦更為發達，發展和南洋各國的貿易往來，成為國家的財源之一。時至元明兩朝，移居南洋的中國人就更多了。十四世紀時，印度洋的航運權幾乎完全掌握在中國人手中。當然，最重要的一次南洋行即是明朝（1405-1433）的鄭和七次下「西洋」。[81]此後至十九世紀鴉片戰爭前的三年間，南洋華僑人數急劇增加，以商人、政治避難者和華工為主。華僑出國達到高潮，形成「海水到處，便有華僑」的盛景，已經是鴉片戰爭以後的事了。[82]其中，在十八世紀下半葉以來，大英帝國繼印度之後，將發展的野心與目光投向東南亞，在馬來半島陸續建設了檳榔嶼（Penang, 1786）、新加坡

---

80 東南亞大致可分為大陸及海洋國家：大陸國家包括了緬甸、越南、柬埔寨、寮國、泰國；海洋國家則包括了印尼、馬來西亞、新加坡、汶萊、東帝汶、菲律賓等國。關於南洋（東南亞）史，可參見高嘉謙、邱明斌主編：《縱橫東南亞：跨域流動與文化鏈結》；米爾頓‧奧斯伯恩（Milton Osborne）著，王怡婷譯：《南向，面對東南亞》（新北：好優文化，2017年）。

81 鄭和的遠航，增進了中國和南洋諸國之間的了解和聯繫，維護了通往南洋航道的安全，為華僑的出國和他們在南洋的經濟活動創造了有利的條件。華僑在元明時期已廣泛分布到南洋各地，他們開發僑居地，並形成了華僑「新村」。巫樂華：《南洋華僑史話》（臺北：臺灣商務出版社，1994年），頁5。

82 關於古代華僑移居南洋的歷史進程，可參見巫樂華：《南洋華僑史話》，頁3-14。

（Singapore, 1819）和麻六甲（Malacca, 1824）三處殖民據點。……
海峽殖民地以新加坡為首府，成為英人在馬來半島進行政經活動的中
心，之後直到一八六七年，才改由英政府直接管轄海峽殖民地，由殖
民部（Colonial Office）負責。[83]和印度經驗相似，西方殖民勢力的入
侵，大大影響了南洋諸國的政治、歷史與文化發展。另一方面，中國
在一九二〇至一九四〇年代又正好掀起「南洋熱」，西方的殖民地想像
與中國內部所呈現的「被剪裁的南洋」[84]圖景，便成為張愛玲理解、
書寫南洋人的參考材料。

　　而關於張愛玲的南洋（人）書寫，夏蔓蔓的著作《南洋與張愛
玲》，就曾從張愛玲的小說、散文、電影劇本和自傳小說／小說自傳
方面，有過詳盡探討。[85]綜觀張愛玲的創作，小說〈紅玫瑰與白玫
瑰〉、〈傾城之戀〉、〈茉莉香片〉、〈心經〉、《小團圓》及其散文〈燼餘
錄〉、〈談跳舞〉等篇，皆有正面或側面寫及南洋人與南洋事物。本書
將再據此深入考察張愛玲文本中浮現的南洋人形象以及南洋如何作為
張愛玲的一種參照的存在。

一　恐怖又頂壞：中／英二國的馬來人印象

　　張愛玲在《對照記》裡提到母親黃逸梵曾於一九四八年在馬來亞

---

83 游博清：〈英人在海峽殖民地與英倫文化地景的形塑（1826~1867）〉，高嘉勵、邱明
　　斌主編：《縱橫東南亞：跨域流動與文化鏈結》，頁33-34。

84 「被剪裁的南洋」，語出黃國華：〈民國的南洋：上海《良友》畫報的「南洋群島」
　　想像〉，《中國現代文學》第40期（2021年12月），頁154。

85 張愛玲所編寫的電影劇本中《六月新娘》（1960）可以說是最偏重「南洋風味」的
　　一部。劇中的林亞芒是「菲律賓華僑」，主角董季方則是「南洋橡膠大王的兒子」；
　　《一曲難忘》（1964）的女主角南子和男主角伍德建與「新加坡」有某種密切的關
　　係；《人財兩得》（1958）、《情場如戰場》（1957）也都有關於南洋的描述。參見夏
　　蔓蔓：《南洋與張愛玲》（新加坡：玲子傳媒私人有限公司，2017年），頁73-92。

僑校教過半年書及做過尼赫魯兩個姊姊的秘書之經歷，後來都被寫進
了《小團圓》之中。這段頗具篇幅的描述，即透露了張愛玲對馬來亞
／馬來人的描繪與想像。蕊秋回憶在南洋的經歷時，談到了當時的服
裝搭配，穿短襪子是怕潮濕的氣候，穿長統靴是怕蛇咬；蕊秋說如此
打扮「在馬來亞都是這樣」[86]，點出了馬來亞位處熱帶的特性。張愛
玲之所以對南洋有蛇的描寫，與一九二〇至一九四〇年代在上海掀起
的「南洋熱」大致脫不開干係。黃國華的〈民國的南洋：上海《良友》
畫報的「南洋群島」想像〉一文，就《良友》畫報所再現的東南亞地
理圖像和文學文本，作了深度的分析，其中亦提供了很好的參照，有
助於我們理解張愛玲如何在成長期間，通過當時上海眾聲喧嘩的南洋
論述形塑她的南洋想像。黃國華於該文中指出：「《良友》對『南洋』
的注視，並非特立獨行。《良友》刊行期間，上海暨南大學接連發行
關切南洋的學術刊物《南洋研究》（1928-1944）和《南洋情報》（1932-
1933）。上海各家書店也在此時出版梁紹文《南洋旅行漫記》（1924）、
許傑《椰子與榴槤》（又名《南洋漫記》，1931）、羅靖南《長夏的南
洋》（1934）、艾蕪《南行記》（1935）、招觀海《天南遊記》（1936）
等南遊（行）之書」[87]，足見當時上海關注南洋的景況。以《良友》
為例，《良友》不少南洋圖像，被擺置在「奇人怪物」、「異國風土人
情 HERE and THERE」、「奇趣之事物」等欄位，讓讀者看見一種他者
化和奇觀化的「南洋」，不脫當時人對南洋所抱持的普遍印象——神秘
而落後，物產之巨大。[88]其中，「多蛇」就是被《良友》刻意剪裁過的
南洋圖景之一。[89]《良友》所展示的，是一種獵奇的、經揀選的南洋，

86　張愛玲：《小團圓》，頁282。
87　黃國華：〈民國的南洋：上海《良友》畫報的「南洋群島」想像〉，頁153-154。
88　黃國華：〈民國的南洋：上海《良友》畫報的「南洋群島」想像〉，頁161。
89　《良友》數次刊等南洋群島的「巨蛇」照，同時間的《南洋研究》第3期（1928）
　　也曾刊登「馬來半島之巨蛇」圖像。這不單是客觀事實的呈現，編輯頻繁讓讀者看

而「南洋多蛇」、「南洋人與蛇親近」等南洋印象，顯然也潛移默化地深植在張愛玲心中，促使張愛玲寫下《小團圓》裡的這段文字。

《小團圓》中蕊秋描述在印度和馬來亞的經歷時，張愛玲還接著提到了蕊秋在當時有個英國醫生的戀人：

> 她在普納一個麻瘋病院住了很久，「全印度最衛生的地方。」九莉後來聽見楚娣說她有個戀人是個英國醫生，大概這時候就在這麻瘋病院任職。在馬來亞也許也是跟她在一起⋯⋯。[90]

張愛玲形容蕊秋在印度普納的麻瘋病院是「全印度最衛生的地方」，欲凸顯的是印度的「髒」；蕊秋在普納認識、到馬來亞仍在一起的英國醫生，若與下段引文相互參照，「馬來人」似乎就不僅是簡單的南洋印象之體現，而是能作為另一種影射作用：

> 蕊秋叫了個裁縫來做旗袍。她一向很少穿旗袍。裁縫來了，九莉見她站在穿衣鏡前試旗袍，不知為什麼滿面怒容。再也沒想到是因為沒給她介紹燕山，以為是覺得她穿得太壞，見不得人。這次燕山來了，忽然客室的門訇然推開了，又砰的一聲關上。九莉背對著門，與燕山坐得很遠，回過頭來恍惚瞥見是她

見南洋有巨蛇出沒，實際反映中國傳統的地理想像。如吳春明和王櫻從《說文解字》「蠻」與「閩」的解釋，點出中原華夏民族視華南民族（含臺灣和東南亞南島語系民族）為「南蠻」，將其視為非我族類的「蛇種」，把蛇看做南方族群的識別符號。因此，編輯想當然爾地將「南洋」與「蛇」直接對應起來：「南洋有蛇不算奇」，讓這類圖像反覆出現，不由自主地承襲自上古以來從華夏位置觀看「蠻」的文化視野。這不僅是滿足讀者觀看新鮮事物的獵奇心理，更是帶給讀者預期之內的南洋異國情調：其地多蛇，當地人亦與蛇親近，⋯⋯南洋人民與蛇近距離接觸。參見黃國華：〈民國的南洋：上海《良友》畫報的「南洋群島」想像〉，頁161。
90 張愛玲：《小團圓》，頁281-282。

　　母親帶上了門。「像個馬來人，」燕山很恐怖地低聲說。[91]

燕山以「恐怖」地低聲形容滿面怒容的蕊秋「像個馬來人」，除了是對馬來人刻板印象的表現之外，馬來人的「恐怖」再加上印度的「髒」，更是張愛玲用來暗諷「蕊秋與英國醫生發生戀情」這件事情的恐怖和髒。與此種指涉類似的偏見，亦可見於張愛玲的散文〈談跳舞〉，〈談跳舞〉中談到了馬來人懂得「巫魘」一事。張愛玲說她在香港時認識的一個十八九歲的姑娘，叫做月女，她臉上時常有一種羞恥傷慟的表情，尤其是說到修道院園子裡的椰子樹和爬到樹頂上採果子的馬來小孩時，月女臉上也帶著羞恥傷慟不能相信的神氣。[92]月女的父親迷上了個「不正經的女人」，把家業拋荒了，月女堅信那個女人一定懂得「巫魘」。「會妖法的馬來人，她只知道他們的壞。『馬來人頂壞！騎腳踏車上學去，他們就喜歡追上來撞你一撞！』」[93]王艷芳以為這裡「涉及當地華人與馬來人的交往以及他們之間的文化隔膜，表現出對其他族群的某種否定，在一定程度上顯示出南洋華人文化和道德上的某種優越感」。[94]從前述看來，馬來人不僅「恐怖」，懂得巫魘妖法、喜歡作亂的馬來人更是「頂壞」的。張愛玲對馬來人「恐怖又

---

91 張愛玲：《小團圓》，頁284。

92 張愛玲：〈談跳舞〉，《華麗緣——散文集一‧一九四〇年代》，頁214。

93 張愛玲：〈談跳舞〉，《華麗緣——散文集一‧一九四〇年代》，頁215。

94 王艷芳：〈凝視異域：張愛玲的南洋書寫及其意義〉，《暨南學報（哲學社會科學版）》第7期（2018年9月），頁77。黃國華也有相同的觀點，他在〈南洋風起：《南洋研究》與《南洋情報》的地誌書寫（1928-1944）〉一文中指出：「《南洋研究》和《南洋情報》更為強勢的聲音，仍是堅守夷夏之防，認為夷是文明程度更低的（陰性、野蠻、污穢），反對當地華人『巫化』，時刻警惕當地華人與土人拉開距離，移（巫）風易俗，壯大中華共同體。」這同樣顯示了當時南洋華人對（馬來）土著的優越感。參見黃國華：〈南洋風起：《南洋研究》與《南洋情報》的地誌書寫（1928-1944）〉，《東亞觀念史集刊》第20期（2022年9月），頁401。

頂壞」的認知，顯然還受到了英國人的影響頗深（南洋華人的優越感大概也與此有關）。關於這點，還得從19世紀末至20世紀，英國人對馬來人的看法開始說起。賽胡先‧阿拉塔斯的著作《懶惰土著的迷思：16至20世紀馬來人、菲律賓人和爪哇人的形象及其於殖民資本主義意識形態中的功能》，正好能幫助我們深入瞭解。

　　十九世紀末至二十世紀，英國人即對馬來人的關注有了明確的輪廓和方向，賽胡先在該書第二章「十九世紀末至二十世紀英國人的馬來人形象」裡，有十分詳盡的梳理與統整。[95]曾任英國參政司的法蘭克‧瑞天咸（Frank Swettenham, 1850-1946）對馬來人有過如下的描述：「馬來人屬棕色人種，身材短小粗壯，忍耐力極強。他們通常愉快開朗，會對平等對待他們的人報以微笑。他們有著黝黑、茂盛、平直的頭髮；其鼻子往往較為扁平，鼻翼較寬，嘴巴寬大；其眼瞳黑而亮，眼白帶點藍色；其顴骨通常頗為顯著，下巴方方正正，年輕時牙齒極為潔白。……他們的勇氣不輸於大多數人，且沒有奴性，這在東方並不常見。」[96]瑞天咸還提到馬來人的另一項性格特質：「每個階層馬來人的首要特徵是不喜歡工作。」[97]他同時也修正了早期作家們對馬來人「奸詐狡猾」的描述，指出馬來人「忠誠、好客、慷慨和奢侈的特質」。[98]可見，早先在西方的認知中，馬來人確實有懶惰、奸詐狡猾的壞性格。同樣是英國人的阿諾‧萊特（Arnold Wright, 1858-1941）和湯瑪士‧瑞德（Thomas H. Reid, ?-?）進一步駁斥了早期對馬來人

---

95 此段所有徵引文字皆參考自賽胡先‧阿拉塔斯（Syed Hussein Alatas）著，陳耀宗譯：《懶惰土著的迷思：16至20世紀馬來人、菲律賓人和爪哇人的形象及其於殖民資本主義意識形態中的功能》（新竹：國立陽明交通大學出版社，2022年），頁99-110。

96 F. A. Swettenham, *British Malaya* (London: Allen and Unwin, 1955), p. 134.

97 F. A. Swettenham, *British Malaya*, p. 136.

98 F. A. Swettenham, *British Malaya*, p. 140.

懶惰與不忠誠的說法，他們寫道：「此臆斷之不公，已十分明顯地在後來的馬來亞歷史中得到證明。歷史顯示，除了一兩個例外，馬來人在獲得適當待遇的情況下，與臣服於英國王室的其他任何民族一樣忠誠和值得信賴。」[99]之後的里奇蒙・惠勒（L. Richmond Wheeler, 1888-1948）則特別強調馬來人具備「溫馴」和「友善」兩種特質[100]；最後是英國學者理查・溫士德爵士（Sir Richard Winstedt, 1878-1966）的觀點，他提到的馬來人特質包括原創性匱乏、民族自豪感顯著、適應力強，以及名不副實的懶散惡名。[101]

　　根據以上論述，可以大致還原十九世紀末至二十世紀的英國人對馬來人外在形象與內在特質的觀察與改變過程。而前面談到早期對馬來人懶惰、不忠誠的說法，也再次回應馬考萊稱印度人為「游惰之徒」的見解，馬來亞和印度正好皆位處熱帶。如何正確認識馬來人？曾派駐馬來亞二十多年英國官員休・克利福（Hugh Clifford, 1866-1941）特別強調，要瞭解馬來人，就必須站在他們的立場來看事情，但他認為要採取這種態度，「歐洲人一般上做不到」。[102]賽胡先・阿拉塔斯指出，瑞天咸和克利福都強調的一個方法論原則是，必須從事件參與者的內部觀點來瞭解該事件。他們強調，有必要懂得馬來語，近距離與馬來人一起生活，並以富有同理心的態度來研究他們。後來的許多作家未必都能採用這一合理的方法論原則，因此其對所檢視對象的描繪便扭曲失真。[103]此觀點正好說明了一生從未踏足南洋的張愛玲

99　A. Wright, T. H. Reid, *The Malaya Peninsula* (London: Fisher Unwin, 1912), p. 314.

100　L. R. Wheeler, *The Modern Malay* (London: Allen and Unwin, 1928), p. 23.

101　Sir Richard Winstendt, *Malaya and Its History* (London: Hutchinson University Library, 1956), p. 17.

102　H. Clifford, *In Court and Kampong* (London: The Richards Press, 1927), p. 2.

103　賽胡先・阿拉塔斯著，陳耀宗譯：《懶惰土著的迷思：16至20世紀馬來人、菲律賓人和爪哇人的形象及其於殖民資本主義意識形態中的功能》，頁105。

和大多數作家一樣，犯了相同的毛病，以致於在描繪馬來人時，張愛玲只能憑藉被中國刻意奇觀化的南洋圖景和英國對馬來人的刻板理解，而有了南洋「多蛇」的既定敘述和南洋人「奸詐狡猾」甚至「恐怖又頂壞」之類，扭曲失真的描繪。

二 窗裡與窗外：南洋女性作為一種參照

張愛玲筆下的馬來人，可說是奠基於中國與英國觀點兩面參照的基礎之上鋪展而成的，除了馬來人以外，像這樣參照性的書寫本來就是張愛玲喜愛並擅長的寫作模式。關於這點，我們還能從小說〈茉莉香片〉，察覺到張愛玲以近似〈傾城之戀〉中白流蘇與薩黑荑妮兩面對照的方式，將南洋人用來作為與中國人相互參照的對象（即使故事中的言丹朱並不能確定是否為純正的南洋人）。小說首先即對女主角言丹朱的外貌多有描述：「言丹朱……像美國漫畫裡的紅印地安小孩。滾圓的臉，晒成了赤金色。眉眼濃秀，個子不高，可是很豐滿」[104]；又「她那活潑的赤金色的臉和胳膊，在輕紗掩映中，像玻璃杯裡灩灩的琥珀酒。……她長得並不像言子夜。那麼，她一定是像她的母親，言子夜所娶的那南國姑娘」。[105]小說並無明確指出言丹朱的母親，究竟來自何處，僅以「南國」一筆帶過，但光從言丹朱那赤金色的皮膚、豐滿且健全美麗的形容看來，其母親大概是個溫暖熱情的南洋女郎[106]，與其父親言子夜的蒼白蕭條形成了強烈對比。除此之外，言丹朱的形象更與「杜鵑花」有著緊密的連結，小說寫到在公車上，當言

---

104 張愛玲：〈茉莉香片〉，《傾城之戀——短篇小說集一‧一九四三年》，頁101。
105 張愛玲：〈茉莉香片〉，《傾城之戀——短篇小說集一‧一九四三年》，頁111。
106 這裡的「南國」應該是指南洋一帶，因為天氣炎熱，就算是華人，僑居了幾代後，沒有了大多中國人的白皙也是很自然的。參見夏蔓蔓：《南洋與張愛玲》，頁44。

丹朱與男主角聶傳慶談到自己的父親言子夜這個名字取得好不好時，傳慶笑道：「好，怎麼不好！知道你有個好爸爸！什麼都好，就是把你慣壞了！」丹朱輕輕的啐了一聲，站起身來道：「我該下去了。再見罷！」[107]丹朱走了以後，張愛玲緊接著描寫了傳慶的視角：「前面站著的抱著杜鵑花的人也下去了，窗外少了杜鵑花，只剩下灰色的街。他的臉換了一幅背景，也似乎是黃了，暗了。」[108]少了丹朱的公車，彷彿是少了杜鵑花的灰色街道，因此才有了後來所謂的「窗外的杜鵑花，窗裡的言丹朱」。[109]

　　而與丹朱這位南洋女孩形成對照的正是聶傳慶的中國母親馮碧落。丹朱名字裡的「丹」和「朱」皆指紅色，不僅直接與「紅色」的杜鵑花彼此呼應，更與碧落的「碧」色對照。在朱／碧之間，亦可發掘張愛玲筆下的「蔥綠與桃紅」之對照美學。「對照」一詞更是耐人尋味，歷來學者也多有詮釋，黃璿璋在〈對照記：從《明室》的攝影現象學看張愛玲對老照相簿的視覺感知與想像〉一文中曾歸納南方朔、李歐梵、陳芳明之說，指出「對照」意象呈現在張愛玲的小說中，含有敘事模式、顏色譬喻、真實與虛幻、現代與傳統、歷史與記憶、時間與空間等多重意涵，更進一步推論其作品甚至有「超人／凡人」及「瞬間／永恆」的美學價值。[110]若借用其中陳芳明所謂「對照，其實還暗示新舊對照，現代與傳統的對照，有一種強烈的時間感。不僅是記憶，也是一種歷史」之說法[111]，〈茉莉香片〉中兩位女性角色的名姓所帶來的顏色對比，在鮮明的參差美學中，更可展現兩位人物相互對

---

107 張愛玲：〈茉莉香片〉，《傾城之戀──短篇小說集一・一九四三年》，頁103-104。

108 張愛玲：〈茉莉香片〉，《傾城之戀──短篇小說集一・一九四三年》，頁104。

109 張愛玲：〈茉莉香片〉，《傾城之戀──短篇小說集一・一九四三年》，頁107。

110 參見黃璿璋：〈對照記：從《明室》的攝影現象學看張愛玲對老照相簿的視覺感知與想像〉，《中外文學》第45卷第1期（2016年3月），頁188。

111 陳芳明：〈我們的張愛玲〉，《星遲夜讀》（臺北：聯合文學出版社，2013年），頁188。

照下所影射的新／舊、現代／傳統、外放／內斂及南洋／中國的二元
差異。我們還可以再從張愛玲繪製的圖畫，看出言丹朱[112]與馮碧落[113]
明顯的形象差異。圖畫中，言丹朱一頭鬈髮，立體的五官和連身花裙
再配上貼身背心；馮碧落的造型則儼然為標準中國女性：低垂的包頭、
平淡的五官與素淨的衣裝，上身甚至還穿著改良式的旗袍，兩人彼此
對照。另外，在小說〈心經〉裡也有類似的筆法：

> 在燈光下，我們可以看清楚小寒的同學們，一個戴著金絲腳的
> 眼鏡，紫棠色臉，嘴唇染成橘黃色的是一位南洋小姐酈彩珠。
> 一個頎長潔白，穿一件櫻桃紅鴨皮旗袍的是段綾卿。[114]

夏蔓蔓以為酈彩珠「天然紫棠色的醜臉當然不是她的錯，但是嘴唇塗
上與紫色對衝的橘黃，大概就是在刺謔人家沒有品味了」。[115]且不論
酈彩珠的顏色搭配究竟是美或醜，但這位紫棠色臉與橘黃色嘴唇自成
對比形象的南洋小姐，和修長潔白搭配櫻桃紅鴨皮旗袍的中國小姐段
綾卿，顯然又是另一組參差對照的典型例證。

　　像這樣的女性對照常見於張愛玲的小說之中，前文提到的〈傾城
之戀〉的白流蘇／薩黑荑妮，再到此處言及的〈茉莉香片〉的馮碧落
／言丹朱、〈心經〉的段綾卿／酈彩珠都是如此，我們可以將這種對
照情況以萬燕的「女性二重奏」說法概略定義。[116]此種思考實關乎張

---

112 參見張愛玲：《傾城之戀——短篇小說集一・一九四三年》，頁124。

113 參見張愛玲：《傾城之戀——短篇小說集一・一九四三年》，頁124。

114 張愛玲：〈心經〉，《傾城之戀——短篇小說集一・一九四三年》，頁127。

115 夏蔓蔓：《南洋與張愛玲》，頁47。

116 萬燕所謂的「女性二重奏」，意指「在某種女性背後常常有另一種女性的影子，她
　　們像雅與俗，古與今，黑與白，永遠是相輔相成的」。萬燕：《解讀張愛玲：華美蒼
　　涼》，頁133。

愛玲自身對《紅樓夢》「釵黛如一」的發現和理解，萬燕認為「釵黛如一」的女性二重奏旋律，在〈紅玫瑰與白玫瑰〉裡表現得尤為顯著。[117]張愛玲曾畫過紅玫瑰王嬌蕊[118]與白玫瑰孟烟鸝[119]的圖像，可以用來與小說裡對紅白玫瑰的描述作一比對：小說描述佟振保初見王嬌蕊，「聞名不如見面，她那肥皂塑就的白頭髮底下的臉是金棕色的，皮肉緊緻，繃得油光水滑，把眼睛像伶人似的吊了起來。一件紋布浴衣，不曾繫帶，鬆鬆合在身上，從那淡墨條子上可以約略猜出身體的輪廓，一條一條，一寸一寸都是活的」。[120]王嬌蕊「金棕色」的臉與〈茉莉香片〉裡言丹朱「赤金色」的臉幾乎相同，在在凸顯了她身為南洋（新加坡）華僑的外貌特質。至於初見孟烟鸝時，張愛玲則寫道：「她立在玻璃門邊，穿著灰地橙紅條子的綢衫，可是給人的第一個印象是籠統的白。她是細高身量，一直線下去，僅在有無間的一點波折是在那幼小的乳的尖端，和那突出的胯骨上。風迎面吹來，衣裳朝後飛著，越顯得人的單薄。臉生得寬柔秀麗。可是，還是單只覺得白。」[121]王嬌蕊「金棕色」的臉、緊緻油亮的皮肉、條條寸寸皆是活的身體輪廓與孟烟鸝只有籠統的「白」、一直線下去且單薄的身形，就是兩種極端的對照。

　　從〈茉莉香片〉的言丹朱、〈心經〉的酈彩珠到〈紅玫瑰與白玫瑰〉的王嬌蕊，這些象徵「新、現代、外放」的南洋女性，不僅是張

---

117 「張愛玲借『嬌蕊闖衣』和『烟鸝量衣』兩個畫面表現的不僅是女人的性情和命運，而且是『男人眼中的女人的命運』」。萬燕：《解讀張愛玲：華美蒼涼》，頁137。

118 參見張愛玲：《紅玫瑰與白玫瑰——短篇小說集二‧一九四四～四五年》，頁178。

119 參見張愛玲：《紅玫瑰與白玫瑰——短篇小說集二‧一九四四～四五年》，頁178。

120 張愛玲：〈紅玫瑰與白玫瑰〉，《紅玫瑰與白玫瑰——短篇小說集二‧一九四四～四五年》，頁137。

121 張愛玲：〈紅玫瑰與白玫瑰〉，《紅玫瑰與白玫瑰——短篇小說集二‧一九四四～四五年》，頁161-162。

愛玲對南洋女性形象的展示與記述，更順理成章成為了代表「舊、傳統、內斂」的中國女性的參照對象。

第四節　無家可歸的南洋華僑

　　若細究張愛玲的馬來人印象及其對南洋女性的書寫，文字中仍不乏有刻板、奇觀、錯誤的想像與理解，並且，張愛玲將南洋人作為一種他者，與中國人相互對照。然綜觀張愛玲所談及的南洋人事，顯然談得最多的還是南洋的「華僑」。〈紅玫瑰與白玫瑰〉裡的王嬌蕊就「聽說是新加坡來的華僑」[122]；〈傾城之戀〉裡的范柳原是馬來亞華僑；《小團圓》裡的李先生亦是馬來亞僑生，還有檳榔嶼姑娘和矮小的僑生嚴明昇；散文〈燼餘錄〉、〈談跳舞〉中則提到不少張愛玲於港大時期的華僑同學；甚至在書信裡，張愛玲還特別寫到了新加坡。到底張愛玲是如何描寫南洋華僑？又是如何看待南洋華僑？在處理此兩個問題之前，我們可以先釐清一下張愛玲書寫南洋的動機大致有三：《小團圓》裡，張愛玲曾寫過九莉對燕山是「初戀的心情，從前錯過了的」[123]，這個錯過了的男孩子「比她略大幾歲，但是看上去比她年輕」。[124]夏蔓蔓認為這位男孩子應是當年在港大求學的一位馬來亞華僑──既是《小團圓》裡柔絲的哥哥，也是〈談跳舞〉裡月女的哥哥，甚至可能是〈燼餘錄〉裡的喬納生──而這亦是其認為張愛玲之所以注入大量精神書寫南洋的主要內在動因之一。[125]其二，母親黃逸

---

122 張愛玲：〈紅玫瑰與白玫瑰〉，《紅玫瑰與白玫瑰──短篇小說集二‧一九四四～四五年》，頁137。

123 張愛玲：《小團圓》，頁313。

124 張愛玲：《小團圓》，頁301。

125 參見夏蔓蔓：《南洋與張愛玲》，頁126-149。

梵的南洋經歷亦深刻影響著張愛玲對南洋的想像。[126]其三，不得不提的還有影響張愛玲十分深遠的英國小說家毛姆。毛姆喜愛旅行，著作裡多有關於遠東、中國、南洋之見聞和記述。如一九二〇年至中國旅行後寫成的《在中國屏風上》（*On a Chinese Screen*），還有《遠東故事》（*Far Eastern Tales*）、《南洋故事》（*South Sea Tales*），毛姆的《短篇小說集：第四冊》（*Collected Short Stories Vol 4*），更是專寫二戰前的馬來亞。[127]如同米爾頓・奧斯伯恩（Milton Osborne）也說：「對後來的世代來說，透過小說和旅遊書籍，或者透過家族傳聞而來的說法，補充了我們在兩次大戰之間，對東南亞的認識。如名作家威廉・毛姆作品所描繪的時期」[128]，而張愛玲既身為毛姆迷，可想而知必定從毛姆作品中汲取了不少南洋的相關書寫材料。

　　在釐清張愛玲書寫南洋的動機後，我們首先可以進入〈紅玫瑰與白玫瑰〉中，觀察這位「聽說是新加坡來的華僑」的王嬌蕊，是如何展示在張愛玲的筆下。除了前文已討論過的王嬌蕊「金棕色」的充滿南洋風情的形象之外，佟振保在夜晚燈光下見到王嬌蕊時，她換上了一套睡衣，是「南洋華僑家常穿的沙籠布製的襖袴」[129]，也同樣帶著異國情調。除了衣著，王嬌蕊吃的飯菜是帶點「南洋風味」的，中菜

126　前述提及黃逸梵曾於一九四八年在馬來亞僑校教過半年書。另外，黃逸梵曾有過一個作皮件生意的男友，他們在一九三九年就去過新加坡；一九四一年新加坡淪陷，維葛斯托夫死於炮火，黃逸梵在新加坡苦撐，損失慘重。一度行蹤不明。參見張子靜：《我的姊姊張愛玲》（臺北：時報文化出版企業公司，1996年），頁95。

127　夏蔓蔓在《南洋與張愛玲》一書中以美國出版商Random House（Vintage Classics）於二〇〇二年推出的類似「毛姆全集」的小說、散文、戲劇、雜文等三十二本書籍為基礎，介紹了毛姆著作，並列舉其中寫及遠東、中國、南洋等地的小說作品。參見夏蔓蔓：《南洋與張愛玲》，頁166-170。

128　米爾頓・奧斯伯恩著，王怡婷譯：《南向，面對東南亞》，頁127。

129　張愛玲：〈紅玫瑰與白玫瑰〉，《紅玫瑰與白玫瑰——短篇小說集二・一九四四～四五年》，頁148。

西吃，主要的是一味咖哩羊肉。[130]同時，她還深諳中國文化，小說中當王嬌蕊吃起糖核桃時，王士洪向佟振保、佟篤保說道：「他們華僑，中國人的壞處也有，外國人的壞處也有。跟外國人學會了怕胖，這個不吃，那個不吃，動不動就吃瀉藥，糖還是捨不得不吃的。你問她！你問她為什麼吃這個，她一定是說，這兩天有點小咳嗽，冰糖核桃，治咳嗽最靈。」振保笑道：「的確這是中國人的老脾氣，愛吃什麼，就是什麼最靈。」[131]從這些亦中亦西亦南洋的生活習慣看來，夏蔓蔓更進一步推論：「王嬌蕊應該不是一般的『南洋華僑』，而很可能是『峇峇娘惹』（Baba-Nyonya）家族的成員。在三、四十或更早的年代，這樣亦中亦西亦南洋的生活，在南洋也許也只有峇峇娘惹家庭裡，才能見到。」[132]

〈傾城之戀〉的范柳原也是南洋華僑，「范柳原的父親是一個著名的華僑，有不少的產業分布在錫蘭馬來西亞等處。……他父親一次出洋考察，在倫敦結識了一個華僑交際花，兩人秘密地結了婚」[133]，之後便有了范柳原。就小說裡的諸多描述推測，范柳原應是馬來亞華僑：

> 流蘇初次上灶做菜，居然帶點家鄉風味。因為柳原忘不了馬來菜，她又學會了做油炸「沙袋」、咖哩魚。[134]

---

130 張愛玲：〈紅玫瑰與白玫瑰〉，《紅玫瑰與白玫瑰——短篇小說集二・一九四四～四五年》，頁139。

131 張愛玲：〈紅玫瑰與白玫瑰〉，《紅玫瑰與白玫瑰——短篇小說集二・一九四四～四五年》，頁141。

132 夏蔓蔓：《南洋與張愛玲》，頁29。

133 張愛玲：〈傾城之戀〉，《傾城之戀——短篇小說集一・一九四三年》，頁185。范柳原除了擁有馬來亞華僑的身分之外，他在英國長大的背景，增加了他身分認同的複雜性。關於此部分，在第四章中會有更加深入的分析與討論。

134 張愛玲：〈傾城之戀〉，《傾城之戀——短篇小說集一・一九四三年》，頁217。

范柳原忘不了「馬來」菜，就是最鮮明的佐證。另外，在一次吃完飯後，「柳原舉起玻璃杯來將裡面剩下的茶一飲而盡，高高的擎著那玻璃杯，只管向裡看著。流蘇道：『有什麼可看的，也讓我看看。』柳原道：『你迎著亮瞧瞧，裡頭的景致使我想起馬來的森林。』杯裡的殘茶向一邊傾過來，綠色的茶葉黏在玻璃上，橫斜有致，迎著光，看上去像一棵生生的芭蕉。……柳原道：『我陪你到馬來亞去。』流蘇道：『做什麼？』柳原道：『回到自然。』」[135]范柳原似乎特別熟悉馬來亞的森林，而「這樣的森林在馬來亞半島比較多見。如果范柳原家族有經營園丘或土產生意的話，那地點也更可能是在馬來半島」。[136]如上所述不難看出，張愛玲筆下的范柳原對馬來亞有著深厚的情感和想念。

　　除了〈紅玫瑰與白玫瑰〉的王嬌蕊與〈傾城之戀〉的范柳原外，《小團圓》中亦有幾處提及南洋華僑。像是閃現在小說中婀墜的李先生就是馬來亞僑生，張愛玲形容他「矮小白淨弔眼梢，娃娃生模樣，家裡又有錢，有橡膠園。」[137]還有幾個高年級的馬來亞僑生、檳榔嶼姑娘、矮小僑生嚴明昇等等，即使篇幅不多，南洋華僑依舊是張愛玲無法迴避的敘述對象。

　　幸運的是，在散文〈燼餘錄〉和〈談跳舞〉裡，南洋華僑得到了大量的描寫。〈燼餘錄〉寫的是二戰時張愛玲在香港大學的經歷，來自南洋的華僑學生不少，例如文中即寫道：「在香港，我們初得到開戰的消息的時候，宿舍裡的一個女同學發起急來，道：『怎麼辦呢？沒有適當的衣服穿！』她是有錢的華僑，對於社交上的不同的場合需要不同的行頭，從水上跳舞會到隆重的晚餐，都有充分的準備，但是

---

135 張愛玲：〈傾城之戀〉，《傾城之戀——短篇小說集一・一九四三年》，頁201。
136 夏蔓蔓：《南洋與張愛玲》，頁37。
137 張愛玲：《小團圓》，頁58。

她沒想到打仗」[138]；還有當過志願軍的喬納森也是張愛玲的華僑同學。再比如〈談跳舞〉裡喚作金桃、月女的兩個姑娘，也都是馬來亞華僑。金桃「生活裡的馬來亞是在蒸悶的野蠻的底子上蓋一層小家氣的文明」，在形容金桃的同時，張愛玲仍不忘補充說明馬來亞潮濕、悶熱的熱帶氣候以及原始野蠻、待開發的文明進程。至於月女，張愛玲則描述：「她大哥在香港大學讀書，設法把她也帶出來進大學。打仗的時候她哥哥囑託炎櫻與我多多照顧她，說：『月女是非常天真的女孩子。』她常常想到被強姦的可能，整天整夜想著，臉色慘白浮腫。」[139]張愛玲將南洋華僑形塑成「天真」、「孩子氣」的形象是相當常見的，除了月女，〈燼餘錄〉裡來自馬來半島的蘇雷珈也是「天真得可恥」。[140]但黃心村卻認為：「這位名叫蘇雷珈的馬來女生在張愛玲的戰爭敘述中佔有這樣一個耀眼的位置。」[141]蘇雷珈的特別之處是由於她對衣物的執著[142]，因為「沒有到過港大和港島西半山的讀者大約無法想像從聖母堂所在的高高的山坡上，於砲火隆隆之下，將一個累贅的裝滿衣物的大皮箱運下山去的壯舉」。[143]黃心村指出：「張愛玲的好友炎櫻和之後炎櫻的妹妹都是港大醫學院的校友。醫科女學生中的東南亞人也不少，或許這應該是另一個值得做的研究課題。」[144]

---

138 張愛玲：〈燼餘錄〉，《華麗緣——散文集一・一九四〇年代》，頁65-66。

139 張愛玲：〈談跳舞〉，《華麗緣——散文集一・一九四〇年代》，頁215。

140 張愛玲：〈燼餘錄〉，《華麗緣——散文集一・一九四〇年代》，頁66。

141 黃心村：《緣起香港：張愛玲的異鄉與世界》（香港：香港中文大學，2022年），頁23。

142 「一個炸彈掉在我們宿舍的隔壁，舍監不得不督促大家避下山去。在急難中蘇雷珈並沒有忘記把她最顯煥的衣服整理起來，雖經許多有見識的人苦口婆心地勸阻，她還是在砲火下將那隻累贅的大皮箱設法搬運下山」。張愛玲：〈燼餘錄〉，《華麗緣——散文集一・一九四〇年代》，頁66。

143 黃心村：《緣起香港：張愛玲的異鄉與世界》，頁23。

144 黃心村：《緣起香港：張愛玲的異鄉與世界》，頁23。

　　確實，張愛玲的南洋人書寫研究具有相當的分量和參照價值，然而「張愛玲的南洋書寫之所以被忽略，與整個二十世紀國家話語建構中『南洋話語』的被遮蔽密切相關。不同於『別求新聲於異邦』的『西洋』和『東洋』，『南洋』既不是新潮思想的淵藪，也不是現代科技的源頭」。[145] 如同她在〈談跳舞〉中對華僑的評點，可謂一語中的：

　　　　華僑在思想上是無家可歸的，頭腦簡單的人活在一個並不簡單的世界裡，沒有背景，沒有傳統，所以也沒有跳舞。[146]

對張愛玲而言，南洋華僑是「頭腦簡單的人」，如同月女和蘇雷珈一般，再如〈紅玫瑰與白玫瑰〉的王嬌蕊也一樣，她「嬰孩的頭腦與成熟的婦人的美是最具誘惑性的聯合」。[147] 更重要的，他們都是無家可歸的人，無悠遠的歷史背景亦無深厚的文化傳統。這點，在張愛玲筆下的英國人、印度人身上也可看見類似的情形。南洋華僑無背景、無傳統的漂泊感，更是張愛玲自我生命歷程的寫照。縱然，張愛玲對南洋人（土著／華僑）的認知都只是建立在滬／港地界之上的理解與想像，但她卻始終都是嚮往南洋的。她不僅羨慕華僑「可以一輩子安全地隔著適當的距離崇拜著神聖的祖國」[148]；更在寫給宋淇夫婦的信件中提到了位處南洋的新加坡：

　　　　九七前你們離開香港，我也要結束香港的銀行戶頭，改在新加坡開個戶頭，無法再請你代理，非得自己在當地。既然明年夏

145　王艷芳：〈凝視異域：張愛玲的南洋書寫及其意義〉，頁81。
146　張愛玲：〈談跳舞〉，《華麗緣──散文集一‧一九四〇年代》，頁215。
147　張愛玲：〈紅玫瑰與白玫瑰〉，《紅玫瑰與白玫瑰──短篇小說集二‧一九四四年～四五年》，頁150。
148　張愛玲：〈洋人看京戲及其他〉，《華麗緣──散文集一‧一九四〇年代》，頁13。

> 天要搬家，不如就搬到新加坡，早點把錢移去，也免得到臨時
> 的混亂中又給你們添一椿麻煩事。……我對新加坡一直有好
> 感，因為他們的法治精神。[149]

信件寫於一九九四年十月三日，距張愛玲離世只有一年左右的時間。
可以發現，直到晚年，張愛玲仍心心念念想搬到新加坡並坦言對新加
坡及其法治精神的好感。或許，南洋只是一種作為他者的存在，不似
中／英文化的碰撞與交流來得那樣激烈，但張愛玲對南洋的描述，
「最特別之處，就是從南洋華僑與當時中國人文化上的變形，深刻反
思，在必要之處，又將它們與中國真正傳統的文化對比一般」[150]，如
此中國化視角的凝視，更彰顯了張愛玲筆下的南洋別具意義。

〈傾城之戀〉裡有一段范柳原要上英國去的描述，剛巧那會兒碰
上了日軍進攻香港，在香港淪陷之際，范柳原的船沒開出去，他又回
到了香港，回到了白流蘇的身邊。面對戰爭，范柳原嘆道：「這一
炸，炸斷了多少故事的尾巴！」[151]他何曾想自己會因戰爭而受困香
港？這彷彿能作為一種類比：身為馬來亞華僑，他又何曾想自己將無
法回到英國、馬來亞？地位相對優越的華僑，尚且如此，其他同樣來
到上海、香港的南洋人也早就回不去了，他們也注定會走入張愛玲的
視野之中。因此，張愛玲才會以為他們都是「無家可歸的人」，且不
僅僅是思想上的，亦是肉身上的。印度人也和南洋人有著相同的窘
境，法里德·扎卡利亞（Fareed Zakaria）於〈印度再發現〉一文中，
說明了印度在他國人眼中是作為怎樣的概念而存在：

---

149 張愛玲、宋淇、宋鄺文美：《書不盡言：張愛玲往來書信集.II》（臺北：皇冠文化出
　　版公司，2020年），頁532。
150 夏蔓蔓：《南洋與張愛玲》，頁200。
151 張愛玲：〈傾城之戀〉，《傾城之戀──短篇小說集一·一九四三年》，頁213。

　　印度算是一個國家嗎？這問題聽起來有點耳熟，溫斯頓·邱吉爾（Winston Churchill）曾慍怒地表示，「印度根本是一種地理概念，如果印度算是國家的話，那赤道為什麼不是？」新加坡建國之父李光耀也發表過相似說法，他生氣地說，「印度不是一個真正的國家。他是包含了三十二個國家站的英國鐵路線。」[152]

法里德說：「印度向來是國家弱、社會強盛的地方」[153]，意味著印度人的國家認同是低落的，更何況是那些很早就以商人、契約勞工或巡捕等不同身分前往中國的印度移民群體。本章將印度、南洋人合併討論，除了地緣之故（印度與南洋皆可納入「南亞」範圍內），更與他們本身皆受過英國殖民的歷史背景以及近似的身分認同困境有關。

　　以下，賽胡先的這段論述特別值得借用來作一補充說明：

　　印度人與華人移民是身陷殖民資本主義生產制度的圈套而無法自拔的群體，他們大多數始終無法擺脫苦力的身分。……這些移民苦力終其一生都處於文盲、落後的狀態。他們只是被當作工具，是「諸民族中的驢子」。當時的馬來人拒絕作為「諸民族中的驢子」被剝削，那是健全合理的反應。他們只是在自己感興趣的領域做他們自己的工作。指控馬來人為懶惰，無非是為了掩飾對於馬來人不願意成為殖民地種植園主致富工具的不滿。[154]

152　法里德·扎卡利亞（Fareed Zakaria）：〈印度再發現〉，麥肯錫顧問公司編，李靜怡譯：《重新想像印度：亞洲下一個超級強國的潛力解碼》，頁26。

153　法里德·扎卡利亞（Fareed Zakaria）：〈印度再發現〉，麥肯錫顧問公司編，李靜怡譯：《重新想像印度：亞洲下一個超級強國的潛力解碼》，頁28。

154　賽胡先·阿拉塔斯著，陳耀宗譯：《懶惰土著的迷思：16至20世紀馬來人、菲律賓人和爪哇人的形象及其於殖民資本主義意識形態中的功能》，頁151。

一九四〇年代前後，前往上海、香港的印度、南洋人，本身組成複雜，除了做苦力勞工之外，亦有經商者、巡捕官員，南洋華僑裡更多有富家子弟。他們在張愛玲的眼中，有刻板印象也有真實的形象描繪，更甚者如〈傾城之戀〉的薩黑荑妮、〈茉莉香片〉的言丹朱、〈心經〉的鄺彩珠、〈紅玫瑰與白玫瑰〉的王嬌蕊，這些印度和南洋女性都被用來與中國女性參差對照。相較於對英國人的大量描述，張愛玲筆下的印度、南洋人，大多是零散破碎的，或只是他者的、奇觀的、受到局限的書寫。然而，這些與現實不全然相符合的差異想像，正好反映了當時中國人亦同樣存在的，對印度與南洋片面理解的情況；此外，不論在小說、散文還是書信中，從張愛玲的視角所發出的凝視，亦幫助了我們拼湊出當時在上海、香港地界上，印度人與南洋人更加豐富的族群形象。

第肆章
雜七咕咚的人
──張愛玲的雜種人書寫

> 雜種人也是這樣，又有天才，又精明，會算計──
> 我想，還是因為他們沒有背景，不屬於哪裡，沾不著地氣。
> ──張愛玲：〈雙聲〉[1]

　　將「雜種人」接續在英國、印度與南洋人之後，是特別合適的。若回顧前面兩章內容便會察覺，張愛玲小說中的人事物，似乎總透著「亦中亦西」的習氣與特質。除了純正的英國人、印度人與南洋人（包括土著與華僑），已經提過的〈茉莉香片〉中的言丹朱是「中國－南洋」混血；張愛玲的好友炎櫻則是「中國－阿拉伯」混血；就連她的母親黃逸梵也有那麼點混血兒的味道：

> 我母親也是被迫結婚的，也是一有了可能就離了婚。我從小一直聽見人說她像外國人，頭髮也不大黑，膚色不白，像拉丁民族。她們家是明朝從廣東搬到湖南的，但是一直守舊，看來連娶妾也不會娶混血兒。[2]

1　張愛玲：〈雙聲〉，《華麗緣──散文集一‧一九四〇年代》（臺北：皇冠文化出版公司，2010年），頁253。
2　張愛玲：〈《張看》自序〉，《惘然記──散文集二‧一九五〇～八〇年代》（臺北：皇冠文化出版公司，2010年），頁114。

張愛玲在〈《張看》自序〉裡寫到自己的母親常被說像外國人，同時反映出中國人對混血兒的觀感是「連娶妾也不會娶混血兒」。另外，在《小團圓》裡被指稱是張愛玲化身的盛九莉，其母親也被描述為「在香港普通得多，因為像廣東人雜種人」。[3]如此想來，張愛玲對混血兒的觀察，大抵是通過這些議論母親的閒言碎語而開始的，並且還是不太正面的評價。一九三九年，進入香港大學文學院就讀的張愛玲，結識了一生的摯友炎櫻，張愛玲在《對照記》裡曾介紹過她的身世背景：「炎櫻姓摩希甸，父親是阿拉伯裔錫蘭人（今斯里蘭卡），信回教，在上海開摩希甸珠寶店。母親是天津人，為了與青年印僑結婚跟家裡決裂，多年不來往。」[4]張愛玲生命中的兩位重要女性，一個貌似混血兒，一個就是混血兒，對張愛玲日後形塑、描繪混血兒的影響肯定不小。如本章開頭所引文字，係由張愛玲和炎櫻兩人對話所寫成之散文〈雙聲〉，裡頭便提到了兩人對混血兒的看法，只不過張愛玲不以「混血兒」稱之，而是以「雜種人」一詞代稱。其實在她創作的文本之中，混血兒／雜種人通常是交替使用的，只不過「雜種人」的出現頻率，明顯高於「混血兒」，這可能與一九四〇年代以前，中西方（尤其是英美理論家）主流的混血論述──「種族融合對人類有害」──之觀念有密切的連結。[5]此外，張愛玲認為雜種人「有天才，又精明，會算計」同時又說他們「沒有背景，不屬於哪裡，沾不著地氣」；炎櫻則表示，雜種人在「社會上對他們總有點歧視」[6]，這

3　張愛玲：《小團圓》（臺北：皇冠文化出版公司，2009年），頁27。

4　張愛玲：《對照記──散文集三・一九九〇年代》（臺北：皇冠文化出版公司，2010年），頁51。

5　關於「混血論述」的形成及其內容，下文將繼續開展說明。鄧津華著，楊雅婷譯：《歐亞混血：美國、香港與中國的雙族裔認同（1842-1943）》（臺北：臺大出版中心，2020年），頁126。

6　張愛玲：〈雙聲〉，《華麗緣──散文集一・一九四〇年代》，頁253。

些想法亦擺脫不了一九三〇至一九五〇年代初，張愛玲主要居住的上海、香港兩地正好都接受英國殖民文化之薰染，有著深遠的關係；不僅如此，張愛玲話語間更隱隱傳達出中國人對混血雜種人，存有既稱頌又歧視的矛盾理解。

　　回到張愛玲的創作，雜種人如〈第一爐香〉的喬琪喬、周吉婕，〈紅玫瑰與白玫瑰〉的玫瑰、艾許小姐，〈連環套〉的吉美、瑟梨塔、屏妮，〈茉莉香片〉的言丹朱，〈第二爐香〉的哆玲姐等等，都是其書寫對象；散文作品中更不乏有相關描述。除了種族混血之外，當時因應局勢所趨，前往國外留學的中國人亦不少。〈紅玫瑰與白玫瑰〉的佟振保、〈傾城之戀〉的范柳原留學英國，〈鴻鸞禧〉的婁囂伯、〈半生緣〉的許叔惠留學美國，還有〈金鎖記〉的童世舫留學德國；這批接受歐美文化影響而產生「文化混血」的中國留學生在回到中國後，也形成了矛盾複雜的認同感受與經驗。這與第貳章所處理的中國人普遍存在自我東方化、迎合西方之凝視與想像，概念多有相似、重合。據此，本章將先處理「文化混血」的中國留學生問題，以作為補充及回應；接著，再聚焦「種族混血」之討論，提出並試圖解決以下幾項問題：其一，張愛玲對雜種人的認知與想像，是在怎樣的時代語境下形成的？其二，身在上海、香港的雜種人所面臨的困境為何？

第一節　文化混血——回到滬／港的中國留學生

　　張愛玲的前半生輾轉遷居於天津、上海與香港之間，在她赴美（1955）前的上海和香港就是其生活、寫作的中心據點。上海的租界與香港的殖民背景，讓這兩座城市充斥著華洋雜處的混雜風景。不僅外國人（尤其是英國人以及同樣受到英國殖民的印度、南洋人）紛紛前來中國；中國也送了大批學生出國唸書，這些留學生在學成以後，

亦將所謂「洋派」的思想與行為帶回到這個亟欲擺脫傳統舊封建文
化，轉身迎向現代的中國土地之上。說到出國留學，就不能不先提張
愛玲自己，想當年她可是以「遠東區第一名」的成績考上英國倫敦的
大學。[7]張愛玲曾向父親提出要到英國留學的要求，但被拒絕了，弟
弟張子靜回憶道：「姊姊當然很失望，也很不高興。」[8]後來，張愛玲
又因一九三七年時爆發抗日戰爭之故，遂只好在一九三九年時，改入
香港大學就讀。雖然當不成留學生，但還是可以寫留學生。張愛玲後
來的小說裡，就有不少留學生，除了如〈茉莉香片〉的言子夜、〈留
情〉的米晶堯和〈相見歡〉的伍太太等，只是簡單提到曾出國留學或
在國外待過幾年；留英、留美、留德的角色人物，張愛玲都曾寫過。
她筆下這些從海外回到中國的留學生，皆有類似的感受與經驗：不適
應感、失落感和優越感；留學生也因此成為一種現代中國社會裡獨特
的文化混血景觀。

　　我們可以先從〈金鎖記〉裡留學德國的童世舫身上，觀察到留學
生所謂的「不適應感」。小說裡，當他和姜長安初次見面吃完飯等著
上甜菜時，長安被長馨拉到了窗前觀看街景，之後長馨托故走開了，
於是童世舫便順勢踱到窗前，問道：「姜小姐這兒來過麼？」長安細
聲道：「沒有。」童世舫道：「我也是第一次，菜倒是不壞，可是我還
是吃不大慣。」長安道：「吃不慣？」世舫道：「可不是！外國菜比較
清淡些，中國菜要油膩得多。剛回來，連著幾天親戚朋友們接風，很
容易的就吃壞了肚子。」[9]畢竟童世舫「新從德國留學回來」[10]，不能

7　張子靜：《我的姊姊張愛玲》（臺北：時報文化出版企業公司，1996年），頁94。

8　張子靜：《我的姊姊張愛玲》，頁88。

9　張愛玲：〈金鎖記〉，《傾城之戀——短篇小說集一・一九四三年》（臺北：皇冠文化
　　出版公司，2010年），頁275。

10　張愛玲：〈金鎖記〉，《傾城之戀——短篇小說集一・一九四三年》，頁273。

適應中國菜油膩的口味是可以理解的。另外，〈鴻鸞禧〉中留學美國的婁囂伯則是在看見太太後就可以一連串地這樣說下去：「頭髮不要剪成鴨屁股式好不好？圖省事不如把頭髮剃了！不要穿雪青的襪子好不好？不要把襪子捲到膝蓋底下好不好？旗袍衩裡不要露出一截黑華絲葛袴子好不好？」[11]有別於童世舫對中國菜的不適應，婁囂伯對他這位中國太太的衣著打扮，可以說是從頭到腳的不滿意、不耐煩。由此可見，中國留學生在回到中國以後所產生的「不適應感」，或是出於久未回國，或是出於接受歐美流行趨勢及審美文化的影響，明顯的例子同樣出現在〈鴻鸞禧〉中，張愛玲特別用心經營的那本「《老爺》雜誌」：

> 婁囂伯照例從銀行裡回來得很晚，回來了，急等著娘姨替他放水洗澡，先換了拖鞋，靠在沙發上，翻翻舊的《老爺》雜誌。美國人真會做廣告，汽車頂上永遠浮著那樣輕巧的一片窩心的小白雲。「四玫瑰」牌的威士忌，晶瑩的黃酒，晶瑩的玻璃杯擱在棕黃晶亮的桌上，旁邊散置著幾朵紅玫瑰——一杯酒也弄得它那麼典雅堂皇。囂伯伸手到沙發邊的圓桌上去拿他的茶，一眼看見桌面上的玻璃下壓著一隻玫瑰拖鞋面，平金的花朵在燈光下閃爍著，覺得他的書和他的財富突然打成一片了，有一種清華氣象，是讀書人的得志。囂伯在美國得過學位，是最道地的讀書人，雖然他後來的得志與他的十年窗下並不相干。[12]

---

11 張愛玲：〈鴻鸞禧〉，《紅玫瑰與白玫瑰——短篇小說集二‧一九四四年～四五年》（臺北：皇冠文化出版公司，2010年），頁119。

12 張愛玲：〈鴻鸞禧〉，《紅玫瑰與白玫瑰——短篇小說集二‧一九四四年～四五年》，頁119。

> 雜誌上光滑華美的廣告和眼前面的財富截然分為兩起了，書上
> 歸書上，家歸家。他心裡對他太太說：「不要這樣蠢相好不
> 好？」仍然像是焦躁地商量。娘姨請他去洗澡，他站起身來，
> 身上的雜誌撲拖滾下地去，他也不去拾它就走了。[13]

婁囂伯對《老爺》雜誌上美國人刊登的名車、美酒廣告發出讚嘆，尤其是在威士忌旁散置著幾朵紅玫瑰，愈顯「典雅堂皇」，順著雜誌裡的紅玫瑰再看向家中桌面玻璃下壓著的「玫瑰」平金鞋面，婁囂伯恍惚之間還真的以為自己的財富就如同雜誌中的名車、美酒所營造出來的上流社會景象一般。之後，當他看到自己正在做鞋面的太太，太太呆板無聊、毫無講究的衣著打扮卻瞬間將他拽回了現實，至此，雜誌上光滑華美的廣告又與眼前的財富分為兩起了。婁囂伯站起身來，那本《老爺》雜誌也從身上撲拖滾下地去。若仔細推敲張愛玲這段描寫《老爺》雜誌的文字便會發現，婁囂伯正因為長期浸淫在美國文化之下，才慣於使用美國思維評價所見事物，反而看不慣自己太太的衣著打扮了。在回到中國並與中國女人結婚之後，婁囂伯原本以為能過上美國式典雅堂皇、富足進步的生活的美夢，也都跟著那本《老爺》雜誌的掉落而成了一場空。美國夢醒了，婁囂伯只能再次做回出了名的好丈夫。這段文字在凸顯婁囂伯的「不適應感」之外，也暗示了他回到中國生活以後，日久而生的「失落感」，就像那本撲拖滾下地去的《老爺》雜誌一樣，「他也不去拾它就走了」。其中，更已然隱含了接受西方教育的婁囂伯，高高在上的文化自居與西方文明一貫以來優越的睥睨傳統。

　　張愛玲筆下回到滬／港的中國留學生，除了「不適應感」，更多

---

13 張愛玲：〈鴻鸞禧〉，《紅玫瑰與白玫瑰——短篇小說集二‧一九四四年～四五年》，頁120。

的是「失落感」，〈鴻鸞禧〉的婁囂伯是如此，〈金鎖記〉的童世舫也是如此。童世舫在與姜長安吃完飯後，小說接著寫道：「世舫多年沒見過故國的姑娘，覺得長安很有點楚楚可憐的韻致，倒有幾分歡喜。」[14] 並且，「他深信妻子還是舊式的好」。[15]童世舫初見長安，先是對長安身上舊中國式的氣質充滿興趣也有幾分歡喜，但當他從長安母親曹七巧那裡得知長安會抽鴉片後，心中便只剩下失落了，童世舫心想，「這就是他所懷念著的古中國……他的幽嫻貞靜的中國閨秀是抽鴉片的！他坐了起來，雙手托著頭，感到了難堪的落寞」。[16]童世舫對傳統中國（女性）的美好想像，隨著英國將「鴉片」帶入中國後，最終蕩然無存。

　　另外，〈傾城之戀〉的范柳原也有相同感受：「我回中國來的時候，已經二十四了。關於我的家鄉，我做了好些夢。你可以想像到我是多麼的失望。」[17]因為「父母的結合是非正式的」[18]，范柳原從小就在倫敦長大，一直到二十四歲才回到中國。范柳原稱自己「不能算是一個真正的中國人」，可是在中國的這幾年，「漸漸的中國化起來」，范柳原告訴白流蘇：「中國化的外國人，頑固起來，比任何老秀才都要頑固。」[19]和〈金鎖記〉的童世舫一樣，范柳原對中國亦曾有過嚮往，也覺得「真正的中國女人是世界上最美的，永遠不會過了時」[20]，但他仍是要對中國失望的。趙園在分析〈傾城之戀〉時就認為：「不止洋派的中國人，即『中國化的洋人』，他們的愛中國『固有文明』，

14　張愛玲：〈金鎖記〉，《傾城之戀——短篇小說集一‧一九四三年》，頁275。

15　張愛玲：〈金鎖記〉，《傾城之戀——短篇小說集一‧一九四三年》，頁276。

16　張愛玲：〈金鎖記〉，《傾城之戀——短篇小說集一‧一九四三年》，頁284。

17　張愛玲：〈傾城之戀〉，《傾城之戀——短篇小說集一‧一九四三年》，頁198。

18　張愛玲：〈傾城之戀〉，《傾城之戀——短篇小說集一‧一九四三年》，頁185。

19　張愛玲：〈傾城之戀〉，《傾城之戀——短篇小說集一‧一九四三年》，頁195。

20　張愛玲：〈傾城之戀〉，《傾城之戀——短篇小說集一‧一九四三年》，頁195。

也常常比中國自己的遺老遺少更徹底，……范柳原一類的洋場闊少，離中國既近又遠。他們似乎被拆卸後又組裝過，因而人生像是道拼盤，是『洋派』的，但內骨子裡卻又是道地中國的，而且是最『頑固』的中國的。這裡是殖民地化中的畸形的精神現象，資本主義文化與中國封建文化交媾生出的怪胎，近現代中國社會歷史的特殊產物，洋場上的『新的』人種。」[21]像婁囂伯、童世舫和范柳原一類的「新的人種」，他們於血統上或許是純正的中國人，可在文化思想上，卻已是中（東方固有文明）、西（現代文明）文化混雜交媾而生之人。趙園以為：「這才是四十年代滬、港『洋場社會』生活的最基本的真實。」[22]

緊接在不適應感與失落感之後，便是留學生的「優越感」。他們不屑於中國腐敗陳舊的封建生活，因而經常想起自己是受到歐美文化洗滌的先進、自由人士，這與前面兩章所提及的英國人及華僑的優越感，本質上是大致相同的（都是接受歐美尤其是英國文化的影響）。所以張愛玲才會在描述〈紅玫瑰與白玫瑰〉的佟振保時說他是「正途出身，出洋得了學位，並在工廠實習過，非但是真才實學，而且是半工半讀赤手空拳打下來的天下」[23]；還說他「整個地是這樣一個最合理想的中國現代人物」。[24]

張愛玲畫過佟振保的圖像[25]，從圖像中可以看出佟振保一身西裝皮鞋並戴著一副眼鏡，確實如小說所言，是個「最合理想的中國現代

---

21 趙園：〈開向滬、港「洋場社會」的窗口——讀張愛玲小說集《傳奇》〉，子通、亦清編：《張愛玲評說六十年》（北京：中國華僑出版社，2001年），頁403-404。

22 趙園：〈開向滬、港「洋場社會」的窗口——讀張愛玲小說集《傳奇》〉，子通、亦清主編：《張愛玲評說六十年》，頁402。

23 張愛玲：〈紅玫瑰與白玫瑰〉，《紅玫瑰與白玫瑰—短篇小說集二‧一九四四年～四五年》，頁130。

24 張愛玲：〈紅玫瑰與白玫瑰〉，《紅玫瑰與白玫瑰—短篇小說集二‧一九四四年～四五年》，頁130。

25 參見張愛玲：《紅玫瑰與白玫瑰——短篇小說集二‧一九四四年～四五年》，頁179。

人物」。王德威在談佟振保時更曾言：「紅玫瑰與白玫瑰代表了佟兩種可望而不可即的感情歸宿，也何嘗不影射一中一西兩種心理及意識形態的結晶？」[26]佟振保可說是張愛玲筆下的留學生典型，所有留學生的不適應、失落、優越感和介於一中一西之間的矛盾心態，皆能從其身上察覺一二。而張愛玲所謂的「最合理想」即指「西化」，「正途出身」則指「出洋得了學位」，更是進一步反映出「洋派」留學生與「傳統」中國人之間，新／舊、進步／落後、優越／卑下的對照關係。然而，留學生很快便會發現，他們其實無法真正融入中國人群體，西方人也瞧不上他們。如同〈傾城之戀〉的范柳原就曾煩躁地向白流蘇表示：「自己也不懂得我自己。」[27]這些接受西式教育、西方文化進而產生文化混血現象的留學生，其複雜的身分認同問題便是從這樣一個「不中不西」的尷尬位置裡浮現而出。

中國留學生處在中西文化邊緣的尷尬位置，即是霍米・巴巴所提出的民族混雜性論點的最佳範例之一。巴巴曾自我表述：「我所經歷的時刻是一個人民到處漂泊的時刻。在別的時間、別的地點、別人的國家，漂泊的時刻又變成相聚的時刻。於是異鄉人、移民、難民群起相聚，在『異國』文化的邊緣、國土交界處相聚，在城市中心的貧民區與咖啡館相聚。相聚處常聽到半生不熟，晦暗朦朧的異國腔調，也或許有人可以經驗到非我母語朗朗上口的異樣感覺。相聚帶來各種認可與接受的印記（sign），各種學位、各種傳述（discourses）、各種知識的匯集，還有低度開發時期的種種回憶、遠方世界的經驗補完。」[28]

---

26 王德威：〈出國・歸國・去國——五四與三、四〇年代的留學生小說〉，《小說中國：晚清到當代的中文小說》（臺北：麥田出版公司，2012年），頁245。

27 張愛玲：〈傾城之戀〉，《傾城之戀——短篇小說集一・一九四三年》，頁199。

28 巴拔（Homi K. Bhabha）著，廖朝陽譯：〈播撒民族：時間、敘事與現代民族的邊緣〉，《中外文學》第30卷第12期（2002年5月），頁77。

其實，在張愛玲的異族書寫裡，巴巴所謂的民族混雜性是無所不在的。因為戰爭加上租界／殖民的複雜時空背景，各國族群（像是前述的英國人、印度人、南洋人、雜種人和之後要討論的日本人等），本來就處於「漂泊的時刻」，這些異鄉人、移民乃至留學生，同樣都位在異國文化的邊緣。其中，中國留學生正是因為自身民族和相異文化的交互接受下，才出現不中不西的身分認同。他們不僅只在異地經驗到異樣的腔調和感覺，甚至在回到中國後也產生相同的感受。而對於這些在跨地域間移動的中國留學生而言，肯定存在著更為複雜的民族／文化混雜性，以至於他們在中西文化間，竟不知何處可依。

第二節　種族混血──在滬／港的歐亞混血兒

張愛玲對文化混血的留學生之描繪與〈第一爐香〉裡梁太太「中西合併」的屋子，以及「香港社會處處模仿英國習慣」、「香港大戶人家的小姐們，沾染上英國上層階級傳統的保守派習氣」等中西混雜的敘述是不盡相同的。如此「不中不西」（張愛玲甚至稱其為「非驢非馬」、「不倫不類」）的尷尬處境，不僅體現在文化混血的留學生身上，更展示在「種族混血」的雜種人身上。

前文提及，上海的租界與香港的殖民背景，讓這兩座城市充斥著華洋雜處的混雜風景。華／洋交流逐漸普遍，除了有留學生形成的文化混血現象，在中國，華／洋通婚亦是常見的情景，因此「種族混血」的雜種人也就變得多了。而在張愛玲之前，有關異國通婚乃至混種優劣等，圍繞「混血」議題之論述，其實早已得到十足的發展。鄧津華（Emma Jinhua Teng）的著作《歐亞混血：美國、香港與中國的雙族裔認同（1842-1943）》（以下簡稱《歐亞混血》），就對「歐亞混血」（Eurasian）有過精彩的研究與分析。

　　何謂「Eurasian」？「『Eurasian』一字發明於十九世紀初被英國殖民的印度，以此委婉的說法取代『半種姓』（half-caste）等貶抑標籤，且僅指歐裔父親與亞裔母親所生的子女。該名稱隨即散布到大英帝國的其他屬地，亦援用於北美洲和中國；其字義隨流傳過程而改變，因此在中國和北美，『Eurasian』可指歐裔母親與亞裔父親所生的子女」。[29]又，鄧津華在文中寫道：「十九世紀後半，貿易、帝國擴張、傳教運動、全球勞工遷徙和海外留學，在在使中國與西方的接觸空前密切。縱橫交錯的跨國移動引發各種跨文化邂逅，從而產生種族混合的家庭，……之所以納入當時的英國殖民地香港，除了其作為東西接觸樞紐的歷史重要性，也因為二戰前棲居此地的歐亞雙族裔人眾多。」[30]雖然此書集中探討的是美國白人與華人／中國人通婚後所生的子女及其後裔，然「Eurasian」一詞之概念，卻正好適用於本章對於混血兒的討論。[31]此外，張愛玲在〈雙聲〉裡那種既稱頌又歧視的矛盾理解，亦與鄧津華在著作中所言——「在更早的全球化年代，它們形塑了歐亞雙族裔人在中國、香港和美國的生命經驗。這些觀念可分兩類：認為種族融合（amalgamation）有害的想法，衍生出雜種退化與畸變（hybrid degeneracy and abnormality）的觀念；相對地，認為異種交配（racial crossing）符合優生學的想法，則衍生出雜種優勢（hybrid vigor）和種族改良的觀念」——說法不謀而合。[32]可見，我

---

29 鄧津華著，楊雅婷譯：《歐亞混血：美國、香港與中國的雙族裔認同（1842-1943）》（臺北：臺大出版中心，2020年），頁11。

30 鄧津華著，楊雅婷譯：《歐亞混血：美國、香港與中國的雙族裔認同（1842-1943）》，頁8、10。

31 鄧津華著，楊雅婷譯：《歐亞混血：美國、香港與中國的雙族裔認同（1842-1943）》，頁6。

32 鄧津華著，楊雅婷譯：《歐亞混血：美國、香港與中國的雙族裔認同（1842-1943）》，頁7。

們不能不先釐清在張愛玲時代之前與其生活在滬／港的當下，關於混血論述的發展過程，才利於繼續深入探究張愛玲的雜種人認知與想像及其所面臨之困境究竟如何被呈現。而鄧津華的《歐亞混血》為此提供了相當完備的參考資料，我們不妨可先大致認識鄧津華的研究脈絡與內容。

一　被遮蔽的邊緣人：一九四三年以前的混血論述

儘管張愛玲沒有書寫宏大歷史的企圖，如同她曾在〈自己的文章〉中表明的，她只寫「男女間的小事情」，「作品裡沒有戰爭，也沒有著革命」[33]，但我們仍可以在她的作品裡看見歷史的敘述，例如小說〈浮花浪蕊〉就有意無意的流瀉出張愛玲對現代中國歷史發展的瞭解：

> 廣州大概因為開埠最早，又沒大拆建，獨多這種老洋房，熱帶英殖民地的氣息很濃。[34]

> 珍珠港事變後，上海日軍進了租界，英美人都進了集中營。……大英帝國已經在解體，從集中營出來的人，一看境況全非。[35]

關於「廣州開埠」的時代背景，須追溯至第一次鴉片戰爭（1840-1842），一八四二年戰事結束後，中國清政府與大英帝國簽訂了《南京條約》，被迫將香港割讓給英國並開放五口通商（廣州、廈門、福

33　張愛玲：〈自己的文章〉，《華麗緣——散文集一·一九四〇年代》，頁116。
34　張愛玲：〈浮花浪蕊〉，《色，戒——短篇小說集三·一九四七年以後》（臺北：皇冠文化出版公司，2010年），頁242。
35　張愛玲：〈浮花浪蕊〉，《色，戒——短篇小說集三·一九四七年以後》，頁259。

州、寧波和上海）。隨後，西方列強如美國、法國等，亦比照辦理要求在中國享有治外法權，中國正式進入「不平等條約」時代。時至一九四一年「珍珠港事變」爆發，香港淪陷，在香港大學就讀的張愛玲則被迫返回上海；直到一九四三年，不平等條約時代才宣告終結，也是從這一年開始，張愛玲在上海文壇橫空出世。雖然她對此不刻意著墨，但畢竟這些重要的歷史時刻與其生命經歷是高度貼合的，她與大多數人一樣，都「不能掙脫時代的夢魘」。[36]因此小說裡寫到廣州開埠、英國殖民和珍珠港事變等歷史事件，自然是在意料之內的。而之所以要在探討混血論述前，先點出張愛玲對歷史的觀察及其脫不開時代之脈動的原因，是因為鄧津華同樣注意到了一八四二年與一九四三年。《歐亞混血》一書中關於歐亞混血兒的敘述，主要就著重在這兩個重要的年分之間。

　　因開放五口通商，這些通商口岸城市湧入了大量外國人，「日益頻繁的中西文化接觸，引發環繞文化交流與異族相遇的新恐懼和希望」。[37]這些因異族相遇、結合而誕生的歐亞混血兒，則成為長期被歷史遮蔽的邊緣人，他們被視作是「悲慘」的且深受「偏見」與「特權」壓迫的；在文化位置上，歐亞混血兒相比那些中國留學生，更是尷尬、矛盾，兩邊不討好的邊緣人群體，身分認同的問題當然又愈加複雜難解了。鄧津華在書中引述羅伯‧帕克（Robert Park, 1864-1944）的說法指出：「混血兒」為邊緣人的範例，將種族與文化混雜性的連結具體化。對帕克而言，「典型的邊緣人」「單憑其種族出身的事實，就註定要占據介於兩種文化之間的位置」。[38]此外，在提及上海

---

36 張愛玲：〈自己的文章〉，《華麗緣——散文集一‧一九四○年代》，頁116。

37 鄧津華著，楊雅婷譯：《歐亞混血：美國、香港與中國的雙族裔認同（1842-1943）》，頁9。

38 鄧津華著，楊雅婷譯：《歐亞混血：美國、香港與中國的雙族裔認同（1842-1943）》，頁184。

的歐亞混血兒時，鄧津華表示赫伯特・拉姆森（Herbert Day Lamson, 1899-1954）將其同樣再現為一種邊緣人：「身處邊緣，不屬於任一親族，無論『白』或『黃』的社群都不完全接納他，但整體上他傾向模仿外來者，自稱具有受歐洲或『白人』庇護的國籍。」[39]這種現象不僅上海如此，接受英國殖民的香港更是如此。[40]

　　至於對歐亞混血兒的外貌及性格之敘述，除了拉姆森所描繪的，有兩邊親族最糟的特質：「秉性刁滑」，「有道德缺陷」，而且「沒什麼出息」[41]，大致體現當時中西方對歐亞混血兒根深柢固的成見之外，鄧津華所謂「墮落卻美麗」的定義，更顯精簡而準確。在《歐亞混血》第三章「無法解決的問題」中，鄧津華討論了一八九〇年代，美國最負盛名的歐亞混血兒罪犯——喬治・華盛頓・阿波（George Washington Appo, 1856-1930）。[42]首先，歐亞混血兒因其「跨立於白人與非白人的界線上」，破壞了「可明確勾劃種族界線」而構成身分認同極具曖昧性的困擾問題。[43]其次，受到十九世紀以來雜種退化／優勢兩說的影響（尤其是從一八五〇到一九三〇年代英美理論家所持的「種族融合對人類有害」之觀念一直是主流看法）[44]，美國記者路易斯・貝克

---

39 鄧津華著，楊雅婷譯：《歐亞混血：美國、香港與中國的雙族裔認同（1842-1943）》，頁195。

40 鄧津華特別將英國殖民時期的香港納入書中討論，是「因為二戰前棲居此地的歐亞雙族裔人眾多。香港使我們得以探問，歐亞雙族裔人以何種方式、在什麼情況下，能夠將自己界定為獨特的社群。」參見鄧津華著，楊雅婷譯：《歐亞混血：美國、香港與中國的雙族裔認同（1842-1943）》，頁10。

41 鄧津華著，楊雅婷譯：《歐亞混血：美國、香港與中國的雙族裔認同（1842-1943）》，頁196。

42 參見鄧津華著，楊雅婷譯：《歐亞混血：美國、香港與中國的雙族裔認同（1842-1943）》，頁109-140。

43 鄧津華著，楊雅婷譯：《歐亞混血：美國、香港與中國的雙族裔認同（1842-1943）》，頁119。

44 「人類雜交」（human hybridity）於十九世紀中葉作為科學概念出現以前，種族混融

（Louis J. Beck, 1867-1917）在《紐約華埠：其居民與地方之歷史呈現》（*New York's Chinatown: An Historical Presentation of Its People and Places*, 1898）中，才會以退化、墮落來形容喬治。貝克筆下的喬治，「從父親那兒遺傳到『狡猾和表裡不一』，以及『東方人特有的憤世嫉俗』；他從母親那兒繼承了某種『機巧』，對他當專業小偷幫助不小。集（刻板印象的）華人與愛爾蘭缺點之大成，阿波天生註定要成為不同凡響的罪犯」。[45]然而，貝克雖持續記述阿波的失足與墮落，卻依舊反覆強調他的「體貌俊美」：「說他俊美絕非誇大其辭。在漫長而多變的犯罪生涯，他始終保持俊秀的五官與迷人風采，那是他自幼即具的特徵；若非臉上明顯的刀疤和彈痕，他現在還是個相貌出眾的英俊男子。」[46]如同羅伯‧楊（Robert Young）所說：「混種者固然被當成例證，說明退化與名副其實的降級（因種族混合而從最高級的純白種貶降下來），但另一方面，他們也經常被稱作最美麗的人類。」[47]當然，將喬治‧阿波這種歐亞混血兒，其在紐約的被敘述與被想像，放到張愛玲所描繪的上海、香港語境中，亦同樣成立。

已被連結到反常、變態與畸形。……十九世紀仍出現多種探究種族融合問題的新科學理論，以及關於「種族混合」對文明產生哪些歷史影響的論述。如喬治‧史鐸金（George Stocking）與羅伯‧楊（Robert Young）說明的，所謂「人類雜交」的議題是十九世紀種族辯論之核心，讓人種單源論者（monogenists）與多源論者（polygenists）對立，廢奴者與蓄奴者相爭──這些立場同樣可視為包容排他論述之拮抗。另一方面，鄧津華也將立場居少數卻屹立不搖的「雜種優勢論」假說納入討論範疇。例如卡特勒法熱（Quatrefages）的種族混雜討論扮演關鍵角色，甚至出現在達爾文《人類的由來》（*The Descent of Man*, 1871）等文本中。參見鄧津華著，楊雅婷譯：《歐亞混血：美國、香港與中國的雙族裔認同（1842-1943）》，頁124-128。

45 鄧津華著，楊雅婷譯：《歐亞混血：美國、香港與中國的雙族裔認同（1842-1943）》，頁129。

46 鄧津華著，楊雅婷譯：《歐亞混血：美國、香港與中國的雙族裔認同（1842-1943）》，頁135。

47 鄧津華著，楊雅婷譯：《歐亞混血：美國、香港與中國的雙族裔認同（1842-1943）》，頁136。

　　最後，我們還必須注意到一九二〇年代的殖民危機促使了歐亞混血兒與英政府間的關係。歐亞混血兒（菁英）在危機四起的這些年裡，成為英政府與殖民地人民的中介、調停者；另外，隨著教育的擴展，不少中國人開始有機會接受英語教育，加上海外華人把握機會紛紛回國，都在在挑戰著歐亞混血兒原本佔據雙語、雙文化的特殊優勢。「在這些改變下，出現一種特殊的歐亞雙族裔人身分認同感：既不完全是華人，也不全然是歐洲人，卻又兩者皆是」。[48]

　　從一八四二至一九四三年所形成的「混血論述」，觸及了歐亞混血兒的邊緣處境、外貌及性格之描述和矛盾的身分認同等議題。巧合的是，如前述所言，一九二〇年出生，一九四三年名震上海文壇的張愛玲，剛好與混血論述發展軌跡裡的幾個重要時刻，皆有所重疊（包括一九二〇年代起出現新的、特殊的歐亞混血兒身分認同，以及鄧津華提出的不平等條約時代終結的一九四三年）。百年來的混血論述，涵蓋了張愛玲二十三年的生命時光，除了親身接觸的經歷之外，當時流通於中國的混血論述必然深刻影響著張愛玲對混血兒的認知與理解。接著，我們總算可以將眼光再重新放回滬／港，仔細檢視張愛玲筆下的雜種人究竟被如何描繪、理解與想像。

二　中國人不行，外國人也不行：雜種人的困境

　　張愛玲說過：「毛姆筆下異族通婚都是甘心觸犯禁條而沉淪，至少總有一方是狂戀。」[49]何以言「異族通婚」都是「甘心觸犯禁條而沉淪」、「至少總有一方是狂戀」？我們還可以從其他小說裡找到線

48　鄧津華著，楊雅婷譯：《歐亞混血：美國、香港與中國的雙族裔認同（1842-1943）》，頁316。

49　張愛玲：〈浮花浪蕊〉，《色，戒——短篇小說集三‧一九四七年以後》，頁259。

索，〈第一爐香〉的上海女子葛薇龍與中葡混血的喬琪喬的結合就是最好的例子。即使喬琪喬都說了「我不能答應你結婚，我也不能答應你愛，我只能答應你快樂」。[50]但葛薇龍仍笑道：「我愛你，關你什麼事，千怪萬怪，也怪不到你身上去。」[51]葛薇龍就是清醒的沉淪，異族通婚裡，狂戀的一方。而像葛薇龍與喬琪喬這樣異族通婚的書寫不在少數，雜種人當然也就充斥於張愛玲的小說之中。喬琪喬就是因異族通婚而生的雜種人，據梁太太的說法：「姓喬的你這小雜種，你爸爸巴結英國人弄了個爵士銜，你媽可是來歷不明的葡萄牙婊子，澳門搖攤場子上數籌碼的。」[52]「中國－葡萄牙」混血的喬琪喬，想來也是生得「體貌俊美」的。在葛薇龍眼裡「他比周吉婕還要沒血色，連嘴唇都是蒼白的，和石膏像一般。在那黑壓壓的眉毛與睫毛底下，眼睛像吹過的早稻田，時而露出稻子下的水的青光，一閃，又暗了下去了。人是高個子，也生得停勻」。[53]喬琪喬不僅有一雙漂亮的眼睛、高且停勻的身材，他的隨性、風流與狡猾更令人著迷，難怪梁太太、葛薇龍甚至連女婢睇睇和睨兒都傾心於他。喬琪喬就是將拉姆森所謂的「秉性刁滑」、「有道德缺陷」、「沒什麼出息」，以及鄧津華所謂的「墮落卻美麗」等性格特質集於一身的雜種人典型。有關雜種人體貌俊美的描繪，張愛玲在《小團圓》裡對混血女生安姬亦有所形容：「安姬自己的長相有點特別，也許因此別具隻眼。她是個中國女孩子的輪廓，個子不高，扁圓臉，卻是白種人最白的皮膚，那真是面白如紙，配上漆黑的濃眉，淡藍色的大眼睛，稍嫌闊厚的嘴唇，濃抹著亮汪汪的硃紅唇膏，有點嚇人一跳。但是也許由於電影的影像，她也在

---

50 張愛玲：〈第一爐香〉，《傾城之戀——短篇小說集一‧一九四三年》，頁43。

51 張愛玲：〈第一爐香〉，《傾城之戀——短篇小說集一‧一九四三年》，頁59。

52 張愛玲：〈第一爐香〉，《傾城之戀——短篇小說集一‧一九四三年》，頁11。

53 張愛玲：〈第一爐香〉，《傾城之戀——短篇小說集一‧一九四三年》，頁32。

校花之列。」[54]安姬能在校花之列，自然也是美的。至於喬琪喬同母異父的妹妹周吉婕，她大抵也是美的。張愛玲說「她那皮膚的白，與中國人的白又自不同，是一種沉重的，不透明的白。雪白的臉上，淡綠的鬼陰陰的大眼睛，稀朗朗的漆黑的睫毛，墨黑的眉峯，油潤的猩紅的厚嘴唇，美得帶點肅殺之氣」。[55]可以察覺，不論是喬琪喬、安姬還是周吉婕，張愛玲對這些中西混血的雜種人的體貌特徵，皆有著極其相似的敘述，尤其是展現在他們臉孔之上強烈的黑／白對比。他們有著「和石膏像一般」、「面白如紙」、「不沉重的，不透明的」白皮膚，但又有著「黑壓壓」、「漆黑」的眉毛與睫毛；此外，那雙淡綠或淡藍色的眼睛、紅色的闊厚嘴唇，又從黑、白色中跳脫而出；與純粹平淡素淨的中國臉孔、稜角分明的西方臉孔不同，雜種人的臉孔是一種混雜的俊與美。

不過比起刻畫雜種人的體貌如何俊美，顯然張愛玲更關心的還是他們的混血身分和其在滬／港的尷尬處境。周吉婕的宗譜尤為複雜，「至少可以查出阿拉伯、尼格羅、印度、英吉利、葡萄牙等七八種血液，中國的成分卻是微乎其微」。[56]像喬琪喬、周吉婕這類的雜種人在香港社會中，身分是特別兩難的。張愛玲說：「喬琪不肯好好地做人，他太聰明了，他的人生觀太消極，他周圍的人沒有能懂得他的，他活在香港人中間，如同異邦人一般。」[57]至於周吉婕，她的感觸就更加深刻了：

是呀！我自己也是雜種人，我就吃了這個苦。你看，我們的可

---

54 張愛玲：《小團圓》，頁34。

55 張愛玲：〈第一爐香〉，《傾城之戀──短篇小說集一・一九四三年》，頁30。

56 張愛玲：〈第一爐香〉，《傾城之戀──短篇小說集一・一九四三年》，頁30。

57 張愛玲：〈第一爐香〉，《傾城之戀──短篇小說集一・一九四三年》，頁42。

能的對象全是些雜種的男孩子。中國人不行，因為我們受的外國式的教育，跟純粹的中國人攪不來。外國人也不行！這兒的白種人哪一個不是種族觀念極深的？就使他本人肯了，他們的社會也不答應。誰娶了東方人，這一輩子的事業就完了。[58]

「中國人不行，外國人也不行」，兩邊不討好，這便是雜種人的困境。所以周吉婕才會說：「香港殖民地的空氣太濃厚了；換個地方，種族的界限該不會這麼嚴罷？總不見得普天下就沒有我們安身立命的地方。」[59]此外，周吉婕對雜種人在「找結婚對象」上的難處，不禁令人想起李君維（1922-2015）在〈且說炎櫻〉文中寫到炎櫻的哥哥正在追求一位就讀於聖約翰大學的上海小姐一事時說：「上海雖然華洋雜處，風氣先開，不過混血兒——彼時叫雜夾種——找對象，由於雙方文化背景迥異，也非易事。」[60]李君維的現身說法，正是張愛玲小說最好的應證。

　　然而，就算換個地方，種族的界限就真不會這麼嚴嗎？我們可以接著看看〈紅玫瑰與白玫瑰〉裡，玫瑰的處境。玫瑰是佟振保的初戀，她的「父親是體面的英國商人，在南中國多年，因為一時的感情作用，娶了個廣東女子為妻，帶了她回國。現在那太太大約還在那裡，可是似有如無，等閒不出來應酬。玫瑰進的是英國學校，就為了她是不完全的英國人，她比任何人還要英國化」。[61]張愛玲這段關於玫瑰的描述，傳達了兩個重要的訊息。其一，中英混血的玫瑰，即使在

58　張愛玲：〈第一爐香〉，《傾城之戀——短篇小說集一‧一九四三年》，頁35。
59　張愛玲：〈第一爐香〉，《傾城之戀——短篇小說集一‧一九四三年》，頁35。
60　李君維：《人書俱老》（長沙：岳麓書社，2005年），頁59。
61　張愛玲：〈紅玫瑰與白玫瑰〉，《紅玫瑰與白玫瑰——短篇小說集二‧一九四四年～四五年》，頁134。

英國生活，仍然得想盡辦法，比任何人還要「英國化」，才能彰顯出
自己那一半優越的「英國」血統。這種試圖掩蓋中國血統傾向英國的
作派，實為許多雜種人的共相。而雜種人西化的形象，在張愛玲畫過
的名為「雜種人對中國人」[62]的圖像裡也能看出端倪：畫中的雜種人
女性，頭梳西式髮型，作洋裝打扮，徹底的西化，幾乎無從察覺其
「中國」的部分何在。這是張愛玲眼中的雜種人，也是當時純種中國
人眼中的雜種人。因此鄧津華認為：「中國人對歐洲混血兒的歧視，
與其說源自對種族混雜本身的厭惡，毋寧是一種民族主義的反應：排
斥那『半華人』身體中的『假洋人』。」[63]正因如此，假使玫瑰真的被
佟振保娶來移植在中國社會裡，那肯定是行不通的，她大概會受到純
種中國人的反感與厭惡。其二，即使玫瑰身在殖民母國，嚴謹的種族
界限依然存在，她必須在兩種混雜的血統當中選擇有利的一方才行。
總而言之，雜種人就是「天生處於文化夾縫之中，隨著時間的推移，
難免會同化於較強勢的文化中。……如何在中英兩種文化的夾縫中安
身立命，一直是這個群體探索的課題」。[64]

　　此外，談到雜種人，絕不能忽略〈紅玫瑰與白玫瑰〉中的另一個
雜種人——艾許小姐。張愛玲對艾許小姐雖然只有幾行描述，但卻值
得仔細推敲：

　　　　艾許太太身邊還站著她的女兒。振保對於雜種姑娘本來比較
　　　　最有研究。這艾許小姐抿著紅嘴唇，不大作聲，在那尖尖的白

62　參見張愛玲：《華麗緣——散文集一・一九四○年代》，頁134。

63　鄧津華著，楊雅婷譯：《歐亞混血：美國、香港與中國的雙族裔認同（1842-1943）》，
　　頁199。

64　陳煒舜：〈混血兒的身分認同與價值實現：香港報刊內外的施玉麒〉，《思與言》第
　　55卷第2期（2017年6月），頁100。

桃子臉上，一雙深黃的眼睛窺視著一切。……艾許小姐年紀雖
不大，不像有些女人求歸宿的「歸心似箭」，但是都市的職業
女性，經常地緊張著，她眼眶底下腫起了兩大塊，也很憔悴
了。……現在的女人沒有這種保護了，尤其是地位全然沒有準
繩的雜種姑娘。艾許小姐臉上露出的疲倦窺伺，因此特別尖銳
化了些。[65]

　　陳煒舜對此有精闢的分析，他認為一句「振保對於雜種姑娘本來
比較最有研究」，透露了混血女性作為欲望對象的身世。至於艾許小
姐，臉上「露出的疲倦與窺伺」：因為她「地位沒有準」，高（洋）
不成，低（華）不就，根本無法「像有些女人求歸宿的『歸心似
箭』」。[66]因留學生活之故而早早接觸雜種人的佟振保，曾經遇見中英
混血的初戀玫瑰，自然是對雜種姑娘有著較深的認識；雜種姑娘中西
雜糅的臉孔，更是佟振保始終都難以忘懷的。然而，艾許小姐的「地
位沒有準」，不正是雜種人在中國的生存寫照？張愛玲形容艾許小姐
「是一無所有的年青人，甚至於連個性都沒有，竟也等待著一個整個
的世界的來臨，而且那大的陰影已經落在她臉上，此外她也別無表
情」。[67]失去「禮教之大防」保護的艾許小姐，生活在中國，不能有個
性，不能有表情，只能悄悄躲在陰影之下，這就是雜種人難以與人言
說的窘困遭遇。同樣的情況，也發生在〈第二爐香〉裡帶有猶太血液

65　張愛玲：〈紅玫瑰與白玫瑰〉，《紅玫瑰與白玫瑰──短篇小說集二・一九四四年～
　　四五年》，頁155。

66　陳煒舜：〈從艾許母女到喬琪喬──張愛玲小說與電影中的混血男女們〉，虛詞，
　　2021年12月16日，取自https://p-articles.com/critics/2642.html，瀏覽日期：2023年3月
　　18日。

67　張愛玲：〈紅玫瑰與白玫瑰〉，《紅玫瑰與白玫瑰──短篇小說集二・一九四四年～
　　四五年》，頁156。

的英國人哆玲姐身上。哆玲姐是毛立士教授的填房太太，在小說接近
尾聲才登場，不過，張愛玲還是費了一些篇幅介紹她：「一頭鬈曲米
色頭髮，濃得不可收拾，高高地堆在頭上；生著一個厚重的鼻子，小
肥下巴向後縮著。微微凸出的淺藍色大眼睛，只有笑起來的時候，瞇
緊了，有些妖嬈。……但是她現在穿著一件寬大的蔥白外衣，兩隻手
插在口袋裡，把那件外衣繃得畢直，看不出身段來。」[68]哆玲姐的米
色頭髮與淺藍色大眼睛，直接表明了她具有西方血統的外貌特徵；張
愛玲雖說她笑起來有些妖嬈，可話鋒一轉，哆玲姐卻穿著一件寬大的
外衣，看不出身段；儘管從前曾經「登台賣過藝」，極具誘惑力，但
是在中國，哆玲姐仍得將姣好的身材藏起來。不論是被陰影籠罩的艾
許小姐，還是看不出身段的哆玲姐，她們都有著相似的命運，那便是
謹小慎微的過日子。

　　如同張愛玲的散文〈《張看》自序〉曾將在中國的「雜種人」定
義為「第三世界的人——在中國的歐美人與中國人之外一切雜七咕咚
的人」一樣，[69]其筆下的雜種人從喬琪喬、周吉婕到玫瑰、艾許小姐
和哆玲姐，全都因為他們不純的血統而被中西兩邊排除在外，身分認
同混亂並處在文化邊界的尷尬位置之上，而成為了第三世界的人，雜
七咕咚的人。

---

68 張愛玲：〈第二爐香〉，《傾城之戀——短篇小說集一・一九四三年》，頁93。

69 本書所用「雜七咕咚的人」是張愛玲〈《張看》自序〉裡談論雜種人時所提出之說
　　法；而散文〈雙聲〉中，張愛玲也曾說：「上海那些雜七骨董的外國人。」本書則
　　選擇以〈《張看》自序〉的「雜七咕咚」為主要引用。參見張愛玲：〈《張看》自
　　序〉，《惘然記——散文集二・一九五○～八○年代》，頁115；張愛玲：〈雙聲〉，《華
　　麗緣——散文集一・一九四○年代》，頁251。

第三節　在歐亞混血之外

　　有趣的是，張愛玲對雜種人的描述，除了歐亞混血的雜種人之外，還有幾個「中國－南洋」、「中國－印度」混血的雜種人。他們在中國的處境又是如何呢？是否也同中西混血的雜種人般，身分認同混亂、處在文化邊界的尷尬位置之上？我們可以回過頭去再看看〈茉莉香片〉裡，「中國－南洋」混血的言丹朱。張愛玲說言丹朱「一定是像她的母親，言子夜所娶的那南國姑娘」[70]，至於言丹朱的性格，則因為她來自一個「有愛情的家庭」，所以「不論生活如何的不安定，仍舊是富於自信心與同情——積極、進取、勇敢」。[71]言丹朱的美，不僅讓她「在校花隊裡有了相當的地位」[72]，她的性格也深受同儕歡迎。似乎，言丹朱的雜種身分並沒有為她帶來困擾。

　　而在〈連環套〉中，霓喜的兩個孩子吉美與瑟梨塔則是「中國－印度」混血。霓喜在十八歲左右為印度綢緞商人雅赫雅生了個兒子，「取了個英國名字，叫做吉美」[73]；「二十四歲那年又添了個女兒，抱到天主教修道院去領了洗，取名瑟梨塔，連那大些的男孩也一併帶去受了洗禮」。[74]可惜的是，張愛玲對這兩個中印混血的孩子並無太多著墨，最多也只是寫到瑟梨塔後來「被送入修道院附屬女學校，白制服，披散著一頭長髮，烏黑鬈曲的頭髮，垂到股際，淡黑的臉與手，那小小的，結實的人，像白蘆葦裡吹出的一陣黑旋風。這半印度種的

---

70 張愛玲：〈茉莉香片〉，《傾城之戀——短篇小說集一・一九四三年》，頁111。
71 張愛玲：〈茉莉香片〉，《傾城之戀——短篇小說集一・一九四三年》，頁113。
72 張愛玲：〈茉莉香片〉，《傾城之戀——短篇小說集一・一九四三年》，頁102。
73 張愛玲：〈連環套〉，《紅玫瑰與白玫瑰——短篇小說集二・一九四四年～四五年》，頁14-15。
74 張愛玲：〈連環套〉，《紅玫瑰與白玫瑰——短篇小說集二・一九四四年～四五年》，頁22。

女孩子跟著她媽很吃過一些苦,便在順心的時候也是被霓喜則打慣了的。瑟梨塔很少說話,微笑起來嘴抿得緊緊的。她冷眼看著她母親和男人在一起。因為鄙薄那一套,她傾向天主教,背熟了祈禱文,出入不離一本小聖經,裝在黑布套子裡,套上綉了小白十字。有時她還向她母親傳教。她說話清晰而肯定,漸漸能說含文法的英文了」。[75]文中主要還是描述瑟梨塔因半印度血統所具有的烏黑鬈曲的頭髮和淡黑的臉與手,以及其受到英國天主教信仰影響的情形。因此,我們不太能從中窺探出張愛玲對這些在英國血統之外的中印混血兒的看法究竟為何。

然而炎櫻就不一樣了。張愛玲對她這位血統混雜的摯友,可是多有描述的。不僅有文字記錄,也有多張照片留存,這正好可供我們參照與觀察,張愛玲是如何看待在歐亞混血之外的雜種人。

一 最要好的同學:張愛玲與炎櫻

> 炎櫻是張愛玲的好友知友摯友,是生活之伴、人生之侶。她們的友誼,從青春年華到滿頭華髮,從學府深造到社會沉浮,先後輾轉香港、上海、香港、日本、美國,經歷戰爭、和平、顛沛、流離,依然連綿不斷,貫徹始終。這種友誼在張愛玲的親友中,唯炎櫻一人。[76]

炎櫻就讀上海聖約翰大學時代的同學李君維,在〈且說炎櫻〉一文中對炎櫻有相當詳盡的記述。除了如引文談及炎櫻與張愛玲一生親

---

75 張愛玲:〈連環套〉,《紅玫瑰與白玫瑰——短篇小說集二‧一九四四年~四五年》,頁67。
76 李君維:《人書俱老》,頁59。

密的友誼關係外，對炎櫻的混血身分，也作了梳整：「炎櫻是錫蘭（今斯里蘭卡）人，錫中混血兒。胡蘭成、沈自無、路易士（紀弦）的文章中都說她是印度女子。其時我也只知她是印度人，周圍同學也是這樣說的。直到讀了張愛玲後期所寫文章，方知她應是錫蘭人。張愛玲早期文章中未提及炎櫻的國籍，晚年才說，似乎含有特此訂正之意。我作為外人，只能從張。」[77]就李君維的整理可知，炎櫻的血統／國籍身分向來是混雜不清的，有「印度人」之說亦有「錫蘭人」之說，若從張愛玲晚年在《對照記》裡對炎櫻血統／國籍身分的「特此訂正」來看──「中國－阿拉伯」混血錫蘭人──應是最完整的敘述。[78]

　　李君維對炎櫻外貌的描繪也特別仔細：「炎櫻嬌小玲瓏，體態豐腴，瓜子臉，丹鳳眼，黑眼珠，黑頭髮，除了膚色褐黑之外，與中國人的模樣差不了多少，到底都是東方人，不像中西結合的混血兒，高鼻梁、碧眼睛，與東方人模樣顯然不同。」[79]李君維的這段描寫特別值得探究，他將炎櫻與中國人的「相似」和中西混血的雜種人與中國人的「不同」區別分開，或許正好可以回應前面──言丹朱的雜種身分並沒有為她帶來困擾──這個被懸置的問題，畢竟「中國－南洋」混血的言丹朱，到底也是東方人。

　　而關於炎櫻與張愛玲的關係，張子靜的回憶則是最為鮮明的：

> 她和姊姊走在一起，是個強烈的對比。她矮胖而黑，姊姊瘦高而白。她開朗健康，姊姊沉鬱柔弱。她多話，姊姊少言。不過

---

77 李君維：《人書俱老》，頁56-57。

78 張愛玲在《對照記》中寫道：「炎櫻姓摩希甸，父親是阿拉伯裔錫蘭人（今斯里蘭卡），信回教，在上海開摩希甸珠寶店。母親是天津人」，可見，炎櫻有一半父親的阿拉伯血統與一半母親的中國血統，在血統上應是「阿拉伯－中國」混血。參見張愛玲：《對照記──散文集三‧一九九〇年代》，頁51。

79 李君維：《人書俱老》，頁61。

> 她們卻是好朋友。而且她是姊姊成年後，唯一的好朋友。聽說
> 後來她家搬到加拿大，她則到紐約做房地產生意，姊姊後來到
> 海外後和她一直有聯繫。[80]

張子靜對炎櫻與姊姊體貌特徵的描述（炎櫻「矮胖而黑」、張愛玲「瘦高而白」），同樣如實反映在張愛玲《對照記》裡兩人的合照當中。[81]性格方面，兩人亦有著極端的反差：炎櫻「開朗健康」、「多話」；張愛玲「沉鬱柔弱」、「少言」，但他們卻成為了彼此完美的互補，甚至炎櫻還是張愛玲「唯一的好朋友」。究竟張愛玲與炎櫻有多要好？我們還可以從張愛玲的小說、散文與信件中找到不少記述。

　　要理解張愛玲與炎櫻的友情，就不能不提到由張愛玲和炎櫻兩人對話所寫成的散文〈雙聲〉。文中有一段談到了她們對「三角關係」的看法，炎櫻說：「我不大能夠想像，如果有一天我發現我的丈夫在吻你，我怎麼辦」[82]，然後炎櫻又接著說：「我想我還是會大鬧的。大鬧過後，隔了許多天，又懊惱起來，也許打個電話給你，說：『張愛，幾時來看看我罷。』」[83]張愛玲的回應則是：「在我們之間可以這樣，換了一個別的女人就行不通。發作一場，又做朋友了，人家要說是神經病。」[84]可見，兩人的友情已經親密到連發生三角關係都還能原諒彼此，重新做回朋友的程度。

　　此外，張愛玲人生中的第一本小說集《傳奇》，封面是請炎櫻設計的；張愛玲則為炎櫻翻譯了〈死歌〉、〈女裝女色〉、〈浪子與善女

80　張子靜：《我的姊姊張愛玲》，頁137。

81　參見張愛玲：《對照記——散文集三・一九九〇年代》，頁52。

82　張愛玲：〈雙聲〉，《華麗緣——散文集一・一九四〇年代》，頁254。

83　張愛玲：〈雙聲〉，《華麗緣——散文集一・一九四〇年代》，頁254。

84　張愛玲：〈雙聲〉，《華麗緣——散文集一・一九四〇年代》，頁254。

人〉三篇散文，分別登在《苦竹》、《天地》與《雜誌》月刊，甚至為炎櫻的時裝店寫了廣告文〈炎櫻衣譜〉；張愛玲到紐約後去見胡適，也找了炎櫻陪同[85]；炎櫻更是幫張愛玲在美國打聽人工流產事宜的人。[86]儘管後來兩人各自走上不同的人生道路（炎櫻成為股票專家、投資天才；張愛玲則持續寫作）[87]，不常聯絡、少有交流，但張愛玲仍是相當看重炎櫻的。就像一九五五年十二月十八日，張愛玲寫給鄺文美的信件中曾經提到的：「Fatima 並沒有變，我以前對她也沒有illusions（幻想），現在大家也仍舊有基本上的瞭解，不過現在大家各忙各的，都淡淡的，不大想多談話。我對朋友向來期望不大，所以始終覺得，像她這樣的朋友也總算了不得了。」[88]

最後，在《小團圓》裡還有兩處描述，特別能體現張愛玲與炎櫻的友情。一處是母親蕊秋曾經告誡九莉：「『人是能幹的，她可以幫你的忙，就是不要讓她控制你，那不好。』最後三個字聲音一低，薄薄的嘴唇稍微撮著點。九莉知道是指同性戀愛。」[89]一處是九莉和比比同睡：「在黑暗中，粗糙的毯子底下，九莉的腿碰到比比的大腿，很涼很堅實。她習慣了自己的腿長，對比比的腿有點反感，聯想到小時候在北邊吃的紅燒田雞腿。也許是餓的緣故。但是自從她母親告誡她

---

85 「同年十一月，我到紐約不久，就去見適之先生，跟一個錫蘭朋友炎櫻一同去。」參見張愛玲：〈憶胡適之〉，《惘然記——散文集二·一九五○～八○年代》，頁17。

86 參見司馬新：〈炎櫻戲說張愛玲逸事〉，《明報月刊》3月號（1999年3月），頁31。

87 「在美國期間炎櫻曾寫過三封英文信給張愛玲，但張愛玲並沒有回信。……最後一封是寫於一九九一年，炎櫻一開頭就抱怨說，我不明白為何你總是不回我的信，她並告訴張愛玲她是股票專家、是投資的天才，但張愛玲此時已與世隔絕了，自然並不為所動。」參見蔡登山：《重看民國人物——從張愛玲到杜月笙》（臺北：獨立作家，2014年），頁58。

88 張愛玲、宋淇、宋鄺文美：《紙短情長：張愛玲往來書信集.I》（臺北：皇冠文化出版公司，2020年），頁33。

89 張愛玲：《小團圓》，頁33。

不要跟比比同性戀愛,心上總有個疑影子,這才放心了。」[90]《小團圓》的這兩段文字在在彰顯了張愛玲與炎櫻的感情,已經好到連母親都要疑心她們是否有同性戀愛的隱憂;就連張愛玲自己也一直要到對炎櫻的腿有點反感這個想法發生之後,才真正放下心來。以上種種皆實在反映了炎櫻,確實是張愛玲的「好友知友摯友,是生活之伴、人生之侶」。

二 吃夢的獸:雜種人的形象參考與來源

張愛玲在〈雙聲〉文末的註解中曾解釋了炎櫻稱作「獏夢」的由來:「我替她取名『炎櫻』,她不甚喜歡,恢復了原來的名姓『莫黛』——『莫』是姓的譯音,『黛』是因為皮膚黑——然後她自己從阿部教授那裡,發現日本古傳說裡有一種吃夢的獸叫做『獏』,就改『莫』為『獏』,『獏』可以代表她的為人」[91],張愛玲認為,日本古傳說裡的吃夢的獸(獏),可以代表炎櫻的為人;然而究竟炎櫻的為人如何?張愛玲又是如何看待炎櫻?可以發現,張愛玲在不少散文中都多次提到了炎櫻,這有助於我們持續深入瞭解,到底張愛玲在炎櫻身上觀察到哪些「雜種人」的特質。首先,在〈燼餘錄〉裡,張愛玲寫到當香港戰爭爆發,所有同學為避免受流彈波及而聚集在宿舍的最下層時,「只有炎櫻膽大,冒死上城去看電影——看的是五彩卡通——回宿舍又獨自在樓上洗澡,流彈打碎了浴室的玻璃窗,她還在盆裡從容地潑水唱歌,舍監聽見歌聲,大大地發怒了。她的不在乎彷彿是對眾人的恐怖的一種嘲諷。」[92]炎櫻的大膽,也以不同形態被記

---

90 張愛玲:《小團圓》,頁66。
91 張愛玲:〈雙聲〉,《華麗緣——散文集一‧一九四〇年代》,頁260。
92 張愛玲:〈燼餘錄〉,《華麗緣——散文集一‧一九四〇年代》,頁67。

述在〈炎櫻語錄〉中：

> 中國人有這句話：「三個臭皮匠，湊成一個諸葛亮。」西方有
> 一句相彷彿的諺語：「兩個頭總比一個頭好。」炎櫻說：「兩個
> 頭總比一個好——在枕上。」她這句話是寫在作文裡面的，看
> 卷子的教授是教堂的神父。她這種大膽，任何以大膽著名的作
> 家恐怕也望塵莫及。[93]

在張愛玲眼中，炎櫻不僅性格大膽、與眾不同，甚至有些叛逆，頗有
與主流價值唱反調的意味。從「兩個頭總比一個好——在枕上」這句
話看來，對於男女情事，她更是思想開放，絲毫不避諱。

　　大膽之外，炎櫻個性還特別「達觀」、「樂觀」[94]，並且「人緣
好」[95]；在散文〈「卷首玉照」及其他〉裡，張愛玲談到她為《流言》
的出版特地拍了張照片，拍照時是炎櫻從旁指導的，而且炎櫻「在極
熱的一個下午騎腳踏車到很遠的照相館裡拿了放大的照片送到我家
來，說：『吻我，快！還不謝謝我！——哪，現在你可以整天整夜吻
著你自己了。——沒看見過愛玲這樣自私的人！』」[96]另外，在只有寥
寥幾句的散文〈吉利〉中，張愛玲記下了炎櫻發生過的一件小事：

---

93 張愛玲：〈炎櫻語錄〉，《華麗緣——散文集一・一九四〇年代》，頁159。
94 「炎櫻個子生得小而豐滿，時時有發胖的危險，然而她從來不為這擔憂，很達觀地
　　說：『兩個滿懷較勝於不滿懷』（這是我根據『軟玉溫香抱滿懷』勉強翻譯的。她原
　　來的話是：『Two armful is better than no armful.』）」；「有人說：『我本來打算周遊世
　　界，尤其是想看看撒哈拉沙漠，偏偏現在打仗了。』炎櫻說：『不要緊，等他們打
　　完仗再去。撒哈拉沙漠大約不會給炸光了的。我很樂觀。』」參見張愛玲：〈炎櫻
　　語錄〉，《華麗緣——散文集一・一九四〇年代》，頁158。
95 「炎櫻進上海的英國學校，任prefect，校方指派的學生長，品學兼優外還要人緣
　　好，能服眾。」參見張愛玲：《對照記——散文集三・一九九〇年代》，頁51。
96 張愛玲：〈「卷首玉照」及其他〉，《華麗緣——散文集一・一九四〇年代》，頁247。

炎櫻的一個朋友結婚，她去道賀，每人分到一片結婚蛋糕。他們說：「用紙包了放在枕頭底下，是吉利的，你自己也可以早早出嫁。」炎櫻說：「讓我把它放在肚子裡，把枕頭放在肚子上面罷。」[97]

不論是〈「卷首玉照」及其他〉還是〈吉利〉，炎櫻在張愛玲的筆下盡顯風趣幽默、開朗活潑的性格。至此，我們大致可以梳理得出炎櫻的性格特質：大膽開放、達觀樂觀、風趣幽默、開朗活潑；與張子靜的「開朗健康」，李君維的「天真活潑」、「大膽不羈」、「好開玩笑」等評價[98]，不謀而合。炎櫻的性格特質總使人想起〈紅玫瑰與白玫瑰〉裡，張愛玲寫過的一句話：「活潑的還是幾個華僑。若是雜種人，那比華僑更大方了。」[99]也許我們還能回到小說體察，張愛玲筆下的雜種人形象與來源，是否有參考炎櫻的可能。

李君維的〈且說炎櫻〉提供了很好的例證，他指出「可以在張愛玲的《茉莉香片》和《心經》中她親繪的小說人物（言丹朱、許小寒）插圖上找到炎櫻的影子，一張瓜子臉，鼓鼓的腮幫子，薄薄的小嘴唇，尤其是臉下部那個尖尖的下巴頦兒。」[100]關於炎櫻與言丹朱、許小寒形象重疊的面部特徵（尤其是言丹朱），許舜傑的《裸狼——張愛玲及其作品的性別原型與象徵：以〈茉莉香片〉為核心》即對此有過深入的分析。他指出散文〈雙聲〉與小說〈茉莉香片〉是具有同構關係的。好比他列舉了〈茉莉香片〉中的言丹朱去參加了一場耶誕夜的跳舞會，而〈雙聲〉裡的炎櫻正巧也是。聶傳慶曾評論言丹朱，「突

97　張愛玲：〈吉利〉，《華麗緣——散文集一‧一九四〇年代》，頁287。

98　李君維：《人書俱老》，頁59。

99　張愛玲：〈紅玫瑰與白玫瑰〉，《紅玫瑰與白玫瑰——短篇小說集二‧一九四四年～四五年》，頁134。

100　李君維：《人書俱老》，頁61。

然想到了兩個字的評語：濫交。她跟誰都搭訕，然而別人有了比友誼更進一步的要求的時候，她又躲開了」[101]，至於張愛玲寫下的炎櫻對耶誕舞會的形容則是：「大家亂吻一陣，也不知道是誰吻誰，真是傻。我很討厭這遊戲，但是如果你一個人不加入，更顯得傻」[102]，又「可是我裝得很好，大家還以為我玩得非常高興呢，誰也看不出我的嫌惡」。[103]許舜傑認為：「丹朱／炎櫻參加了舞會，傳慶／張愛玲卻沒有，不免令人懷疑這類同構可能指向著某種意義。」[104]另一方面，在〈雙聲〉文末的註解中，張愛玲寫道：「而且雲鬢高聳，本來也像個有角的小獸。」[105]其中，炎櫻「雲鬢高聳」的模樣和獏（像個有角的小獸）的形象亦引人聯想。而獏會「吃夢」，更讓人想到「丹朱上車之後傳慶便醒了過來，按照之後的情節發展，她確實吃掉傳慶的夢」。[106]許舜傑的論述，在李君維之上強化了炎櫻與言丹朱身影的重疊。

　　若再回過頭去觀察炎櫻的照片[107]和張愛玲所繪製的言丹朱與許小寒的圖畫[108]，的確能發現許多相似之處，尤其是炎櫻高聳的雲鬢和言丹朱、許小寒的髮型，看起來真就是有角的小獸一般。此外，張愛玲在形容炎櫻與言丹朱、許小寒時，文字更是極其相似。寫言丹朱時她說：

---

101 張愛玲：〈茉莉香片〉，《傾城之戀──短篇小說集一・一九四三年》，頁114。

102 張愛玲：〈雙聲〉，《華麗緣──散文集一・一九四○年代》，頁251。

103 張愛玲：〈雙聲〉，《華麗緣──散文集一・一九四○年代》，頁251。

104 許舜傑：《裸狼──張愛玲及其作品的性別原型與象徵：以〈茉莉香片〉為核心》（高雄：國立中山大學中國文學系碩士論文，2009年），頁42。

105 張愛玲：〈雙聲〉，《華麗緣──散文集一・一九四○年代》，頁260。

106 許舜傑：《裸狼──張愛玲及其作品的性別原型與象徵：以〈茉莉香片〉為核心》，頁13。

107 參見張愛玲：《對照記──散文集三・一九九○年代》，頁52。

108 參見張愛玲：《傾城之戀──短篇小說集一・一九四三年》，頁163。

像美國漫畫裡的紅印地安小孩。滾圓的臉，晒成了赤金色。眉眼濃秀，個子不高，可是很豐滿。[109]

寫許小寒時她說：

她的臉是神話裡的小孩的臉，圓鼓鼓的腮幫子，小尖下巴，極長極長的黑眼睛，眼角向上剔著。短而直的鼻子。薄薄的紅嘴唇，微微下垂，有一種奇異的令人不安的美。[110]

寫炎櫻時則是：

個子生得小而豐滿，時時有發胖的危險，……[111]

甚至在《小團圓》中，被指認是以炎櫻為人物原型的「比比」，張愛玲也寫道：「她確是喜歡比比金棕色的小圓臉，那印度眼睛像黑色的太陽。」[112]滾圓的臉、圓鼓鼓的腮幫子和小圓臉；赤金色和金棕色的皮膚；眉眼濃秀、極長極長的黑眼睛和像黑色太陽的眼睛；個子不高可是很豐滿和個子生得小而豐滿，這些如出一轍的敘述確實讓人不得不將言丹朱、許小寒與炎櫻聯想在一起。「中國－南洋」的言丹朱與「中國－阿拉伯」混血的炎櫻，他們都是在混雜歐亞血統之外的，張愛玲少數書寫的雜種人。於此之上，還必須考慮炎櫻從小接受英國教育的成長背景；而言丹朱的父親言子夜也是出過國的，言丹朱自然也受到

---

109 張愛玲：〈茉莉香片〉，《傾城之戀——短篇小說集一‧一九四三年》，頁101。
110 張愛玲：〈心經〉，《傾城之戀——短篇小說集一‧一九四三年》，頁125。
111 張愛玲：〈炎櫻語錄〉，《華麗緣——散文集一‧一九四〇年代》，頁158。
112 張愛玲：《小團圓》，頁66。

國外文化的薰染。從張愛玲對兩人體貌特徵的敘述、性格的描繪，再到類似的文化教育背景，不難看出炎櫻之於張愛玲的影響與重要性。炎櫻不只是張愛玲的摯友，更是其書寫雜種人形象的參考與來源。

二〇二〇年香港導演許鞍華的電影《第一爐香》正式首映，隨即網路評論鋪天蓋地而來，有的對選角充滿疑惑，有的則不滿於許鞍華對情節的改動。《第一爐香》裡的雜種人喬琪喬與周吉婕，當然也受到關注甚至是放大檢視。陳煒舜於「虛詞」發表的〈從艾許母女到喬琪喬——張愛玲小說與電影中的混血男女們〉一文，尤其注意到了片中周吉婕與葛薇龍的一段談話。周吉婕在電影裡的原話如是說道：

> 妳不知道，我們混血兒，賀爾蒙比你們純種人旺盛。我也是的，一般的男孩子都對付不了我。

陳煒舜認為：「吉婕對薇龍說混血兒對男歡女愛的需求比一般人更為強烈，這番話大抵是電影添入的，卻十分應景，點出了歐亞混血與土生葡裔這兩個族群遊走於華洋禮教邊緣的實況。作為中葡混血的紈褲子弟喬琪喬，畢竟不是古典的文弱書生，如果身子骨不結實點，恐也容不得他鎮日價點水穿花。」[113] 確實如此，張愛玲的〈第一爐香〉通篇並無明白表示喬琪喬的賀爾蒙旺盛，更沒有寫到周吉婕也賀爾蒙旺

---

[113] 陳煒舜：〈從艾許母女到喬琪喬——張愛玲小說與電影中的混血男女們〉，虛詞，2021年12月16日，取自 https://p-articles.com/critics/2642.html，瀏覽日期：2023年3月25日。此外，需特別補充說明的還有陳煒舜提及的「土生葡裔」，指的則是「在澳門出生、具有葡國血統的中葡混血兒，他們是四百年來一些歐／亞混血後裔，既不同於在澳門的華人，也不同於在澳門的歐洲葡萄牙人，是一個具有身份認同危機的特殊族群。」參見張堂錡：〈新世紀澳門現代文學發展的新趨向〉，《中國現代文學》第17期（2010年6月），頁246-247。張愛玲對「土生葡裔」的描述甚少，但在《小團圓》裡，她還是寫到了中葡混血的亨利嬤嬤，就是所謂的「澳門人」，所謂的「土生葡裔」。參見張愛玲：《小團圓》，頁27-28。

盛。除了可以從喬琪喬在夜會葛薇龍後，又立刻進了睨兒房間的舉動
看出些端倪外，張愛玲對周吉婕的描繪，更明顯不在於此。這令人不
得不猜想許鞍華強調混血兒賀爾蒙比純種人旺盛的意圖為何？或許是
她從小說的字裡行間獲得靈感，又或許是她想在周吉婕與葛薇龍對話
的這場戲中放大兩人之間的對比，原因究竟為何，可能只有許鞍華才
知曉箇中緣由。

那麼張愛玲呢？在面對劇本裡出現雜種人角色的類似情形時，她
又是如何處理的？盡人皆知，自一九四七年的《不了情》、《太太萬
歲》開始，一直到後來未能拍成的《魂歸離恨天》（1963）[114]，張愛
玲曾寫過不少電影劇本。[115]我們能從張愛玲和宋淇（1919-1996）夫
婦往返的信件中，發現張愛玲創作電影劇本的軌跡。在一九六三年五
月二十七日張愛玲寫給宋淇夫婦的信件中就曾對《魂歸離恨天》裡的
吉普賽人（Gypsy）要改成雜種人一事，提出看法：「《魂歸離恨天》
的 Gypsy 改雜種人恐難找到合適的小生，不如刪去種族一節。」[116]與
許鞍華有意強調「雜種人」的特質不同，當面臨改編原作角色之時，
張愛玲認為「雜種人」演員並不好找，乾脆避談種族為好。她無意觸
碰種族議題這件事，因為潛藏在種族背後的是龐大的歷史文化背景須

---

114 據張愛玲於一九六三年四月二日寫給宋淇夫婦的信件可知，她已經接下改編《魂
歸離恨天》劇本的工作：「Wuthering Heights（《咆哮山莊》）我當然願意試編，兩
種劇本圖書館裡一定有的，不過還沒借到。」但在一九六七年十月三日宋淇寫給
張愛玲的信件中則表示：「《魂》劇本費始終沒拿到，雖然已交到岳楓手中，我也
不好意思追詢，最後只好拿劇本收了回來。」兩封信中間已時隔四年之久，關於
《魂歸離恨天》為何沒能拍成，便成為一個無解的問題。參見張愛玲、宋淇、宋
鄺文美：《紙短情長：張愛玲往來書信集.I》，頁108、155。

115 關於張愛玲的「電影劇本」創作，嚴紀華、鍾正道之著作《張愛玲與《傳奇》》，
有詳盡的整理。參見嚴紀華、鍾正道：《張愛玲與《傳奇》》，頁62-66。

116 張愛玲、宋淇、宋鄺文美：《紙短情長：張愛玲往來書信集.I》，頁110。

待梳理[117]，況且這與她一貫「輕盈諧趣」的電影劇本風格相比，顯得過分複雜、沉重（儘管《魂歸離恨天》是帶有悲劇色彩的浪漫愛情劇）；所以在「蒼涼晦暗」的小說及寫實的散文裡，雜種人才得以紛紛現身。[118]

　　本章從張愛玲筆下的中國留學生開始談起，以〈紅玫瑰與白玫瑰〉的佟振保、〈傾城之戀〉的范柳原、〈鴻鸞禧〉的婁囂伯、〈金鎖記〉的童世舫等，留英、留美、留德的中國留學生為例，指出他們在回到中國以後，有著類似的感受與經驗：不適應感、失落感和優越感。此外，留學生也成為現代中國社會裡獨特的文化混血景觀，他們在血統上雖為純正中國人，但於文化思想上卻是中、西文化混雜交媾而生之人。而這些接受西式教育、西方文化進而產生文化混血現象的留學生，其複雜的身分認同問題，反而讓他們處在一個「不中不西」的尷尬位置上。同樣的情形，在「種族混血」的雜種人身上更為明顯。從鄧津華的《歐亞混血》一書，我們大致先理解了在一九四三年以前，混血論述的建構過程，其內容觸及歐亞混血兒的邊緣處境、外貌及性格之描述和矛盾的身分認同等議題。循此論述可以發覺，在張愛玲的小說裡，不僅描繪生活在滬／港的雜種人的體貌特徵，還有雜種人的混血身分與其在滬／港的生存困境。好比〈第一爐香〉的喬琪喬、周吉婕，〈紅玫瑰與白玫瑰〉的玫瑰、艾許小姐，和〈第二爐香〉的哆玲妲等，這些雜種人角色全都因為他們不純的血統而被中西兩邊排斥在外，身分認同混亂並處在文化邊界的尷尬位置之上。

---

117 張愛玲說：「我沒有寫歷史的志願，也沒有資格評論史家應持何種態度，可是私下裡總希望他們多說點不相干的話。」參見張愛玲：〈燼餘錄〉，《華麗緣──散文集一・一九四〇年代》，頁64。

118 「張愛玲的小說蒼涼晦暗，電影劇本輕盈諧趣，之所以風格迥異，是因她深知小說與電影劇本在方法與對象上的差別，而採取不同的創作策略。」參見嚴紀華、鍾正道：《張愛玲與《傳奇》》，頁66。

　　最後，除了混有歐亞血統的雜種人之外，還有「中國－印度」混血的吉美、瑟梨塔（〈連環套〉），惟因張愛玲對此無太多描繪，遂難以從中窺探張愛玲對歐亞血統之外的中印混血兒之看法為何。然而在小說、散文與信件中，張愛玲卻耗費筆墨記述「中國－阿拉伯」混血的摯友「炎櫻」。若深入探掘張愛玲對炎櫻的描寫，與〈茉莉香片〉裡「中國－南洋」混血的言丹朱，兩者竟極其相似。足見炎櫻不只是張愛玲的摯友，更是其書寫雜種人形象的參考與來源之一。綜上所述，張愛玲的雜種人書寫恰好提供我們回溯一九四〇年代前後，夾處於滬／港雜種人的生存困境，更貼近中外血統、文化雜交實際在中國的情景。

第伍章

情願是日本的文明

──張愛玲的日本人書寫

一九四三年，張愛玲雖順利憑藉小說〈第一爐香〉出現在淪陷區的上海文壇，但於一九四五年抗日戰爭結束後，張愛玲卻因「漢奸夫人」的身分而無法繼續創作文學作品。她只能化名「梁京」，才得以在一九五〇至一九五二年間，於《亦報》上持續連載〈十八春〉、〈小艾〉等小說創作。另外，她亦試圖轉做電影編劇，和導演桑弧（1916-2004）就合作了《不了情》（1947）、《太太萬歲》（1947）等多部電影作品。一九五二年，張愛玲以尚未完成大學學業為藉口，獲准再赴香港大學繼續完成學業，這次，她在香港又待了近四年的時間（1952-1955），直到一九五五年，張愛玲終於搭上克里夫蘭總統號（President Cleveland）輪船，前往夢想的美國。赴美後，張愛玲雖曾於一九六一年造訪臺灣，並三赴香港寫電影劇本，以籌措返美的機票費用；但在那之後至張愛玲一九九五年病逝於美國加州洛杉磯的公寓以前，她一直都留在美國。

總體而言，張愛玲的生命足跡主要分布於上海、香港與美國三地。可在二〇二〇年新出版的兩大本厚重的《張愛玲往來書信集》裡，張愛玲於離港後的一九五五年十月二十五日，在寄給鄺文美的第一封長信中卻提到了船行日本的經歷。黃心村也同樣注意到了信中的這段描述。於此之上，黃心村進一步梳理了張愛玲和日本的關聯：

張愛玲和日本的關聯，其源頭也可以追溯到港大的歲月。她在

戰爭期間兩度遭遇日本書化，第一度是在日本佔領下的港大校園，一共五個月，日本的文字和影像緊隨著戰爭的毀滅湧到了面前；緊接著的第二度遭遇是從淪陷香港回到了淪陷上海，這是一段漫長的三年時光，在上海她一躍成為文學明星，也因為這一層干係，戰後她脫不了附庸合作主義的嫌疑。戰後張愛玲又有兩番與日本書化的相遇，一次是一九五二年十一月，再度回到香港的張愛玲，聽從好友炎櫻的召喚，到了東京，住了三個月後又回到了香港。至於戰後與日本的第二次相遇，則只有短短的兩天，記錄在《往來書信集》的第一封長信裡。[1]

張愛玲在就讀港大期間，日軍佔領香港；返回上海後，上海也已全面淪陷。張愛玲遭遇日本書化／日本人，顯然與戰爭背景甚至與她嫁給胡蘭成一事皆脫不開干係。又據黃心村所述，張愛玲在戰後還有兩次與日本的相遇，一次是一九五二年十一月，因好友炎櫻而造訪東京三個月，這次的日本行只在一九六六年五月七日張愛玲寄給夏志清的信件中被簡單提及，說「以為是赴美捷徑」[2]；第二次相遇則只有短短兩天，這段經歷也被記錄到那封一九五五年十月二十五日寄給鄺文美的信件當中。可見，若要考察張愛玲的「生命書寫」（life writing）[3]，必不能迴避「日本」。然而，當我們翻看張愛玲的小說便會發現，相較於她在小說裡大量書寫英國、印度、南洋和雜種人，「與日本和日

1 黃心村：《緣起香港：張愛玲的異鄉和世界》（香港：香港中文大學出版社，2022年），頁226-227。

2 夏志清：《張愛玲給我的信件》（臺北：聯合文學出版社，2013年），頁42。

3 「伍爾夫自己管這些文學作品以外的大量文字叫『生命書寫』（life writing），這是一種綜合多種文體和表述的混合書寫，是自傳也是遊記，是信件也是日記，是紀實也是虛構，是詩也是散文，是線型敘述也是大量的散篇和碎片。」參見黃心村：《緣起香港：張愛玲的異鄉和世界》，頁226。

本的事物的關聯就沒有太多的文字資料了，只有長篇小說《小團圓》和《易經》中的一些片段」。[4]張愛玲為何不在小說裡描寫日本人？或許是一種避嫌甚至逃避的書寫策略，尤其在反日情緒高漲的一九四〇年代；再者，張愛玲的身分（汪偽高官胡蘭成之妻），也很難堂而皇之地將日本人放進故事之中，寫好、寫壞似乎都顯得尷尬，乾脆不寫。反倒是她的信件和散文，諸如〈忘不了的畫〉、〈談跳舞〉、〈雙聲〉、〈童言無忌〉、〈羅蘭觀感〉、〈詩與胡說〉、〈談吃與畫餅充飢〉、〈重訪邊城〉等，較能傾訴她對日本書化／日本人的觀察與體會。而這些信件和散文（還有幾張相片及圖畫）遂成為黃心村、池上貞子、陸洋等學者，留心研究「張愛玲和日本」之議題的重要材料。

　　如同黃心村所言：「仔細檢索日本和日本的事物在張愛玲文字秩序中留下的痕跡於是成為一項不可逃避的細緻工作。」[5]本章將思考「戰爭背景」與「嫁給胡蘭成」二者，和張愛玲的日本書化／日本人書寫，存在怎樣的關聯？並接續梳理張愛玲如何描述和歌、浮世繪、舞蹈、電影、料理及和服衣料等日本書化，以及在這諸多文化符號背後是否有更寬廣而深層的外延和內涵意義？最後，在這些零散瑣碎的文字裡，張愛玲又是如何展示屬於她那個時代的日本書化面貌及日本人性格與形象？

第一節　戰爭與婚戀——在「日常」裡遭遇日本

　　在張愛玲的小說裡少見「與日本和日本的事物的關聯」之文字資料；即使曾在日本待過三個月，也無記載關於日本的見聞。張愛玲對

4　黃心村：《緣起香港：張愛玲的異鄉和世界》，頁242。

5　黃心村：〈光影斑駁：張愛玲的日本和東亞〉，林幸謙主編：《千迴萬轉：張愛玲學重探》（新北：聯經出版事業公司，2018年），頁269。

日本書化／日本人的認識，反而是透過她「日常」的記錄，呈現在散文和信件之中。這種對於日常的細節書寫，與她的「小市民」觀點密不可分。[6]例如她「喜歡聽市聲」[7]，在香港陷落後只想著「滿街的找尋冰淇淋和嘴唇膏」[8]等等，張愛玲對戰爭的印象「幾乎完全陷於一些不相干的事」。[9]李歐梵認為：「日常生活的食衣住行是最單調的主題，因為它脫離不了『日常』（quotidian）行為習慣的重覆，然而在張愛玲筆下，它們卻代表了都市生活中的一種『文明的節拍』，充滿了五光十色的刺激，這就是她所熟悉的上海。換言之，都市文化是這個日常生活的固定場景，由私人和家庭的空間延伸到公共的都市交通工具和街道上的人生百態。」[10]沒錯，即使在一九三○、四○年代，上海及香港兩座城市先後被日本佔領的時代背景之下，張愛玲依然選擇通過解散戰爭和歷史秩序，以「日常生活」重新搭建起淪陷下的上海／香港，遍布日本書化符號與日本人的都市場景。雖說，張愛玲不喜戰爭和歷史，但終究無法迴避這背景裡「惘惘的威脅」；也正是因為戰爭的緣故，張愛玲才能真正遭遇日本人。「由此可見，對張愛玲而言，戰時在中國所見及所聞的日本甚至是日本人的印象，是更加強烈的」。[11]

　　此外，與胡蘭成的婚戀關係和胡蘭成的政治身分（汪偽政府宣傳

6　張愛玲曾在散文〈童言無忌〉中表示：「我是個自食其力的小市民。」參見張愛玲：〈童言無忌〉，《華麗緣——散文集一‧一九四○年代》（臺北：皇冠文化出版公司，2010年），頁124。

7　張愛玲：〈公寓生活記趣〉，《華麗緣——散文集一‧一九四○年代》，頁36。

8　張愛玲：〈燼餘錄〉，《華麗緣——散文集一‧一九四○年代》，頁70。

9　張愛玲：〈燼餘錄〉，《華麗緣——散文集一‧一九四○年代》，頁64。

10　李歐梵：《蒼涼與世故：張愛玲的啟示》（香港：牛津大學出版社，2006年），頁6。

11　陸洋：〈戰時期における張愛玲の散文：日本書化観と日本人観をめぐって〉，《JunCture：超域的日本書化研究》第10期（2019年3月），頁160。此篇引文皆為筆者自譯。

部政務次長），亦是促成張愛玲與日本人更多交流的另一個主要原因。胡蘭成在《今生今世》裡就曾寫道：「七月間日本宇垣大將來上海，我說起張愛玲，他想要識面，我即答以不可招致，往見亦還要先問過她。……我惟介紹了池田，每次他與愛玲見面，我在一道，都如承大事。」[12]胡蘭成提到的「宇垣大將」係指日本外務大臣宇垣一成（1868-1956），「池田」則指駐南京日本外交官池田篤紀（1909-?）。胡蘭成還說到有一次，柯靈（1909-2000）被日本憲兵隊逮捕，張愛玲「因傾城之戀改編舞台劇上演，曾得他奔走，由我陪同去慰問過他家裡，隨後我還與日本憲兵說了，要他們可釋放則釋放」[13]足見張愛玲確實曾透過胡蘭成與日本官員接觸、交流。

　　「戰爭」和「婚戀」，對張愛玲接受日本書化及書寫日本人的影響，是探究張愛玲與日本的重要背景成因，而這一切皆自然鎔鑄於張愛玲的各種文本裡頭。我們不妨就先從前文提到的，張愛玲離港後寄給鄺文美的第一封長信開始談起，觀察在這封信件裡，張愛玲如何將日本書化／日本人，夾藏在日常的書信之中。並以此與當時日本書化、民族的特質和內涵，作一對照。

一　信件中的日本：吃角子老虎、菊花和洋裝女人

　　　　昨天到神戶，我本來不想上岸的，後來想說不定將來又會需要寫日本作背景的小說或戲，我又那樣拘泥，沒親眼看見的，寫到就心虛，還是去看看。以前我看過一本很好的小說《菊子夫人》，法國人寫的，就是以神戶為背景。……這裡也和東京一樣，舉國若狂玩著一種吃角子老虎，下班後的 office worker〔辦

12　胡蘭成：《今生今世》（新北：遠景出版事業公司，2009年），頁286。

13　胡蘭成：《今生今世》，頁296。

公室職員〕把公事皮包掛在「老虎」旁邊，孜孜地玩著。每個人守著一架機器，三四排人，個個臉色嚴肅緊張，就像四排打字員，滴滴答答工作不停。……公司裡最新款的標價最貴的和服衣料，都是採用現代畫的作風，常常是直接畫上去的，寥寥幾筆。有幾種 cubist〔立體派〕式的弄得太生硬，沒有傳統的圖案好，但是他們真 **adaptable**〔與時並進〕。……陌巷裡家家門口的木板垃圾箱裡，都堆滿了扔掉的菊花，雅得嚇死人。當地居民也像我以前印象中一樣，個個都像「古君子」似的，……我想，要是能在日本鄉下偏僻的地方兜一圈，簡直和**古代中國沒有分別**。……船在橫濱停一天半，第二天近中午的時候我上岸，乘火車到東京市中心，連買東西帶吃飯，……許許多多打扮的很漂亮的**洋裝女人**，都像是 self-consciously promenading〔很刻意地蹓躂著〕。[14]

　　關於這封信件，黃心村以為它「提供了重新梳理張愛玲與日本的關聯的一張路線圖」[15]，且對張愛玲的這次戰後日本二日遊，有十分細緻的分析。信中，張愛玲本來不想上岸，但為了寫作，她還是選擇上岸去看看。第一站是在神戶，張愛玲說她以前曾看過《菊子夫人》，就是以神戶為背景。但《菊子夫人》的場景是長崎，並非神戶，「張愛玲的記憶是有偏差的」。[16]黃心村進一步指出：「選擇《菊子夫人》這個文本並非偶然，那是十九世紀末、二十世紀初西方觀看日

---

14 張愛玲、宋淇、宋鄺文美：《紙短情長：張愛玲往來書信集.I》（臺北：皇冠文化出版公司，2020年），頁19-20。粗體字為筆者自加。

15 黃心村：《緣起香港：張愛玲的異鄉和世界》，頁226。

16 黃心村：《緣起香港：張愛玲的異鄉和世界》，頁229-230。另外，張愛玲的記憶偏差，還不只在將《菊子夫人》的場景記錯；關於這點，本章稍後會有接續的討論。

本的一個關鍵文本，風靡一時，被頻繁轉寫、改編，且間接影響了普契尼的歌劇《蝴蝶夫人》的創作。看似隨意的提及，其實是張愛玲一貫的高度自覺。……帶著一個外來者的立場進入一個相對陌生的文化環境裡，這樣的『偽裝者』會小心謹慎保持自己的距離，時時檢視自己的角度，筆下湧現的人物素描和街景描繪就充滿了濃郁的歷史感。」[17]不論是描寫神戶的街頭景象時，充滿「戰後初步繁榮的縮影」[18]；還是敘寫橫濱時，暗示張愛玲自己也「興致勃勃的奔赴一塊新大陸」[19]，張愛玲這一大段關於戰後日本二日遊的紀錄，確實充滿大量的訊息。尤其信中提到了「吃角子老虎」、「adaptable」、「菊花」、「古代中國」、「洋裝女人」等關鍵字，都是不容忽視的日本書化符號。

　　信中首先引人注意的便是張愛玲在神戶看到許多「office worker」像是臉色嚴肅緊張、工作不停的打字員一般，正瘋狂玩著「吃角子老虎」。張愛玲說的「吃角子老虎」其實就是所謂的「柏青哥」，日語叫作「パチンコ」（pachinko）。一九二〇年代日本發明了這款遊戲，後風靡日本全國，雖曾經於一九四二至一九四六年，因戰爭關係而短暫被禁，但戰後又重新復甦。張愛玲踏上神戶時，已是一九五五年秋天，日本「空氣裡瀰漫的是速度和能量。吃角子老虎的鏗鏘和熱鬧是戰後初步繁榮的縮影，彷彿預示著一個新階段的開始」。[20]然而，更令人驚訝的是，張愛玲還看見了這群玩著吃角子老虎的日本

---

17 黃心村：《緣起香港：張愛玲的異鄉和世界》，頁230。

18 黃心村說：「張愛玲在日本上岸的一九五五年秋天，已經是這個恢復期的末端，空氣裡瀰漫的是速度和能量。吃角子老虎的鏗鏘和熱鬧是戰後初步繁榮的縮影，彷彿預示著一個新階段的開始。」參見黃心村：《緣起香港：張愛玲的異鄉和世界》，頁230-233。

19 黃心村：《緣起香港：張愛玲的異鄉和世界》，頁235。

20 黃心村：《緣起香港：張愛玲的異鄉和世界》，頁231-232。

人，有著嚴肅緊張的臉色、工作不停的狀態以及一排一排規規矩矩的模樣。這與羅蘭・巴特對柏青哥的描述，簡直如出一轍。巴特在《符號帝國》中寫道：「彈子房就像是一處繁忙的場所或工作室，來玩的人很像在生產線上工作。這個場景最重要的意義，就是展現認真、消耗的勞動感，完全沒有那種懶散、放肆、賣弄風情的態度」。[21]巴特與張愛玲高度的互文，不僅正好都透過「柏青哥」這個物件符號，回應了日本戰後逐漸復甦繁盛的社會景象，就連日本人有條有理、遵守規範秩序的謹慎性格，也被張愛玲暗自寫進了書信之中。

接著，張愛玲在神戶還看到了最新款的標價最貴的和服衣料，採用了「現代畫」的作風；還有幾種立體派式的風格，雖然張愛玲認為沒有傳統的圖案好，但仍讚許日本人的「adaptable」。宋以朗將「adaptable」譯作「與時並進」，特別精準的點明日本在戰後，甚至是自日本開國（1854）以來，快速西化的社會景觀。[22]包括後來張愛玲在橫濱看到的展示欲強烈的「洋裝女人」，也都是日本接受西化的結果。其次是家家門口的木板垃圾箱裡，堆滿了扔掉的、雅得嚇死人的「菊花」。說到「菊花」，就令人不禁想起日本皇室的家徽，即是菊花的樣式；而在露絲・潘乃德的《菊與刀：日本書化的雙重性格》一書中更是提到，「刀和菊花，同構一圖」[23]之觀點。潘乃德指出：「日本人，將矛盾的氣質詮釋到極致：富有侵略性卻又毫無威脅，奉行軍

---

21 羅蘭・巴特（Roland Barthes）著，江灝譯：《符號帝國》（臺北：麥田出版公司，2014年），頁99。

22 丸山真男（1914-1996）指出在日本開國後，「歐美的思想文化也以更快的速度、更多的數量從開放的國門快速且大量地流入」。參見丸山真男著，藍弘岳譯：《日本的思想》（新北：遠足文化事業公司，2019年），頁34-35。

23 潘乃德在書中寫到，自己是於一九四四年六月受委派研究日本的。潘乃德與張愛玲時代相合，因此，她對日本人的觀察和描繪，十分具有參考價值。參見露絲・潘乃德（Ruth Benedict）著，陸徵譯：《菊與刀：日本書化的雙重性格》（新北：遠足文化事業公司，2018年），頁5。

國主義卻也不乏審美情趣，粗野蠻橫卻又彬彬有禮，冥頑不化卻又與時俱進，順從軟弱卻又不甘受欺，忠誠而又奸詐，英勇而又膽怯，保守而又迎新。」[24]刀的「鋒芒與榮譽」[25]，菊花的「風雅與高潔」，是構成日本人內在性格的兩面。張愛玲無意間在日本街頭看到的被扔掉的菊花（而且是家家戶戶都有），雖然僅是一語簡單帶過，卻仍可從那句「雅得嚇死人」，讀出張愛玲對菊花之於日本人深具意義的理解。至於信中說的，和「古代中國」沒有分別的日本鄉下，自然是陳述日本長期接受中國文化的影響，這在張愛玲其他文章中亦曾提及，例如〈重訪邊城〉裡就說過：「日本吸收中國文化，如漢字就有一大部份是從福建傳過去的。」[26]顯然，張愛玲也清楚，日本漢字與中國文化是有所淵源的。

　　再說回那封信，不過就是張愛玲與友人私下裡的日常交流，黃心村說這封信「雖是私人信件，字句仍然有斟酌、有修改的」，張愛玲將自己「置於一個觀察的主體位置，反思個人在大歷史中的角色。這樣一封書信如同一副假想的鏡片，我們戴上它，彷彿可以看到一九五五年秋天結束了第二度香港生活的張愛玲，在兩塊大陸之間那片浩淼的水域中前行的情景」[27]；更重要的是，從她中途短暫駐足日本，匆匆一瞥神戶與橫濱街景後所記下的文字裡，還能感受到她對日本的瞭

---

24 露絲・潘乃德著，陸徵譯：《菊與刀：日本書化的雙重性格》，頁5。

25 日本人和（武士）刀的關係，與「武士道」精神密不可分。武士道是貫徹日本人中心思想的意志，根據新渡戶稻造的《武士道》所言，武士道的內涵包括「義」、「勇」、「仁」、「禮」、「誠」、「名譽」、「忠」、「克己」、「切腹和報仇」。如此，日本武士道，是集結忠、義、仁、勇、禮、誠等美德與重視名譽、嚴以律己的規矩，加上自我犧牲奉獻、誓死復仇的精神所雜糅而成的。參見新渡戶稻造著，張俊彥譯：《武士道》（北京：商務印書館，1972年），頁23-75。

26 張愛玲：〈重訪邊城〉，《惘然記──散文集二・一九五〇～八〇年代》（臺北：皇冠文化出版公司，2010年），頁178。

27 黃心村：《緣起香港：張愛玲的異鄉和世界》，頁228-229。

解。透過幾段簡短的描述和關鍵字的置入，字裡行間浮現的是日本歷史的進程、轉折和社會的變化，甚至傳達了日本人民族的特質與性格之形成。關於這些體會和認知，與張愛玲離港赴美前所遭遇的戰時背景，以及她和胡蘭成的婚戀，皆是息息相關的。

二　淪陷成全了她：戰時上海與香港的生活

　　一九三九年，張愛玲前往香港，就讀香港大學。誰料學業尚未完成就於一九四一年底遭逢香港淪陷。一九四二年五月，當她返回上海時，上海也早已淪陷。張愛玲在香港直面戰爭的經歷，成了無法抹滅的創傷性記憶。〈燼餘錄〉開篇張愛玲就曾表明：「戰時香港所見所聞，唯其因為它對於我有切身的、劇烈的影響」[28]，這些戰時的情景與聲響，都反覆再現於其日後的書寫之中。雖然張愛玲對戰爭的態度是「能夠不理會的，我們一概不理會。……我們還是我們，一塵不染，維持著素日的生活典型」。[29]可是在這素日的生活片段裡，戰爭記憶仍然不斷浮現。一九四三年十二月，已經回到上海的張愛玲在〈公寓生活記趣〉中，關於「水龍頭」的記述，就深刻反映了戰爭經歷對她的影響：

> 自從煤貴了之後，熱水汀早成了純粹的裝飾品。構成浴室的圖案美，熱水龍頭上的 H 字樣自然是不可少的一部份；實際上呢，如果你放冷水而開錯了熱水龍頭，立刻便有一種空洞而悽愴的轟隆轟隆之聲從九泉之下發出來，那是公寓裡特別複雜，

---

28 張愛玲：〈燼餘錄〉，《華麗緣──散文集一‧一九四〇年代》，頁64。
29 張愛玲：〈燼餘錄〉，《華麗緣──散文集一‧一九四〇年代》，頁66。

　　　特別多心的熱水管系統在那裡發脾氣了。即使你不去太歲頭上
　　　動土，那雷神也隨時地要顯靈。無緣無故，只聽見不懷好意的
　　　「嗡……」拉長了半晌之後接著「訇訇」兩聲，活像飛機在頂
　　　上盤旋了一會，擲了兩枚炸彈。在戰時香港嚇細了膽子的我，
　　　初回上海的時候，每每為之魂飛魄散。[30]

張愛玲說，一旦冷、熱水龍頭開錯，就會有「轟隆轟隆」之聲從九泉
之下發出來；或是無緣無故，也會聽見「嗡……」、「訇訇」的聲音。
這些近似於飛機盤旋、投擲炸彈的戰時的轟鳴聲響，就這樣侵入張愛
玲的日常生活裡。另一方面，上海在日軍全面佔領下的特殊戰時氛圍，
也不斷影響著張愛玲。像是小說〈封鎖〉，就通過一輛電車，為我們
「提供了一個微型的時空框架來想像一九四一到一九四五年間生活在
大上海會是什麼樣子」。[31]尤其是〈封鎖〉首段出現的「大太陽」[32]，
「應該作為一個政治符號來理解，它暗喻了日本殖民力量的象徵性上
升以及政治壓迫的無處安放」。[33]黃心村更指出：「張愛玲的描繪可貴之
處在於她把時代的災難推到了背景之中，最終出現在故事前景的還是
開電車人對日常生活的全神貫注──無論這樣做是多麼的艱難。」[34]
張愛玲經歷過戰爭，所以她明白「時代是倉卒的，已經在破壞中，還

---

30 張愛玲：〈公寓生活記趣〉，《華麗緣──散文集一‧一九四〇年代》，頁35。
31 黃心村著，胡靜譯：《亂世書寫：張愛玲與淪陷時期上海文學及通俗文化》（上海：
　　上海三聯書店，2010年），頁28。
32 「開電車的人開電車。在大太陽底下，電車軌道像兩條光瑩瑩的，水裡鑽出來的曲
　　蟮，抽長了，又縮短了；抽長了，又縮短了，就這麼樣往前移──柔滑的，老長老
　　長的曲蟮，沒有完，沒有完……開電車的人眼睛釘住了這兩條蠕蠕的車軌，然而她
　　不發瘋。」張愛玲：〈封鎖〉，《傾城之戀──短篇小說集一‧一九四三年》（臺北：
　　皇冠文化出版公司，2010年），頁164。
33 黃心村著，胡靜譯：《亂世書寫：張愛玲與淪陷時期上海文學及通俗文化》，頁28。
34 黃心村著，胡靜譯：《亂世書寫：張愛玲與淪陷時期上海文學及通俗文化》，頁28。

有更大的破壞要來」。[35]也因為如此，張愛玲才將戰爭全都擺進日常生活的背景之中，使其隨著時間、歷史的推進，仍縈繞不止，成為一種隱隱的「惘惘的威脅」。上海與香港的淪陷，造就了張愛玲成為描寫一九三〇、四〇年代日本佔領時期的滬／港圖景的重要作家之一。柯靈說：「偌大的文壇，哪個階段都安放不下一個張愛玲，上海淪陷，才給了她機會。」[36]張愛玲則在小說〈傾城之戀〉寫道：「香港的陷落成全了她。」[37]若將指稱白流蘇的「她」置換為張愛玲，亦極為貼切。可以說，沒有上海、香港的淪陷，就沒有傳奇的張愛玲。

那麼在上海、香港淪陷期間，張愛玲的日本遭遇又是如何體現在文本之中？最為顯著的例子，就是她學習日文的相關描述。〈燼餘錄〉即記錄下香港淪陷時，張愛玲在香港大學念日文的課堂情景：

> 除了工作之外我們還念日文。派來的教師是一個年輕的俄國人，黃頭髮剃得光光地。上課的時候他每每用日語問女學生的年紀。她一時答不上來，他便猜：「十八歲？十九歲？不會超過廿歲罷？你住幾樓？待會兒我可以拜訪麼？」她正在盤算著如何托辭拒絕，他便笑了起來道：「不許說英文。你只會用日文說：『請進來。請坐。請用點心。』你不會說『滾出去！』」說完了笑話，他自己先把臉漲得通紅。[38]

至於日文老師為何是俄國人？黃心村析論，「應該是太平洋戰爭背景之下的東亞都市中的特殊風貌」，且俄國人教日文的現象還「不僅限於

---

35 張愛玲：〈《傳奇》再版的話〉，《華麗緣——散文集一‧一九四〇年代》，頁176。

36 柯靈：〈遙寄張愛玲〉，子通、亦清主編：《張愛玲評說六十年》（北京：中國華僑出版社，2001年），頁384。

37 張愛玲：〈傾城之戀〉，《傾城之戀——短篇小說集一‧一九四三年》，頁220。

38 張愛玲：〈燼餘錄〉，《華麗緣——散文集一‧一九四〇年代》，頁73-74。

香港，在上海，亦有白俄羅斯人以此謀生」。[39]張愛玲在〈公寓生活記趣〉裡寫到淪陷上海的各種公寓聲響，其中便有「樓底下有俄國人在那裡響亮地教日文」[40]的聲音，充斥在張愛玲的日常生活裡。此外，還有一段關於張愛玲使用日文交談的記述，是來自作家王禎和（1940-1990）的回憶：

> 我們打掃了樓下的一個房間讓她住。她會說日語。跟我母親就用點日語相談。我還記得，那時，我的乾姊姊要出嫁，就要離開我家，張愛玲聽了跟我母親說：你會比較寂寞。「寂寞」兩個字是用日語說的，我一直印象很深。她每天晚上跟母親道晚安，都是用日語。[41]

王禎和在這段回憶裡，證實了張愛玲會說日語，還與王禎和母親用了點日語相談。不論是張愛玲自身的描述還是王禎和的回憶，上海與香港淪陷時期，張愛玲和日本首當其衝的接觸，都是學習日文，這自然與當時日本企圖打造「大東亞共榮圈」的政治野心密不可分。

　　而關於學習日文一事，我突然想起了李安的電影《色｜戒》（張愛玲的〈色，戒〉顯然具有自傳性色彩）[42]，片中由湯唯所飾演的女

---

39 針對「俄國人教日文」一事，黃心村表示：「兼通日語和英語的俄國人，以英語為媒介，給居住在殖民地香港和上海的不懂漢語的外籍居民教授日語，應是太平洋戰爭背景之下的東亞都市中的特殊風貌。至於俄國人能操嫻熟日語，則是建立在俄國及其後蘇聯和東亞之間長期的軍事與文化往來的基礎之上。」參見黃心村：《緣起香港：張愛玲的異鄉和世界》，頁239-240。

40 張愛玲：〈公寓生活記趣〉，《華麗緣──散文集一・一九四○年代》，頁39。

41 王禎和口述，丘彥明訪問：〈張愛玲在台灣〉，子通、亦清編：《張愛玲評說六十年》，頁138。

42 蔡登山就以為「王佳芝對易先生的愛和易先生對王佳芝的狠心，不禁讓人想起了張愛玲與胡蘭成之間的關係」。參見蔡登山：〈張愛玲的偷梁換柱〉，《色戒愛玲》（新北：印刻文學生活雜誌出版公司，2007年），頁145。

主角王佳芝,也有學習日文的畫面。王佳芝去上日文課的時間點,正好也是香港淪陷,回到淪陷上海後。課堂裡日文老師在黑板上寫下:「あなたが私に」(你對我),這句被攔腰截斷的不完整的日文句子,充滿了無限的曖昧性與詮釋空間,如同王佳芝與易先生複雜、不明朗的感情關係。這並非小說裡既有的情節,而是影像的重新詮釋。當然,在上海淪陷的時代語境下,中國人被迫學習日文,本來就是日本在施行帝國主義擴張過程中企圖以語言同化殖民地人民的必然結果。但這段情節恰如其分的安排,還是不免令人驚喜於李安的用心,不僅反映了時代景況,也正好回應了張愛玲曾經學習日文的親身經歷。

至此,不難看出日本佔領的時代背景,戰爭記憶挾著日本語言,無孔不入地透進張愛玲的日常生活。乍看之下,張愛玲對日本和日本的事物描寫並不多,但在文字的細節裡,她其實是以一種「高度個人化的方式來切入時代」。[43]就像張愛玲自己說的:「日常生活的秘密總得公佈一下。」[44]她和日本書化/日本人之間,更多的秘密,也全都藏進了書寫裡,藏進了淪陷上海/香港的城市肌理中,等待著終有一日,讀者的重新揭秘。

三 現世並不安穩:張愛玲與胡蘭成的婚戀

除了戰爭背景之外,與胡蘭成的婚戀,亦是張愛玲遭遇日本的重要關鍵。張愛玲和胡蘭成相識,是在一九四三年三月十二日。胡蘭成在《今生今世》裡寫道,他在蘇青(1914-1982)主編的十一月號《天地》月刊裡,讀到了張愛玲的〈封鎖〉,「纔看得一二節,不覺身體坐

---

43 黃心村著,胡靜譯:《亂世書寫:張愛玲與淪陷時期上海文學及通俗文化》,頁27。
44 張愛玲:〈公寓生活記趣〉,《華麗緣——散文集一‧一九四〇年代》,頁39。

直起來，細細的把它讀完一遍又讀一遍」[45]。後來，胡蘭成去到上海，終於向蘇青取得張愛玲的地址，「翌日去看張愛玲，果然不見，只從門洞裡遞進去一張字條，因我不帶名片。又隔得一日，午飯後張愛玲卻來了電話，說來看我」[46]，這便是張愛玲與胡蘭成緣分的起點。而兩人也在往來約一年半後，於一九四四年八月正式結婚。結婚時，張愛玲雖不忌諱胡蘭成的「漢奸」身分（胡蘭成當時已是汪偽政府的宣傳部政務次長），但胡蘭成「為顧到日後時局變動不致連累她，沒有舉行儀式，只寫婚書為定，文曰：胡蘭成張愛玲簽訂終身，結為夫婦，願使歲月靜好，現世安穩」[47]。

　　然而，這段婚姻終究沒能為張愛玲帶來「歲月靜好，現世安穩」的日子。張子靜在《我的姊姊張愛玲》一書裡，留下這樣一段文字記錄，速寫了張愛玲永別中國前的生命歷程：

> 我姊姊是不喜歡政治的。聖瑪利亞女校畢業之前，她只是顯赫政治家庭的後代，在落日餘暉中映照著沒落貴族的華彩。但是聖瑪利亞畢業後，她的生活就不斷受到政治的干擾，終至不得不離家棄國。一九三九年，歐戰爆發，她無法去倫敦讀大學。一九四一年底，香港淪陷，港大停課，次年她只得返回上海。一九四四年八月，她與胡蘭成結婚。次年八月，日本投降，胡蘭成匿名逃亡，姊姊也飽受上海小報攻訐。一九四七年六月，她決定與胡蘭成離婚。但這個婚姻的陰影始終追隨著她。一九四九年解放，胡蘭成逃亡海外，姊姊在上海渡過戒慎恐懼的三年，終於結束十年賣文生涯，於一九五二年七月永別中國。[48]

45　胡蘭成：《今生今世》，頁272。
46　胡蘭成：《今生今世》，頁273。
47　胡蘭成：《今生今世》，頁286。
48　張子靜：《我的姊姊張愛玲》，頁199。

張子靜從張愛玲「不喜歡政治」開始說起;可是她無法迴避的也正是
她政治家庭的出身。尤其在和胡蘭成結婚之後,因為胡蘭成的關係,
張愛玲更是少不了與日本人多有交流。隨著日本戰敗投降,胡蘭成逃
亡,張愛玲也因為這段婚姻,被順勢貼上了「漢奸夫人」的標籤。關
於對張愛玲「漢奸夫人」身分的攻訐多不勝數:《文化漢奸罪惡史》
一書就有專屬張愛玲的一篇〈「紅幫裁縫」張愛玲〉,《女漢奸醜史》
也將張愛玲列入,篇名為〈無恥之尤張愛玲願為漢奸妾〉,《女漢奸醜
史臉譜》中則刊出〈「傳奇」人物張愛玲願為「胡逆」第三妾〉。[49]致
使她幾乎一夜之間消失於上海文壇。甚至到了一九九六年,陳遼依然
都要在〈「張愛玲熱」要降溫〉中清楚列舉張愛玲的三大罪狀,嚴正
聲明「張愛玲熱」必須降溫:第一,她與大漢奸胡蘭成先同居後結婚
且作品多發表於敵偽主辦的刊物和報紙;第二,在日本投降後,張愛
玲對胡蘭成仍是一往情深,不辨民族大義;第三,她於一九五二年離
開上海到達香港後,立即寫作長篇《秧歌》,胡編亂造,寫土地改革
後農民「暴動」,反對共產黨;接著她又寫了《赤地之戀》,更加露骨
地反共反人民。忘記過去就意味著背叛。[50]一九九六年,尚且還有如
此批判聲浪,更遑論當時上海小報的攻訐之猛烈。其實,就連張愛玲
也對自己被指控為「漢奸」一事,感到莫名其妙,甚至還深刻的反
省。[51]足見,與胡蘭成的這個婚姻的陰影(包括胡蘭成的政治身分),
確實始終跟隨著她。

---

49 楊佳嫻:《懸崖上的花園:太平洋戰爭時期上海文學場域(1942-1945)》(臺北:臺
  大出版中心,2013年),頁373-374。

50 陳遼:〈「張愛玲熱」要降溫〉,《香港筆薈》第10期(1996年12月),頁166-167。

51 張愛玲在一九四六年上海山河圖書公司發行的《傳奇》增訂版中,寫下了代序〈有
  幾句話同讀者說〉一篇,文中提到:「我自己從來沒想到需要辯白,但最近一年來
  常常被人議論到,似乎被列為文化漢奸之一,自己也弄得莫名其妙。」參見張愛
  玲:〈有幾句話同讀者說〉,《華麗緣──散文集一‧一九四○年代》,頁294。

　　雖然因為胡蘭成的緣故，讓張愛玲背負不少罵名，但也是因為胡蘭成的緣故，張愛玲與日本人有了更加密切的來往。像是前文談到的宇垣一成、池田篤紀以及為柯靈奔走等等，就是明顯的例子。張愛玲在後來還曾和大明星李香蘭（1920-2014）會面，這段往事可以從《對照記》裡兩人的合影，得到證實。[52]張愛玲更附上圖片說明，稱自己為何坐在椅子上，反而讓李香蘭站立一旁，是因為「我太高，並立會相映成趣，有人找了張椅子來讓我坐下，只好委屈她侍立一旁」。[53]

　　關於這張重要的照片，所傳達的意義紛呈。邵迎建先是糾正了張愛玲記錯照片拍攝的時間和地點，正確的時空應是「一九四五年七月二十一日」於「咸陽路二號」的「納涼會」上。其所依據的是一九四五年八月上海雜誌社出版的《雜誌》，〈納涼會記〉一文，文中就穿插了這張照片。[54]黃心村進一步析論：「照片的奇特構圖及不甚協調的視覺風格似乎可以視為帝國終結前夕、日中組合搖搖欲墜的一個預言。」[55]她甚至認為張愛玲「膝下露出的交叉的雙腿撇向畫面的左方，而她充滿疑竇的眼神則又投向畫面的右方，姿勢中充滿了矛盾和隱隱的對抗」。[56]陸洋則在此基礎上提出：「據信，此次將中國女性代表和日本女性代表相互引介對談所留下的照片裡，營造出了年輕女性可以暢所欲言的氛圍，並演示了『日中友好』的政治目的。這也許就是張愛玲採取這個姿勢的原因。」[57]即使如今已無從得知張愛玲的這

52　參見張愛玲：《對照記──散文集三‧一九九〇年代》，頁61。

53　張愛玲：《對照記──散文集三‧一九九〇年代》（臺北：皇冠文化出版公司，2010年），頁60。

54　邵迎建：〈被遺忘的細節──張愛玲‧李香蘭合影時空考〉，《張愛玲的傳奇文學與流言人生》（臺北：秀威資訊科技公司，2012年），頁351。

55　黃心村：《緣起香港：張愛玲的異鄉和世界》，頁246。

56　黃心村：〈光影斑駁：張愛玲的日本和東亞〉，林幸謙主編：《千迴萬轉：張愛玲學重探》，頁273。

57　陸洋：〈戰時期における張愛玲の散文：日本書化観と日本人観をめぐって〉，頁166。

般作態，究竟有何隱喻和暗示，但唯一能確認的是，中國女性代表張愛玲與日本女性代表李香蘭，曾經在這場納涼會上見面，並留下一張深具政治意味的合影。這是張愛玲又一次與日本人的相遇，亦顯示了當時中日關係間特殊的歷史時刻；而張愛玲「坐著」的姿態（坐者為尊位），正傳達了其對演示「日中友好」的疑慮以及對日本帝國矛盾的心理狀態和隱隱的對抗。

　　然而，在這場納涼會上還有另一張更值得探究的照片，便是納涼會七位主要出席人員的合影。張愛玲依然是唯一一坐在椅子上的人，站在她身後由左至右，分別是：姑姑張茂淵、炎櫻、李香蘭、陳女士、陳彬龢（1897-1945）與金雄白（1904-1985）。而這場納涼會的舉辦地點「咸陽路二號」，又位在上海何處呢？經邵迎建查實，正是「亞爾培路二號金雄白用於招待客人的私宅花園。……亞爾培路，現在叫陝西南路。只有一九四三年到一九四五年那兩年叫咸陽路」。[58]

圖：一九四五年七月二十一日，「納涼會」主要出席人員合影[59]

---

58 邵迎建：〈被遺忘的細節──張愛玲・李香蘭合影時空考〉，《張愛玲的傳奇文學與流言人生》，頁352。

59 參見〈納涼會記〉，《雜誌》第15卷第5期（1945年8月），頁69。

　　金雄白，何許人也？他是上海報業／媒體圈的知名人士，後應周佛海（1897-1948，汪偽政府的領導人之一）之邀成為汪偽政府的重要成員。另一個重要的名字陳彬龢，他則是曾任《申報》社長，更是大東亞意識形態的宣傳者。金雄白與陳彬龢「相互為了各自的利益，既勾結又牽制，在公開場所總是形影不離」。[60]從兩人共同出席這場納涼會（地點還選在金雄白的私宅花園）大概就能明白，此次的聚會與汪偽政府和日本之間，必然脫不開干係。況且，出席這場納涼會的還有「日本軍方的松本大尉及掌握日本在華文化宣傳的『中華電影社』副社長川喜多長政」。[61]而張愛玲能夠參與其中，連著帶上自己的姑姑和好友，則主要還是與她在當時上海文壇的響亮名聲，有著密切的關係。

第二節　文化與民族
——日本人的性格特質與作家的寫作策略

　　梳理完戰爭時期與胡蘭成對張愛玲遭遇日本的背景後，如果要再談她和日本書化／日本人之間更多的秘密，還得重新進入張愛玲的散文，按文索驥。張愛玲論及日本書化／日本人的作品，主要落在〈忘不了的畫〉、〈談跳舞〉、〈雙聲〉、〈童言無忌〉、〈羅蘭觀感〉、〈詩與胡說〉、〈談吃與畫餅充飢〉和〈重訪邊城〉等篇章之中。[62]內容涉獵甚

---

60 邵迎建：〈被遺忘的細節——張愛玲‧李香蘭合影時空考〉，《張愛玲的傳奇文學與流言人生》，頁352。

61 蔡登山：《重看民國人物——從張愛玲到杜月笙》（臺北：獨立作家，2014年），頁47。

62 張愛玲描寫日本的幾篇重要散文的研究論文，在池上貞子的〈張愛玲和日本——談談她的散文中的幾個事實〉，黃心村的〈光影斑駁：張愛玲的日本和東亞〉與《緣起香港：張愛玲的異鄉和世界》裡「東洋摩登：張愛玲與日本」，以及陸洋的〈戰時期における張愛玲の散文：日本書化観と日本人観をめぐって〉文中，都有相當細緻的整理、考究與分析。我亦將以前述幾篇論文為基礎，再深入挖掘張愛玲與日本的關係，看看是否仍有未竟之處。

廣，談她對和歌、浮世繪、舞蹈、電影、料理及和服衣料等日本書化
的觀察與心得；而也是在這些瑣碎日常的文字裡，張愛玲似乎為我們
提供了一種對一九三〇、四〇年代日本的重新想像。黃心村說：「淪
陷上海的女性文化活動最大的特點在於，女性的自我表達總是纏雜混
跡於一系列含蓄隱晦但執著的文化實踐中。女性作者和藝術家面對破
碎的家園和岌岌可危的城市文化，努力以自己的話語拼起一幅完整的
歷史圖景，梳理著周遭不可理喻的世界」。[63]的確，張愛玲也是如此。
她從中國／女性的視角出發，以一系列含蓄隱晦但執著的自我表達方
式，試圖去勾勒出她對日本書化的接受、形塑她對日本民族內在性格
特質的理解。而在談論文本以前，張愛玲《對照記》裡的兩張照片，
就特別適合作為本節的引言。

　　張愛玲穿著日式浴衣的照片拍攝於一九四四年。[64]「一九四四年
業餘攝影家童世璋與他有同好的友人張君──名字一時記不起了──
託人介紹來給我拍照，⋯⋯拍了幾張，要換個樣子。單色呢旗袍不上
照，就在旗袍外面加件浴衣，看得出頸項上有一圈旗袍領的陰影。」
[65]中式旗袍混搭日式浴衣，張愛玲不著痕跡地將中日兩種服飾元素並
置，「不僅呼應彼時的大東亞雜燴意象，也讓人讀見她重塑傳統的新
潮觀點」。[66]旗袍在內（中國）、浴衣（日本）在外和她頸項上隱隱露
出的一圈旗袍領，彷彿是張愛玲對中日文化，視覺與物質性的想像的
再現，更是她對當時上海被日本勢力全面籠罩與自身處境的一種現實
的反映。

---

63 黃心村著，胡靜譯：《亂世書寫：張愛玲與淪陷時期上海文學及通俗文化》，頁25。
64 參見張愛玲：《對照記──散文集三・一九九〇年代》，頁63。
65 張愛玲：《對照記──散文集三・一九九〇年代》，頁62。
66 黃心村：〈光影斑駁：張愛玲的日本和東亞〉，林幸謙主編：《千迴萬轉：張愛玲學
　　重探》，頁279。

另一張照片拍攝於一九六一年，是張愛玲與能劇面具的合影。[67] 面具是炎櫻送的，當張愛玲收到面具時，面具早已打碎，幸得一位畫家修復才得以完整。[68] 李歐梵曾為這張照片作簡短的評述：「給人一種異樣的感覺，她的頭部只佔相片下部的三分之一」[69]；黃安琪以為當張愛玲回望這張照片時，能劇面具所牽引的是一段美好回憶。[70] 然而，若我們將這張照片與《小團圓》裡張愛玲對日本能劇的描述對讀，那麼「能劇」顯然就是張愛玲接觸日本傳統表演藝術的其中一條路徑。張愛玲在《小團圓》中寫道：「日本的能劇有鬼音，甕聲甕氣像甕屍案的冤魂。」[71] 能劇獨有的鬼音、鬼氣所營造出的鬼氣森森的末日氛圍，正好與日本即將戰敗、消亡的現實彼此呼應，能劇成為了張愛玲回應「死亡」的一種方式[72]；這和一九六一年在三藩市開心的與能劇面具合照的張愛玲，亦形成強烈的對比。

　　從浴衣到能劇，張愛玲通過對日本服飾及藝術的展示與描繪，無不透露她對時代、現實的感受，而這些隱藏在瑣碎日常裡的文字敘述，也同樣體現在她對其他日本書化的書寫之中，並從中散逸出張愛玲對日本民族內在性格的認知。

67　參見張愛玲：《對照記——散文集三・一九九〇年代》，頁74。

68　關於能劇面具的背景資料，被記錄在張愛玲一九六〇年二月八日寫給鄺文美的信件中：「日本面具是Fatima給的，寄到Huntington Hartford（亨亭頓・哈特福文藝營）已打碎，幸而有個畫家代為黏上。」參見張愛玲、宋淇、宋鄺文美：《紙短情長：張愛玲往來書信集.I》，頁96。

69　李歐梵：《蒼涼與世故：張愛玲的啟示》，頁52。

70　黃安琪：〈張愛玲的自畫像——《對照記》的圖文展演〉，《靜宜中文學報》第20期（2021年2月），頁174。

71　張愛玲：《小團圓》（臺北：皇冠文化出版公司，2009年），頁224。

72　羅蘭・巴特曾指出，日本的戲劇臉孔／面具，觸及了某種面對死亡方式的問題。他認為，「去想像並製造一副面孔，一副並不冷漠、麻木的臉孔，好像是從水中浮出來的，意義已沖洗掉了，此乃一種回應死亡的方式」。參見羅蘭・巴特著，江灝譯：《符號帝國》，頁192-193。

一　將矛盾的氣質詮釋到極致

　　張愛玲曾經如癡如醉喜歡著日本，在〈雙聲〉裡，張愛玲就直接了當的說過：「我想並不太苛刻，可是，同西洋同中國現代的文明比起來，我還是情願日本的文明的。」[73]又或許，是日本自己放出了繽紛光華，照耀著她，將她推入了寫作的情境之中；難怪她總是特別留心觀察各種充滿意義、迷人的日本書化和藝術。張愛玲在談日本書化與藝術時，尤其喜歡將中國拉在一起，以作對照。例如〈談吃與畫餅充飢〉中寫到海藻／海帶時，張愛玲就說：「海藻只有日本味噌湯中是舊有的。中國菜的海帶全靠同鍋的一點肉味，海帶本身滑滑塌塌沉甸甸的，毫無植物的清氣，我認為是失敗的。」[74]在〈重訪邊城〉裡談到廣州商人特有的土布時，張愛玲則說：「他們特有的這種土布，用密點繪花瓣上的陰影，是否受日本的影響？我只知道日本衣料設計慣用密圈，密點不確定。如果相同，也該是較早的時候從中國流傳過去的，因為日本的傳統棉布向來比較經洗，不落色，中國學了繪圖的技巧，不會不學到較進步的染料。」[75]

　　海藻是日本味噌湯中「舊有」的；廣州土布的花紋設計受日本影響，但日本的傳統棉布卻更經洗且不落色。在談食材與布料時，張愛玲同時捕捉到的是，日本相較中國來說，除了持續保存舊有的傳統，也在技術上更為進步。可見，張愛玲對日本書化的觀察與接受，似乎總伴隨著跨地域／跨文化的比較。她不只是單純形容食材或衣料，而是從中留下關於日本民族性格的細微線索：舊有（承襲中國的傳統）／進步（接受西方的現代），就是存在日本人骨血裡的兩種矛盾特質。

73　張愛玲：〈雙聲〉，《華麗緣——散文集一・一九四〇年代》，頁257。
74　張愛玲：〈談吃與畫餅充飢〉，《惘然記——散文集二・一九五〇～八〇年代》，頁151。
75　張愛玲：〈重訪邊城〉，《惘然記——散文集二・一九五〇～八〇年代》，頁195-196。

　　此外，日本人的矛盾還可以繼續在〈談吃與畫餅充飢〉與另一篇〈童言無忌〉裡，得到驗證。張愛玲除了談日本的海藻，也談日本的豆腐：「日本料理不算好，但是他們有些原料很講究，例如米飯，又如豆腐。在三藩市的一個日本飯館裡，我看見一碟潔白平正的豆腐，約有五寸長三寸寬，就像是生豆腐，又沒有火鍋可投入。我用湯匙舀了一角，就這麼吃了。如果是鹽開水燙過的，也還是淡。但是有清新的氣息，比嫩豆腐又厚實些。」[76]張愛玲以為，日本的豆腐是「講究原料」的，「潔白平正」的，「淡而清新」的。而在日本的和服裁製裡，張愛玲卻找到了「繁複」：

> 和服的裁製極其繁複，衣料上寬綽些的圖案往往被埋沒了，倒是做了線條簡單的中國旗袍，予人的印象較為明晰。[77]

張愛玲不僅再次將日本和服的「繁複」與中國旗袍的「簡單」並置而論，若和〈談吃與畫餅充飢〉中「純粹」、「清淡」的豆腐一起閱讀，又將形成另一種相異的對照。類似的想法也出現在〈詩與胡說〉中，張愛玲提到周作人（1885-1967）翻譯的一首著名的日本詩：「夏日之夜，有如苦竹，竹細節密，頃刻之間，隨即天明。」[78]這裡所引用的翻譯版本其實是出自沈啟無（1902-1969）[79]，雖然張愛玲本身沒有再繼續討論，但沈啟無卻評價了這首詩「表現日本人樸實的空氣」。[80]黃

---

76 張愛玲：〈談吃與畫餅充飢〉，《惘然記──散文集二·一九五〇～八〇年代》，頁149。
77 張愛玲：〈童言無忌〉，《華麗緣──散文集一·一九四〇年代》，頁128。
78 張愛玲：〈詩與胡說〉，《華麗緣──散文集一·一九四〇年代》，頁163。
79 周作人的原始版本是：「夏天的夜，有如苦竹，竹細節密，不久之間，隨即天明。」這與沈啟無的改寫版本極為相似，區別是細微的。參見黃心村：《緣起香港：張愛玲的異鄉和世界》，頁257。
80 沈啟無：〈南來隨筆〉，子通、亦清編：《張愛玲評說六十年》，頁102。

心村則表示張愛玲「在文中引用和歌，為的是表達她對理想詩歌的觀點，即語言必須簡潔雅致，意象必須有深度，能給身處亂世的人帶來片刻的寧靜和驚喜」。[81]綜上所述，不論是講究純粹、清淡的豆腐與剪裁繁複的和服，還是日本詩歌簡潔雅致的語言和深度的意象；張愛玲的敘述彷彿都在在隱約暗示了，日本人內在性格裡，那種既純粹而又繁複、簡潔而又深沉，牽扯纏繞的矛盾關係。一如潘乃德所言，日本人確實「將矛盾的氣質詮釋到極致」。

這令人不禁想起，在〈雙聲〉中，炎櫻和張愛玲的一段對話。炎櫻說：「日本人的思想方式卻是更奇怪的，是兩條平行的虛線，左邊一小劃，右邊一小劃，然後再是左邊一小劃，右邊一小劃，這樣推衍下去。──這不是就像一個人的足印。足印與足印之間本來是有空隙的，即使高一腳，低一腳，踏空了一步，也沒有大礙；不像一條直線，一下子中斷了，反而不容易連下去。」[82]張愛玲接著說：「呀，真好，兩條平行的虛線比做足跡。單是想到一個人的足跡，這裡面就有一種完整性。」[83]如今看來，炎櫻所謂的「左邊一小劃，右邊一小劃」的平行虛線，就像是兩種思想矛盾的並列；但它們卻又和諧地成為左腳與右腳踩踏而出的足跡，好像唯有如此，日本人才是完整的。張愛玲所謂的「完整性」，大概就是對日本人性格裡的矛盾氣質最好的詮釋。

最後，我還想再談的是張愛玲於〈雙聲〉與〈重訪邊城〉中，一段有關日本、臺灣和中國的共同記憶。她在〈雙聲〉裡曾憶起坐船經過臺灣的往事，「臺灣的秀麗的山，浮在海上，像中國的青綠山水畫裡的，那樣的山，想不到，真的有！日本的風景聽說也是這樣」。[84]這

---

81 黃心村：《緣起香港：張愛玲的異鄉和世界》，頁257。
82 張愛玲：〈雙聲〉，《華麗緣──散文集一‧一九四〇年代》，頁258。
83 張愛玲：〈雙聲〉，《華麗緣──散文集一‧一九四〇年代》，頁258。
84 張愛玲：〈雙聲〉，《華麗緣──散文集一‧一九四〇年代》，頁256。

裡與日本風景並置對照的是臺灣的山，是中國的青綠山水畫。同樣的
回憶，在〈重訪邊城〉裡卻被著意添上了幾句：

> 我以前沒到過臺灣，但是珍珠港事變後從香港回上海，乘的日
> 本船因為躲避轟炸，航線彎彎扭扭的路過南臺灣，不靠岸，遠
> 遠的只看見個山。……像古畫的青綠山水，不過紙張沒有泛
> 黃。……我站在那裡一動也不動，沒敢走開一步，怕錯過了，
> 知道這輩子不會再看見更美的風景了。當然也許有更美的，不
> 過在中國人看來總不如──沒這麼像國畫。[85]

張愛玲在一九八二年以後才用中文重新撰寫〈重訪邊城〉，那時距離戰
爭結束的一九四五年，已相隔三十多年。就像黃心村所說，張愛玲「回
憶起當年才二十出頭的自己，站在日本船的甲板上，看見的戰時地景
似乎從一開始就是一個脆弱的幻象，但這脆弱的幻象，卻比什麼都牢
固，堅實的駐紮在她的東亞想像中，揮之不去」。[86]可以察覺，張愛玲
真正難以忘懷的，除了有不變的「青綠山水」與日本、臺灣、中國的
想像匯合，還有她對戰爭與日本殖民歷史永久的縈繞不止的記憶。

二　陰柔化／童稚化的日本人

當張愛玲在面對日本書化時，除了從中反映日本人矛盾的性格特
質以外；不論是一九五五年十月二十五日張愛玲寄給鄺文美的第一封
長信裡所描繪的與古代中國沒有分別的日本鄉下，還是寫食材、布料
與青綠山水的風景；其實，自她內心深處所流瀉而出的都是對古中國

---

85 張愛玲：〈重訪邊城〉，《惘然記──散文集二・一九五〇～八〇年代》，頁175。
86 黃心村：《緣起香港：張愛玲的異鄉和世界》，頁276。

的懷想和眷戀。張愛玲之所以喜歡日本，正因為她是中國人，喜歡那種古中國的厚道含蓄。而日本就正好有一種「含蓄」的空氣。[87]張愛玲對日本「含蓄」的喜歡，也展現在她對日本女人的理解上。〈羅蘭觀感〉中，張愛玲就選用了另一個詞彙──「低卑」，來形容日本女人的美。她說：「日本女人有意養成一種低卑的美，像古詩裡的『伸腰長跪拜，問客平安不？』溫厚光緻，有絹畫的畫意，低是低的，低得泰然。」[88]同樣又是從中國古詩裡尋得日本女人低卑美麗的形象。關於低卑，張愛玲就曾表示自己「在家裡向來是服低做小慣了的」[89]；而她對低卑的美的喜歡，更是能與她在送給胡蘭成的那張照片背後所寫的字，彼此呼應：「見了他，她變得很低很低，低到塵埃裡。但她心裡是歡喜的，從塵埃裡開出花來。」[90]至此，幾乎可以肯定，張愛玲對日本女人的描寫，有很大一部分是來自個人的經驗、感受與共鳴；這部分尤其是在欣賞日本浮世繪人物畫中的女性（藝妓）時，更加明顯。

　　張愛玲在〈忘不了的畫〉中，花了很大篇幅寫日本的「浮世繪」。首先是喜多川歌麿（1753-1806）著名的「青樓十二時」，畫家將藝妓一天十二時辰的生活片段透過畫筆細緻摹繪。張愛玲特別記得「丑時」的那一張，從畫中的藝妓身上，張愛玲看出「她確實知道她是被愛著的，雖然那時候只有她一個人在那裡」[91]。無獨有偶，如此感想也在〈談女人〉裡被提及：「對於大多數的女人，『愛』的意思就是『被愛』。」[92]張愛玲本來就對女人和愛的關係有著透徹的理解，當一個女

---

87 張愛玲：〈雙聲〉，《華麗緣──散文集一‧一九四○年代》，頁256。

88 張愛玲：〈羅蘭觀感〉，《華麗緣──散文集一‧一九四○年代》，頁228-229。

89 張愛玲：〈氣短情長及其他〉，《華麗緣──散文集一‧一九四○年代》，頁262。

90 胡蘭成：《今生今世》，頁276。

91 張愛玲：〈忘不了的畫〉，《華麗緣──散文集一‧一九四○年代》，頁171。

92 張愛玲：〈談女人〉，《華麗緣──散文集一‧一九四○年代》，頁78。

人（即使是藝妓／妓女也一樣）知道自己是被愛著的時候，心才會安定；也因此張愛玲對愛的描寫具有一種永恆性，就像她在〈愛〉裡說的：「於千萬人之中遇見你所遇見的人，於千萬年之中，時間的無涯的荒野裡，沒有早一步也沒有晚一步，剛巧趕上了」[93]，愛的瞬間即是永恆。

　　浮世繪畫中的藝妓，不僅帶給張愛玲關於「知道自己是被愛著」的強烈感受，張愛玲也觀察到畫家對藝妓「那培異的尊重與鄭重」的態度，是她「難以理解」的；所以她便接著舉出中國的「蘇小妹董小宛之流」為例，強調中國藝妓突出的是「個性」，而日本藝妓則是一種「制度」，張愛玲以為：「在日本，什麼都會成為一種制度的。藝妓是循規蹈矩訓練出來的大眾情人，最輕飄的小動作裡也有傳統習慣的重量，沒有半點遊移。」[94]所謂的「制度化」、「有傳統習慣的重量」，就像是她對日本人的集體認知。池上貞子亦提出一種日本傳統文化的繼承方法「家元制度」，說明這其中便有著日本人共通的特質。[95]而張愛玲則繼續說道：

> 這樣地把妓女來理想化了，我能想到的唯一解釋是日本人對於訓練的重視，而藝妓，因為訓練得格外徹底，所以格外接近女性的美善的標準。不然我們再也不能懂得谷崎潤一郎在「神與人之間」裡為什麼以一個藝妓來代替他的「聖潔的 Madonna」。[96]

沒有半點游移的、徹底的訓練，使藝妓／妓女格外接近「女性的美善

93　張愛玲：〈愛〉，《華麗緣——散文集一‧一九四〇年代》，頁106。
94　張愛玲：〈忘不了的畫〉，《華麗緣——散文集一‧一九四〇年代》，頁171。
95　池上貞子：〈張愛玲和日本——談談她的散文中的幾個事實〉，楊澤編：《閱讀張愛玲：張愛玲國際研討會論文集》（臺北：麥田出版公司，1999年），頁86。
96　張愛玲：〈忘不了的畫〉，《華麗緣——散文集一‧一九四〇年代》，頁171。

的標準」；從浮世繪畫的藝妓聯想到谷崎潤一郎（1886-1965）的小說
《神與人之間》。張愛玲讀懂了為何谷崎潤一郎要將藝妓比作「聖潔
的 Madonna」。池上貞子從日本人對於這部小說的立場出發，說明小
說裡「那位女性雖然原來出身藝妓，卻恪守婦德十分聖潔，因此被作
為 Madonna」。[97]藝妓身上同時存有的「聖潔」和「情欲」，是最美善
的女性形象，這與張愛玲自己對女性的觀點如出一轍。張愛玲筆下的
女性都是聖潔和情欲混雜而成的。如她在〈談女人〉末段寫道：「以
美好的身體取悅於人，是世界上最古老的職業，也是極普遍的婦女職
業，為了謀生而結婚的女人全可以歸在這一項下。這也無庸諱言——
有美的身體，以身體悅人；有美的思想，以思想悅人，其實也沒有多
大分別。」[98]張愛玲試圖打破的是一般人對妓女的負面形象。而更加
顯著的例子則是〈紅玫瑰與白玫瑰〉，開篇即表明，每個男人都有過
這樣的兩個女人，「一個是聖潔的妻，一個是熱烈的情婦」。[99]從浮世
繪畫到谷崎潤一郎的小說，張愛玲對日本女性（藝妓）產生了巨大的
共鳴，那是在同樣畫妓女／娼妓的異國畫家筆下所無法得到的。[100]

　　而在談另一張浮世繪畫作「山姥與金太郎」時，張愛玲更是直接
評價：「這裡有母子，也有男女的基本關係。因為只有一男一女，沒

97　池上貞子：〈張愛玲和日本——談談她的散文中的幾個事實〉，楊澤編：《閱讀張愛
　　玲：張愛玲國際研討會論文集》，頁89。
98　張愛玲：〈談女人〉，《華麗緣——散文集一‧一九四〇年代》，頁89。
99　張愛玲：〈紅玫瑰與白玫瑰〉，《紅玫瑰與白玫瑰——短篇小說集二‧一九四四年～
　　四五年》（臺北：皇冠文化出版公司，2010年），頁130。
100　張愛玲在談「青樓十二時」的時候，也將美國畫家的畫作「明天與明天」和中國畫
　　家林風眠（1900-1991）的畫作，放在一起比較。美國畫家筆下的妓女「只見她的
　　背影」；林風眠筆下的妓女「面目也不清楚」，並且是從「普通男子的觀點去看妓
　　女」。張愛玲無法單從背影和不清楚的面目及男性觀點去同理畫作中的妓女，反而
　　在浮世繪畫中獲得了巨大的共鳴。參見張愛玲：〈忘不了的畫〉，《華麗緣——散文
　　集一‧一九四〇年代》，頁170-171。

人在旁看戲，所以是正大的，覺得一種開天闢地之初的氣魄。」[101]將母子感情與男女情欲，正大光明地連結在一起。似乎，張愛玲關注浮世繪畫作的焦點，全都集中於日本女性身上，這在她對日本電影《狸宮歌聲》（《歌ふ狸御殿》）的討論裡，也能看見。

〈談跳舞〉中，張愛玲描繪《狸宮歌聲》裡有個穿著白色長衣、分披著頭髮的「女仙」，「蒼白的，太端正的蛋形小臉，極高極細的單調的小嗓子，有大段說白，那聲音儘管嬌細，聽了叫人背脊上一陣陣發冷。」[102]明明是女仙，但從膚色、臉型到聲音，卻都給人極度「陰冷」的印象。若仔細思考張愛玲的敘述策略，她不僅只是寫女性的含蓄和低卑，還有符合美善標準及充滿母性的形象；她甚至以極其陰冷的印象，將日本女性高度「陰柔化」。

而在陰柔化之外，張愛玲亦「童稚化」了日本人。她曾對東寶歌舞團演出的舞曲「獅與蝶」予以評價：「使人感到華美的，玩具似的恐怖。這種恐怖是很深很深的小孩子的恐怖。還是日本人頂懂得小孩子，也許因為他們自己也是小孩。他們最偉大的時候是對小孩說話的時候」。[103]黃心村說：「小孩子的世界既華美又恐怖，這裡或許有她自己童年的經驗。舞台上玩偶世界般的佈置，被她轉喻為對日本本身的指涉。」[104]張愛玲又一次將日本舞曲裡「小孩子的恐怖」，與個人生命的經驗和感受相互繫連。這使人不得不開始懷疑，她對整體日本書化／日本人的書寫，似乎有著更深沉的意圖。張愛玲對日本女人高度「陰柔化」又「童稚化」的更深沉的意圖究竟為何？答案或許可以從張愛玲那幅題為「日本美男子」[105]的圖畫裡，開始找尋。

101　張愛玲：〈忘不了的畫〉，《華麗緣──散文集一‧一九四〇年代》，頁173。

102　張愛玲：〈談跳舞〉，《華麗緣──散文集一‧一九四〇年代》，頁221。

103　張愛玲：〈談跳舞〉，《華麗緣──散文集一‧一九四〇年代》，頁220。

104　黃心村：《緣起香港：張愛玲的異鄉和世界》，頁267。

105　參見張愛玲：《華麗緣──散文集一‧一九四〇年代》，頁54。

在止庵、萬燕的著作《張愛玲畫話》中，是如此詮釋張愛玲的這幅「日本美男子」圖畫的：

> 女人似的秀眉，女人似的細眼，女人似的小嘴，女人似的鼻樑，如果不是頭髮保持了性別，真會誤以為他是女人。東方男人一旦長得太美，就很容易像女人，有優伶的氣質。[106]

把日本男性畫得像女人，張愛玲的意圖非常明顯，是在對抗當時日本帝國殖民擴張下所建構的陽剛形象。這種反向的表述策略[107]，使得日本男性變得陰柔化，至於日本女人，就只能更加陰柔化、童稚化了。

三 秩序卻又顛覆的反向表述

當然，在張愛玲眼中，日本人除了是陰柔、童稚的，還有其他特質存在，並且這些特質還具有一種「集體性」。再從零散細碎的文字裡探索，日本人似乎還有嚴格遵守整體國家／社會「秩序規定」的共相。炎櫻曾對張愛玲說過：「嫁給外國人的日本女人，過了大半輩子的西洋生活，看上去是絕對地被同化了，然而丈夫一死，她帶了孩子，還是要回日本，馬上又變成最徹底的日本人，鞠躬，微笑，成串地說客氣話，愛國愛得很熱心，同時又有那種深深淺淺的淒清——」[108]張愛玲

---

106 止庵、萬燕：《張愛玲畫話》（天津：天津社會科學院出版社，2003年），頁179。

107 黃心村也持相同的觀點認為：「張愛玲對日本書化進行種種陰柔化、幼童化、袖珍化的描寫時，自身恰好置於帝國總策劃的那些盛大場面中。這樣想來，她的文字對策中確有一種微妙的對抗性，……日本殖民帝國的宣揚機器極力標舉自身雄性的偉岸，張愛玲卻對它進行了反向的表述。」參見黃心村：《緣起香港：張愛玲的異鄉和世界》，頁269。

108 張愛玲：〈雙聲〉，《華麗緣——散文集一‧一九四〇年代》，頁258。

則回應：「日本人同家鄉真的隔絕了的話，就簡直不行。像美國的日僑，生長在美國的，那是非常輕快漂亮，脫盡了日本氣的了；他們之中就很少好的，我不喜歡他們。不像中國人，可以有歐化的中國人，到底也還是中國人，也有好有壞。日本人是不能有一半一半的。」[109]

從鞠躬、微笑、說話，各種被社會秩序規範穩妥的行為舉止，到熱切的愛國之心與不能有一半一半的文化接受，日本人是「徹底的完全」，用炎櫻的說法更是恰當：「簡直使人灰心的一種完全。」[110]而炎櫻與張愛玲這段對話裡，指涉日本人之於日本的這種被限制框架的集體性格，與〈談跳舞〉中，將日本人比作嵌進玩具盒紙托子的小壺小兵之說，正好相映成趣：

> 日本之於日本人，如同玩具盒的紙托子，挖空了地位，把小壺小兵嵌進去，該是小壺的是小壺，該是小兵的是小兵。從個人主義者的立場來看這種環境，我是不贊成的，但是事實上，把大多數人放進去都很合適，因為人到底很少例外，許多被認為例外或是自命為例外的，其實都在例內。社會生活的風格化，與機械化不同，來得自然，總有好處。由此我又想到日本風景畫點綴的人物，那決不是中國畫裡飄飄欲仙的漁翁或是扶杖老人，而是極家常的；過橋的婦女很可能是去接學堂裡的小孩。畫上的顏色也是平實深長的，藍塘綠柳樹，淡墨的天，風調雨順的好年成，可是正因為天下太平，個個安分守己，女人出嫁，伺候丈夫孩子，梳一樣的頭，說一樣的客氣話，這裡面有一種壓抑，一種輕輕的哀怨，成為日本藝術的特色。[111]

---

109 張愛玲：〈雙聲〉，《華麗緣──散文集一・一九四〇年代》，頁258。
110 張愛玲：〈雙聲〉，《華麗緣──散文集一・一九四〇年代》，頁257。
111 張愛玲：〈談跳舞〉，《華麗緣──散文集一・一九四〇年代》，頁219-220。

日本如同玩具盒的紙托子，一個一個複製陳列，日本人則形同小壺、小兵，被嵌進這個名為日本的紙托子中，「各得其所」[112]；張愛玲以此為喻，向我們再次展示了日本人集體受到「秩序」規定的集體特質。這不禁使人再次想起羅蘭‧巴特也曾說過，日本的一切事物之所以看起來都「小小的」，倒不是出自它們的大小，而是因為所有的物品和姿勢，就算是最自由、最容易活動的東西，都好像框在裡面。事物的微小並非出於尺寸，而是根據某種精確度，自劃界線，知道該在何處停止或結束。[113]而這種被「框」住的、集體守序的狀態，則早已自然而然地成為日本人日常生活的常態。且在日常生活裡，我們還能隱隱感覺到一種壓抑和哀怨。張愛玲在〈雙聲〉裡亦論及日本人「有許多感情都是浮面的。對於他們不熟悉的東西，他們沒有感情；對於熟悉的東西，每一樣他們都有一個規定的感情——『應當怎樣想』。」[114]所謂的壓抑和哀怨，或許正與日本人那被「規定的感情」息息相關，由此便造就了日本人的集體性格。

　　不論是小小的、陰柔化、童稚化的書寫還是日本人被框住、被規定的集體性格的相關描述，都在在顯示了張愛玲對戰時日本官方所刻意形塑的陽剛形象和頌揚集體主義式的秩序與規定，所持有的不同觀點，一種顛覆的觀點。這種深具顛覆意味的反向表述，在張愛玲討論日本電影《舞城秘史》(《阿波の踊子》)時，最為明顯：

---

112 在潘乃德的研究裡，她便用了一整章的篇幅，論述日本人民族性裡的「各得其所」：「想要理解日本人，必須從理解『各得其所』對他們來說意味著什麼開始。日本人依賴秩序和等級，……日本人對於人與人、人與國家的關係的看法都是建立在他們對等級制度的信賴基礎上。」這與張愛玲的敘述是彼此相符的。參見露絲‧潘乃德著，陸徵譯：《菊與刀：日本書化的雙重性格》，頁46-79。
113 羅蘭‧巴特著，江灝譯：《符號帝國》，頁116。
114 張愛玲：〈雙聲〉，《華麗緣——散文集一‧一九四〇年代》，頁256。

「舞城秘史」以跳舞的節日為中心，全城男女老少都在耀眼的灰白的太陽下舒手探腳百般踢跳，唱著：「今天是跳舞的日子！誰不跳舞的是獸子！」許是光線太強的緣故，畫面很淡，迷茫地看見花衣服格子布衣服裡冒出的狂歡的肢體脖項，女人油頭上的梳子，老人顛動著花白的髻，都是淡淡的，無所謂地方色彩，只是人……在人叢裡，英雄抓住了他的仇人，一把捉著衣領，細數罪狀，說了許多「怎麼也落在我手裡」之類的話，用日文來說，分外地長。跳舞的人們不肯做他的活動背景，他們不像好萊塢歌舞片裡如林的玉腿那麼服從指揮——潮水一般地湧上來，淹沒了英雄與他的恩仇。畫面上只看見跳舞，跳舞，耀眼的太陽下耀眼的灰白的旋轉。[115]

張愛玲對《舞城秘史》內容的描述，從「跳舞的節日」開始談起，她詳細描繪了全城男女老少恣意「狂歡」的肢體，寫女人、老人和所有人。這些舞動的人群本應處在畫面的背景裡，但張愛玲卻說，人群淹沒了原本該作為視覺中心的「英雄」，只看得見跳舞的人群。這段敘述也在寫一種「集體性」，但卻是對集體性提出一種異議。陸洋就以為：「身體的躍動感作為影像呈現的結果，讓作為英雄的主角因為群眾扮演的配角而存在感稀薄。也可以從此觀察到社會秩序的顛覆。」[116]張愛玲的書寫策略與俄國理論學家巴赫汀（Mikhail Bakhtin, 1895-1975）的「狂歡節」（Carnival）理論，亦彼此暗合：

　　狂歡並非是人們所看見的一種純粹的奇觀；他們就生活在其

---

115 張愛玲：〈談跳舞〉，《華麗緣——散文集一‧一九四〇年代》，頁222。
116 陸洋：〈戰時期における張愛玲の散文：日本書化観と日本人観をめぐって〉，頁170。

> 中，每個人也都參與其中，因為它的概念包容了所有人。只要
> 狂歡持續，就沒有其他生活。狂歡就是生活本身。……它傳達
> 了這種普遍的更新，並被實在的感受著，是一種逃離官方的生
> 活方式。[117]

如同巴赫汀所言，張愛玲正是透過一種反英雄和逃逸官方的姿態，將
大眾人民推向畫面中心，讓他們以純粹狂歡的肢體，顛覆了日本人英
雄式的殖民帝國論述；並且，他們的肢體不是服從指揮、整齊劃一的
規定動作，而是隨性、恣意的個人主義式的展現。張愛玲如此散漫、
瑣碎的日常寫作形式，不僅將日本書化／日本人從陽剛的、英雄式的
形象裡，解放出來；更顛覆了日本書化／日本人集體的秩序與嚴謹的
規定，因而形成一種充滿叛逆和對抗的日本書寫。

第三節　典型與變型
──《小團圓》裡「日式表演」的啟示

　　張愛玲在特別貼近個人現實的散文及書信裡，不斷回顧日本遭
遇；日常的隨筆提及、瑣碎的文字敘述，為我們建構了一個屬於她獨
特的日本書寫模式。除了大量描繪日本各類文化，張愛玲對戰時日本
的對抗式表述，亦提供了另一種觀看日本書化內涵與日本民族特質的
方式。反觀張愛玲的「小說」創作，與日本的關聯，卻沒有太多文字
資料；這是因為，張愛玲早已將日本放入小說的背景中。前文曾舉例
的〈封鎖〉和〈傾城之戀〉兩篇小說，正好就是上海、香港淪陷背
景，通過這兩則故事，明顯能感受到戰時氛圍對張愛玲創作的深遠影

---

117 Mikhail Bakhtin, translated by Helene Iswolsky, *Rabelais and his world* (Indiana: Indiana University Press, 1984), pp. 7-8. 引文為筆者自譯。

響。然而，張愛玲的小說真的沒有直接描寫日本相關的人事物嗎？黃心村就曾引述張愛玲晚期最重要的自傳體小說《小團圓》中的一段，關於女大學生在港大校園裡遭遇日本兵的經歷[118]。反覆重讀《小團圓》後，我發現《小團圓》其實還有幾處值得再深入推敲的段落，不僅與日本相關，更與張愛玲和胡蘭成的關係緊密相連。

　　展開討論以前，我認為有必要先梳整小說人物盛九莉／邵之雍與張愛玲／胡蘭成作為相互參照的合理性。從張愛玲與宋淇夫婦為數不少的往來書信裡，就能得知《小團圓》的寫作動機，還能看見張愛玲將《小團圓》作為個人傳記的寫作企圖。一九七五年十月十六日，張愛玲在寄給宋淇的信件中表明，「趕寫《小團圓》的動機之一是朱西甯來信說他根據胡蘭成的話動手寫我的傳記」。[119]而在其他信件裡，張愛玲則反覆有「《小團圓》是寫過去的事」[120]，「我在《小團圓》裡講到自己也很不客氣，這種地方總是自己來揭發的好」[121]等說法。尤其是張愛玲在一九七六年四月四日寫給宋淇夫婦的信件中更是清楚表達：「我寫《小團圓》並不是為了發洩出氣，我一直認為最好的材料是你最深知的材料。」[122]同一封信還提到了夏志清看過《張看》自序後建議她寫祖父母與母親的事，她接著說道：「好在現在小說與傳記不明分，我回信說，『你定做的小說就是《小團圓》』。」[123]如此說法，讓人想起〈談看書〉中張愛玲借用西方近人的一句話：「一切好

---

118 參見黃心村：《緣起香港：張愛玲的異鄉和世界》，頁242-243。

119 張愛玲、宋淇、宋鄺文美：《紙短情長：張愛玲往來書信集.I》，頁275。

120 出自一九七五年十一月六日，張愛玲寫給宋淇的信件。參見張愛玲、宋淇、宋鄺文美：《紙短情長：張愛玲往來書信集.I》，頁279。

121 出自一九七五年七月十八日，張愛玲寫給宋淇的信件。參見張愛玲、宋淇、宋鄺文美：《紙短情長：張愛玲往來書信集.I》，頁268。

122 張愛玲、宋淇、宋鄺文美：《紙短情長：張愛玲往來書信集.I》，頁313。

123 張愛玲、宋淇、宋鄺文美：《紙短情長：張愛玲往來書信集.I》，頁313。

的文藝都是傳記性的。」[124]因為小說與傳記的不明分，還有張愛玲對「實事」的愛好；再者，她認為像這種「小說化的筆記」是「最方便自由的形式，人物改名換姓，下筆更少顧忌」[125]，所以也就有了改名換姓後的盛九莉（張愛玲）、邵之雍（胡蘭成）及其他人物，於《小團圓》中再次現身。[126]

　　至於《小團圓》那幾處值得再深入推敲的段落，首先則出現在荒木登場時，張愛玲形容荒木「高個子，瘦長的臉，只有剃光頭與一副細黑框的圓眼鏡是典型日本人的」[127]；日本投降後，當荒木與九莉前去探望之雍時，是「一個典型的日本女人來開門，矮小，穿著花布連衫裙，小鵝蛋臉粉白脂紅」[128]；再後面，張愛玲還寫到「一個非常典型的日本軍官，胖墩墩的很結實」[129]，連續說了三次「典型」，可見張愛玲心中確有一種日本人的典型範式。張愛玲雖然沒有在小說裡繼續述說何謂典型的日本人，只是簡短地用幾句外貌特徵的描繪一筆帶過，但她卻早在散文裡花了很大力氣闡明她心中的日本人典型究竟是什麼模樣（舊有而進步、純粹而繁複、簡潔而深沉、含蓄而低卑、秩序而顛覆）。然而，《小團圓》裡的一場「日式表演」，卻將她心中的日本典型，迂迴轉化成一種「變型」——張愛玲與胡蘭成兩人關係的變型。

　　小說寫到日本戰敗投降後，荒木（池田篤紀）來找九莉（張愛

---

124 張愛玲：〈談看書〉，《惘然記——散文集二·一九五〇～八〇年代》，頁65。

125 張愛玲：〈談看書〉，《惘然記——散文集二·一九五〇～八〇年代》，頁65。

126 在宋淇寫給張愛玲的信件裡（1976年3月28日），除了指出盛九莉是張愛玲、邵之雍是胡蘭成外，還猜測了燕山應為桑弧，並且提到了荒木（應是池田篤紀）等小說人物與其原型參考。參見張愛玲、宋淇、宋鄺文美：《紙短情長：張愛玲往來書信集.I》，頁300-304。

127 張愛玲：《小團圓》，頁224。

128 張愛玲：《小團圓》，頁243。

129 張愛玲：《小團圓》，頁250。

玲）一同去探望之雍（胡蘭成）。兩人分別叫了兩部人力車前往之雍
住處，在路上，他們看見了一場「日式表演」：

> 路上看見**兩個人抱頭角力**，與蒙古的摔角似乎又不同些。馬路
> 上汽車少，偶然有一卡車一卡車的日本兵，運去集中起來。這
> 兩個人剃光頭，卻留著兩三撮頭髮，紮成馬尾式，小辮子似的
> 翹著，夾在三輪與塌車自行車之間，互扭著邊鬥邊走，正像兩
> 條牛，牛角絆在一起鎖住了。身上只穿著汗衫，**黃卡其袴，瘦
> 瘦的，不像日本角力者胖大**，但是她想是**一種日式表演**，因為
> **末日感**的日僑與日本兵大概現在肯花錢，被挑動了鄉情，也許
> 會多給。還有個人跟在後面搖動一隻竹筒，用筒中的洒豆打拍
> 子。二人應聲扯一個架式，又換一個架式，始終納著頭。下一
> 個紅綠燈前，兩部人力車相並，她想問荒木，但是沒開口。忽
> 然有許多話彷彿都不便說了。[130]

如果只是路上看見，應該是一瞥即過，張愛玲又怎會費心描述這個彷
彿是電影畫面的場景細節？顯然，她在這個場景中所看到的，並非只
是一種偶然的「日式表演」。襯著日本戰敗投降的時間點，畫面裡才
出現了一卡車一卡車被運去集中起來，準備返鄉的日本兵和日僑。在
這樣強烈的末日氣氛下，那兩個剃光頭、穿著黃卡其袴、瘦瘦的、不
像日本角力者胖大，抱頭角力的人，與後面搖動竹筒洒豆打拍子的人
的表演，便顯得相當突兀。張愛玲到底意欲何為？隨著小說繼續鋪
展，似乎能隱隱觀察出其中關節。

小說接著描寫荒木與九莉終於來到之雍住處：

---

130 張愛玲：《小團圓》，頁243。粗體字為筆者自加。

> 走進一房間，之雍從床上坐起來。他是坐日本兵船來的，混雜
> 在兵士裡，也剃了光頭，很不好意思的戴上一頂**卡其布船形便**
> **帽**。在船上生了場病，**瘦了一圈**。荒木略坐了坐就先走了。[131]

張愛玲寫之雍形象是——剃光頭、戴上一頂卡其布船型便帽、瘦了一
圈——如此形容像極了剛才在路上看見的角力之人，他們也是剃光
頭，身上有卡其布料，瘦瘦的。之前那兩個做著日式角力表演的人，
彷彿暗示了在荒木離開以後，之雍與九莉兩人之間，也隨即展開的一
場藏閃含混的言語／心理角力。

　　之雍和九莉的交談，不僅話題跳躍且內容破碎，很多話都像是只
說了一半似的，就是不願講個清楚透徹。這其實也是整本《小團
圓》，甚至是張愛玲晚期作品的主要表現風格。如同阿多諾（Theodor
W. Adorno, 1903-1969）談晚期作品一樣，《小團圓》作為張愛玲晚期
風格的代表作之一，其中「主體性的力量就是它離開作品時所用的暴
躁手勢（auffahrende Geste）。它將作品炸碎，不是為了表現它自己，
而是為了無表現地扔掉藝術形骸。它只留下作品的碎片，只透過它爆
烈地離去時形成的那些留白傳達自己，有如密碼一般。大師之手經過
死亡點化，解放它先前形塑的材料；那些裂痕和罅隙就是它的最後手
筆，見證『自我』在實存（Seiend）面前的有限與無力」。[132]阿多諾
對貝多芬（Ludwig van Beethoven, 1770-1827）晚期風格的論述，也
展示在張愛玲晚期寫成的《小團圓》裡。她將破碎的、留白的各種文
字密碼同樣放進了《小團圓》，而在那滿是裂隙的話語間所散逸而出
的深沉的意義，便是讀者能夠持續挖掘與破解的所在。讀者只能通過

---

131 張愛玲：《小團圓》，頁243。粗體字為筆者自加。
132 阿多諾（Theodor W. Adorno）著，彭淮棟譯：《貝多芬：阿多諾的音樂哲學》（臺
　　北：聯經出版事業公司，2009年），頁228。

文字的碎片和作者留下的話語的空白，去推敲作品與作家本身可能的連結。所以，《小團圓》裡這段關於之雍和九莉的對話才會如此難解。兩人從日本兵船上吐的人很多，聊到之雍要去日本還是往本地鄉下去，再說到去的時間要有多久之類的話題。對話裡你來我往，且混雜許多內心想法。忽然，之雍又冷不防地冒出一句：

> 「你不要緊的，」他說，眼睛裡現出他那種輕蔑的神氣。
> 她想問他可需要錢，但是沒說。船一通她母親就要回來了，還要錢。信一通，已經來信催她回香港讀完大學。校方曾經口頭上答應送她到牛津做研究生，如果一直能維持那成績的話。但是她想現在年紀大了幾歲，再走這條遠兜遠轉的路，怕定不下心來。現在再去申請她從前那獎學金，也都已經來不及了──就快開學了。自費出國錢又不夠。但是在本地實在無法賣文的話，也只好去了再想辦法，至少那條路是她走過的。在香港也是先唸著才拿到獎學金的。
> 告訴他他一定以為是離開他。她大概因為從小她母親來來去去慣了，不大當樁事。不過是錢的事。[133]

兩人對話到這裡大致結束，九莉也準備離開。然而，我們可以再仔細思量的是，之雍對九莉說的那句「你不要緊的」，究竟有何意味？「不要緊，妳不用給我錢」，還是「妳給我錢，妳不要緊吧？」這句話的指向，真的是之雍對九莉的一種輕蔑的神氣？還是一種體貼關心？或有其他意義？我們無從知曉，就像日本人「含蓄」到底的性格一樣，總是不說清楚。另一方面，九莉想之雍可能需要錢，但就只是「想」，

133　張愛玲：《小團圓》，頁244-245。

而且想了很多，想到自己必須得還母親錢，去香港也要錢，出國更要錢；但最後又想「不過是錢的事情」。如果這一大段「半明半昧」的對話和心理活動，不過是「錢」的事情，那就真的太過荒涼了。

　　現實裡的胡蘭成與張愛玲，倒也有不少錢的來往（畢竟是夫妻）。尤其在《今生今世》裡，胡蘭成就說過：「我在人情上銀錢上，總是人欠欠人，愛玲卻是兩訖，凡事像刀截的分明，總不拖泥帶水。」[134]後來，在前去溫州探望胡蘭成後，張愛玲不僅寫信給他，「她還寄了錢來，說想你沒有錢用，我怎麼都要節省的」。[135]將小說與現實相互參照，的確能看出一些胡蘭成與張愛玲的金錢往來關係，以及張愛玲對錢的精打細算卻又想支持胡蘭成的兩難態度。[136]也因此，才有了《小團圓》裡這段支支吾吾，東閃西藏的對話出現。

　　胡蘭成曾言：「張愛玲一點亦不研究時事，但她和我說日本的流行歌非常悲哀，這話便是說日本將亡。」[137]張愛玲好像真的就是個民國世界的臨水照花人，「看她的文章，只覺她甚麼都曉得」。[138]張愛玲就是個透徹完全的人，說日本流行歌悲哀，便是預言日本將亡；說路上的日式表演，便是暗示之雍與九莉兩人的角力，是張愛玲與胡蘭成關係的一種變型的展現：更是張愛玲在「日本」與「個人生命」之間找到的另一種隱晦的聯想和詮釋。

　　我必須再次引用張愛玲於〈雙聲〉中所說過的這句話：

134　胡蘭成：《今生今世》，頁283。

135　胡蘭成：《今生今世》，頁433。

136　《小團圓》一共寫到了九次有關「錢」的情節，尤其是「還錢」；基本上都與蕊秋（母親黃逸梵）和之雍（胡蘭成）有關，可見張愛玲對錢的看重和計較。參見首作帝、郭爽：〈從《小團圓》看張愛玲的晚期風格〉，《華文文學》第138期（2017年1月），頁119。

137　胡蘭成：《今生今世》，頁281。

138　胡蘭成：《今生今世》，頁290。

　　同西洋同中國現代的文明比起來，我還是情願日本的文明的。

它清楚說明了張愛玲書寫日本的立場和態度，是奠基在一種跨地域／跨文化的比較之上。前幾章裡，談到英國、印度、南洋和雜種人時，西方（英國）文明總是揮之不去，深刻影響著張愛玲對這些國家／族群的想像與理解；但日本卻有著與之截然不同的文明／文化樣貌。的確，戰爭背景和婚戀關係，使得日本書化與日本人走進張愛玲的生命與寫作當中。她不僅結識了池田篤紀、李香蘭等一票日本人；還學習了日文，而且這項語言技能在一九五五年張愛玲前往美國途經日本時，依然沒有生疏太多，因而她能在神戶一個人亂闖，還能坐電車滿城跑。[139]

　　另外，她以個人的情感留心感受能劇、和歌、食材、布料、和服、風景、電影等日本書化，並從這些文化裡找到與自我產生共鳴的地方；更進一步指出日本人內在典型的性格特質：舊有而進步、純粹而繁複、簡潔而深沉、含蓄而低卑、秩序而顛覆。寫作策略上，張愛玲則將日本人陰柔化、童稚化，以試圖對抗戰時日本帝國殖民擴張下所建構的陽剛、成熟形象。而這一切關於日本書化／日本人的書寫，其實全都散落在張愛玲的日常生活片段裡。不然，我們又怎能在《小團圓》裡，從一場路邊馬路上看到的「日式表演」得到重要的啟示？正如同黃心村特別強調的「散漫」二字，張愛玲「所描寫的日本，是隨性的，並沒有一個系統，甚至是破綻重重的，經不起推敲。也正是因為這些言詞的散漫和隨性，才使得它們可以在那樣一個高壓環境中生成、發表、流傳」。[140]

---

139 出自一九五五年十月二十五日，張愛玲寫給鄺文美的信件。參見張愛玲、宋淇、宋鄺文美：《紙短情長：張愛玲往來書信集.I》，頁19。

140 黃心村：《緣起香港：張愛玲的異鄉和世界》，頁269。

最後，有關《小團圓》裡的那段對話，我還想提出一種猜想。是否因為張愛玲說話的對象是胡蘭成？再加上沾染了日本人含蓄、迂迴的性格，才致使話語間形成一種「半明半昧」的感覺？畢竟小說裡之雍就曾悄聲對九莉說：「投降以後那些日本高級軍官，跟他們說話，都像是心裡半明半昧的。」[141]日本書化和日本人的性格特質，也許真有可能在悄無聲息間，就這樣浸透了張愛玲的生活與生命。

---

141 張愛玲：《小團圓》，頁244。

第陸章
結論

> 封面是請炎櫻設計的。借用了晚清的一張時裝仕女圖，畫著個
> 女人幽幽地在那裡弄骨牌，旁邊坐著奶媽，抱著孩子，彷彿是
> 晚飯後家常的一幕。可是欄杆外，很突兀地，有個比例不對的
> 人形，像鬼魂出現似的，那是現代人，非常好奇地孜孜往裡窺
> 視。如果這畫面有使人感到不安的地方，那也正是我希望造成
> 的氣氛。
>
> ——張愛玲〈有幾句話同讀者說〉[1]

　　張愛玲在一九四六年的散文〈有幾句話同讀者說〉裡，談到《傳奇》增訂版封面[2]的設計是借用一張晚清時裝仕女圖，裡面那個像「鬼魂」似的「現代人」，不僅突兀，而且「沒有臉」。鍾正道認為，封面圖裡失去五官的現代人，「靈魂卻還停留在古老而陰暗的廊堂，變形，受制，模糊，鬼魅似的張望——這樣超現實的構圖，開門見山，十分能統攝張愛玲所體認的世界」。[3]五官抹去的現代人，沒有了特定對象的指涉，因而使所有「現代」的芸芸觀者，都能從旁窺探張愛玲欲展示的世界：一個並置、對照著「作者／作者所觀察的世界」、「傳統／

1　張愛玲：〈有幾句話同讀者說〉，《華麗緣——散文集一‧一九四〇年代》（臺北：皇冠文化出版公司，2010年），頁295。

2　參見張愛玲：《對照記——散文集三‧一九九〇年代》（臺北：皇冠文化出版公司，2010年），頁187。

3　鍾正道：《鏡夢與浮花：張愛玲小說的電影閱讀》（臺北：時報文化出版企業公司，2021年），頁108。

現代」、「室內／欄外」、「家常／鬼魂」多重奇觀的世界。[4]

　　無獨有偶，沒有臉的圖畫，不只出現在《傳奇》增訂版的封面，早在一九四四年《雜誌》第十三卷第二期，胡蘭成所寫的〈評張愛玲〉一文之插圖，張愛玲的自畫像就是沒有臉的形象。[5]另外，一九四四年同樣由炎櫻設計的散文集《流言》再版的封面，亦是一張沒有臉的自畫像。[6]

　　似乎在創作之初，張愛玲就習慣將自己的臉部五官抹去。如同她的自白所說：「私人的事本來用不著向大眾剖白，除了對自己家的家長之外彷彿我沒有解釋的義務。所以一直緘默著。」[7]徐禎苓指出：「張愛玲唯有畫自己時，才不畫五官，收起私我的一面。……將這番自白與無五官的自畫像並置，某種程度上意味著不表態。作者選擇緘默，相反的，正交出偌大空白與詮釋權，任讀者於其中揣想作者用意。肖像因而成為另一種策略，暗扣作者話語。」[8]此外，萬燕也曾對張愛玲在《雜誌》第十三卷第二期上的那張自畫像提出一些見解：「靠慣用的空白單線條走著身體臉型的輪廓，身後也是廣大的空白，在這種約束的美中，她自己躲進一束黑影（黑影是另一種意義的空白），背手站著，看不到她對世事的神情，偷笑或鄙夷，傲慢或氣惱，甚或『哀矜而勿喜』，那背後的神秘令人歡悅蠱惑。」[9]張愛玲這

4　參見史書美：〈張愛玲的慾望街車：重讀《傳奇》〉，《二十一世紀》第24期（1994年8月），頁127；孟悅：〈中國文學「現代性」與張愛玲〉，金宏達主編：《回望張愛玲‧鏡像繽紛》（北京：文化藝術出版社，2003年），頁147。

5　參見張愛玲：《對照記——散文集三‧一九九〇年代》，頁186。

6　參見張愛玲：《對照記——散文集三‧一九九〇年代》，頁186。

7　張愛玲：〈有幾句話同讀者說〉，《華麗緣——散文集一‧一九四〇年代》，頁294。

8　徐禎苓：〈試論張愛玲「畫筆」對報刊仕女畫的受容與衍異〉，《中央大學人文學報》第62期（2016年10月），頁134-135。

9　萬燕：〈生命有它的圖案：評張愛玲的漫畫〉，林幸謙主編：《張愛玲：傳奇‧性別‧系譜》（臺北：聯經出版事業公司，2012年），頁754。

種沒有臉的肖像，究竟有什麼意義？僅僅只是傳達自己的緘默和不表態？將自己藏進黑影之內，留下如此偌大的空白，我們還能作何詮釋？這或許還得從她「無家可歸」的根本思想與散失的身分認同，重新探究。

在一九四四年發表的散文〈私語〉中，張愛玲曾言：「亂世的人，得過且過，沒有真的家。」[10]時隔三十多年，她在另一篇散文〈談吃與畫餅充飢〉（1980）裡憶起一九六〇年間回香港時，到中環天星碼頭附近的「青鳥咖啡館」想買大學時候經常吃的「司空」（scone），卻已沒有販售。張愛玲不死心，又上樓去：

> 樓上沒去過，原來地方很大，整個樓面一大統間，黑洞洞的許多卡位，……半黑暗中人聲嘈嘈，都是上海人在談生意。雖然鄉音盈耳，我頓時皇皇如喪家之犬，假裝找人匆匆掃視了一下，趕緊下樓去了。[11]

黃心村對此發出疑問：「她說的『喪家』的『家』是哪一個『家』？她匆忙逃離的，是上海，還是香港？」[12]顯然，兩者皆不是。上海和香港，對張愛玲而言，或許都是異鄉。一生經歷戰亂、流亡、出走的張愛玲，從來沒有過真正的國與家，陳建忠對張愛玲的定位特別準確，他認為張愛玲：「更該是一個流亡作家，一個流亡在文學史與政

---

10 張愛玲：〈私語〉，《華麗緣——散文集一・一九四〇年代》，頁143。

11 張愛玲：〈談吃與畫餅充飢〉，《惘然記——散文集二・一九五〇～八〇年代》（臺北：皇冠文化出版公司，2010年），頁139。

12 黃心村：《緣起香港：張愛玲的異鄉和世界》（香港：香港中文大學，2022年），頁388。

治正確史上，因而『無家可歸』的文學吉普賽。」[13]而關於張愛玲這種「無家可歸」，沒有故園和家鄉的感受，我們還可以從張愛玲對「正名」的重視看出些端倪。

《小團圓》開篇，以九莉的「噩夢」走進了當年在香港唸大學的故事。畫面一轉，鬧鐘已經鬧過了，生活也兀自展開。比比和同班生在枕上一問一答，互相口試，九莉與比比閒談幾句後便下樓離開宿舍。緊接著是賽梨、伊麗莎白和兩個檳榔嶼華僑一年生相繼亮相，稍後還有愛瑪、婀墜、茹璧與劍妮等女同學。在這段細節瑣碎的校園即景中，有兩段文字十分引人注目。先是婀墜初登場時，張愛玲的補充說明：「她是上海人，但是此地只有英文與廣東話是通用的語言，大陸來的也都避免當眾說國語或上海話，彷彿有什麼瞞人的話，沒禮貌。九莉只知道她姓孫，中文名字不知道。」[14]另外是關於茹璧的部分，張愛玲則寫：「大家都知道她是避免與劍妮一桌。這兩個內地轉學來的不交談。九莉也只知道她們的英文名字。」[15]香港的英國殖民背景，讓一群在香港大學唸書的學生，只知道彼此的英文名字，卻不知道中文名字。這不免令人聯想到張愛玲在散文〈必也正名乎〉裡談到自己取名字時候的回憶：

> 十歲的時候，為了我母親主張送我進學校，我父親一再地大鬧著不依，到底我母親像拐賣人口一般，硬把我送去了。在填寫入學證的時候，她一時躊躇著不知道填什麼名字好。我的小名叫煐，張煐兩個字嗡嗡地不甚響亮。她支著頭想了一會，說：

13 陳建忠：〈「流亡」在香港──重讀張愛玲的《秧歌》與《赤地之戀》〉，《台灣文學研究學報》第13期（2011年10月），頁278-279。

14 張愛玲：《小團圓》（臺北：皇冠文化出版公司，2009年），頁22。

15 張愛玲：《小團圓》，頁22。

　　　　「暫且把英文名字胡亂譯兩個字罷。」[16]

　　據張愛玲的說法，「張愛玲」這個名字，竟也是從英文（Eileen）胡亂譯成中文的結果。張小虹曾提及，一九七五年問世的《世界作家簡介‧一九五○一一九七○年，二十世紀作家簡介補冊》（*World Authors 1950-1970: A Companion Volume to Twentieth Century Authors*）中的九百五十九位作家裡，「僅有三位有中國背景——張愛玲、韓素音與黎錦揚，而他們所採用的英文名字都頗為有趣。……張愛玲的麻煩恐怕正在於她的英文『名字』就是她的中文『名字』。於是張愛玲出現在頁二九七至二九九的英文自我簡介，乃是用了 CHANG, EILEEN（Chang Ai-ling），看來 Eileen 還是必須依賴 Ai-ling，從英文 Eileen 翻譯成中文愛玲、再從中文愛玲翻譯成英文 Ai-ling，才得以雙重釐清張愛玲的中國人身分，既有中國人的姓，又有中國人的名，沒有華僑或混血的疑義。」[17]或許，從十歲被母親命名開始，就暗示了張愛玲的一生注定要面對身分認同的混亂與辯證。

　　如果將張愛玲「名字的變化轉換過程」與她「沒有臉的自畫像」相互對照，我們似乎能探見，張愛玲的寫作，不僅只是「上海人」的觀點（尤其是書寫香港時）[18]，或者「洋人看京戲」（類似於「殖民

16　張愛玲：〈必也正名乎〉，《華麗緣——散文集一‧一九四○年代》，頁51。

17　張小虹：《文本張愛玲》（臺北：時報文化出版企業公司，2020年），頁88-89。

18　張愛玲在散文〈到底是上海人〉裡曾說：「我為上海人寫了一本傳奇，……我是試著用上海人的觀點來察看香港。」張愛玲：〈到底是上海人〉，《華麗緣——散文集一‧一九四○年代》，頁12。許多張愛玲研究者，如唐文標、李歐梵、嚴紀華、邵迎建、金良守等，也以此論證張愛玲獨有的「上海人」觀點。參見唐文標：《張愛玲研究》（臺北：聯經出版事業公司，1976年），頁5-13；李歐梵：《蒼涼與世故：張愛玲的啟示》（香港：牛津大學出版社，2006年），頁137-142；嚴紀華：《看張‧張看：參差對照張愛玲》（臺北：秀威資訊科技公司，2007年），頁29-41；邵迎建：《張愛玲的傳奇文學與流言人生》（臺北：秀威資訊科技公司，2012年），頁178-

者」或「東方主義」視角）的外部凝視[19]；而是從沒有故園和家鄉、身分認同混淆、抹去五官到亟待正名、重新建立的一連串錯雜繁瑣的視線。就像我在本書第貳章談張愛玲的英國人書寫中，結語引用了旅美香港作家袁則難的詩作〈沒有臉的人〉時說的：「穿搭在其身上的英國鞋子、美國牛仔褲、意大利絲巾、墨西哥皮帶和法國帽子，使他成為各國文化的拼貼物，於是他在鏡前沒有了自己，沒有了歷史，甚至無從得知自己的身分、家國認同究竟歸屬何地；這是屬於袁則難作為一名香港人的悲哀，正好與張愛玲的苦澀遙相呼應。」張愛玲亦是從此視線與立場，慎重的回溯「種族的回憶」，尋驛各國族群的性格特質和文化展現，因而造就了她獨特的族群觀察與書寫模式。

　　本書認為張愛玲的異族書寫，生成於一種特殊的時間（1930-1950年代）、空間（上海、香港）與錯雜繁瑣的視線——張愛玲一生從未赴英國、印度、南洋等地，日本也僅只留下一九五五年短暫兩天的旅行記錄（張愛玲雖早在一九五二年十一月就曾因好友炎櫻而造訪東京三個月，但可惜並未留下相關的文字記述）；她對於不同族群的觀察與認知，基本可視為作家寓居滬／港時，遭遇各色人物與資料所積累而成。

184；金良守：〈張愛玲與國民國家的問題：以〈色，戒〉、〈浮花浪蕊〉為中心〉，林幸謙主編：《千迴萬轉：張愛玲學重探》（新北：聯經出版事業公司，2018年），頁379-381。

19 張愛玲在散文〈洋人看京戲及其他〉裡曾說：「用洋人看京戲的眼光來看看中國的一切，也不失為一樁有意味的事。……我們不幸生活於中國之間，比不得華僑，可以一輩子安全地隔著適當的距離崇拜著神聖的祖國。那麼，索性看個仔細罷！用洋人看京戲的眼光來觀光一番罷！有了驚訝與眩異，才有明瞭，才有靠得住的愛。」張愛玲：〈洋人看京戲及其他〉，《華麗緣——散文集一·一九四〇年代》，頁13。梁慕靈認為，張愛玲這種「洋人看京戲」的眼光，是以「類似殖民主義文學中常用的『殖民者凝視』（colonial gaze）去建構出來。」而「殖民者凝視」依靠的則是一種「帶有距離的陌生化觀察方法」。梁慕靈：〈他者·認同·記憶——論張愛玲的香港書寫〉，《中國現代文學》第19期（2011年6月），頁63-64。

在描述「英國人」部分，張愛玲可謂展現熱筆與冷筆的兩種調性。所謂熱筆，係指張愛玲受到母親與毛姆等英國作家的影響，展現對英國的欽羨和戀慕，或見當時中國人對英國文化的接受及自我東方化的傾向；冷筆則是對英國人的淡漠、規律、節制、固守性格，以及種族優越感、東方主義式的凝視等等施加批判，更細膩地描繪英國人對「中國」是他鄉抑或故鄉的矛盾認同。

而在張愛玲零散破碎的文字裡，也可發掘「印度人」與「南洋人」的印象書寫，並被用來與中國人相互參照，這很大程度源於中國人對他們的總體刻板記憶，將其視為陌生而邊緣的他者。此外，印度人的精明、善於交際、女性的低落地位，以及馬來人的恐怖、慵懶，南洋人的熱情和華僑無家可歸的思想等特質，也被張愛玲描繪得栩栩如生。

張愛玲對「雜種人」的建構與書寫，可以區分為兩個面向：文化的與種族的混血。張愛玲敘述了旅外的中國留學生回到中國後的不適應、失落的情緒，以及當他們對照己身的國外經驗和身處中國的日常，所自然衍生出的優越心態。而他們由中西文化混雜交構而成的思想，則使他們陷入一種不中不西的尷尬處境。種族混血的人物，張愛玲則著重描寫他們具獨特美感的外貌體徵，以及他們備受中國境內的純種中國人與西方人排斥的，「夾縫」間求生存的困境。而在中、西混血以外的雜種人，則是以張愛玲「中國－阿拉伯」混血的好友炎櫻作為主要的形象參考與來源。其特殊性在於，作家自身與炎櫻的親密和熟悉度，使張愛玲在描寫這類人物時，總有著明確的現實人物對照；尤其如〈茉莉香片〉中的言丹朱，就脫離不了炎櫻作為文化與種族混血者，在寫作的人物建構上的一個原型。

張愛玲筆下的「日本人」形象，集中於散文創作裡，並受到日戰的時代背景與她和胡蘭成婚戀關係的影響。其寫作大量談論對於日本

各類文化的鑑賞與感受，並透過文化符號掌握到日本人純粹又繁複、簡潔又深層的矛盾民族性格。另一方面，日本人服膺集體秩序、塑造成熟陽剛帝國形象的作法，張愛玲則經由將其「童稚化」、「陰柔化」的表述手法，來進行顛覆與反抗。除了巨觀的眼光，張愛玲也沒有忽略透過自身經驗和日常的側寫，來回應日本書化：《小團圓》中安排的一場馬路上的「日式表演」，正是隱微地置換了她與胡蘭成當時幽晦的、曖昧不明的情感狀態。

綜上所述，可發掘張愛玲在敘述、描繪不同族群時，隱隱有種一以貫之的書寫策略：在對外國人、雜種人踵事增華處，中國人總是伴隨在側；透過中國／外國的參差敘事，對照出張愛玲對自我身分的思考。例如在寫英國人對中國的東方主義凝視時，中國人的自我東方化形象也會同時現身；印度公主薩黑荑妮、南洋女孩言丹朱、鄭彩珠和王嬌蕊，則被用來作為中國女性白流蘇、馮碧落、段綾卿和孟烟鸝的映照；接受西方新潮思想文化的中國留學生，所要面對的是傳統舊有的古中國情境；雜種人陷入中國與西方的文化邊界裡，在中間努力尋找安身立命的方法；還有日本各種文化與藝術，也都與中國並置參照。張愛玲對不同族群及其文化的持續書寫、反覆敘述，其實都在試圖建立她自己中國人身分的認同與想像。就像孫名謠、馮傳禕在談《傳奇》時，認為張愛玲「同時注重了本土和異國的雙重視角，張愛玲寫中國人眼中的西方，也寫西方人眼中的異國，張愛玲在小說中設定的敘述者似乎成為了一個超越國界的注視者，以一種全知的目光注視著本國和異國，在對異國形象客觀地顯現和注視中更清楚地認識了自我」。[20]或近似於韋莉莉所指出的，張愛玲「在言說他者的同時表述

---

20 孫名謠、馮傳禕：〈談張愛玲小說中的異國人形象——以《傳奇》為例〉，《遼寧師專學報（社會科學版）》2018年第3期，頁20。

著自己對那個時代、那座城市、女性本質、男女關係等文題的理解與思考」。[21]

　　畢竟，張愛玲在說她要採取一種「洋人看京戲」的眼光時，她所觀看的對象到底仍是（中國的）京戲，是中國的一切。而所謂「中國的一切」，又怎能不將大量出現在上海與香港的各種族群，納入其中？此外，在〈洋人看京戲及其他〉裡，張愛玲還進一步說道：「京戲裡的世界既不是目前的中國，也不是古中國在它的過程中的任何一階段。它的美，它的狹小整潔的道德系統，都是離現實很遠的，然而它絕不是羅曼蒂克的逃避──從某一觀點引渡到另一觀點上，往往被誤認為的逃避。切身的現實，因為距離太近的緣故，必得與另一個較明徹的現實聯繫起來方才看得清楚。」[22]在一大群中國人裡看中國，注定會在一大群中國人裡死去；只有將距離拉開、視角拉遠，或像「倚在欄杆外的人」，或像「處在中國的外國人」，才有看得清楚透徹的可能。至於如何「與另一個較明徹的現實聯繫起來」？張愛玲則依舊選擇了她一貫看世界的方式──「參差對照」，於是張愛玲的「異族書寫」，除了是對各種族群的描繪、形塑和想像，更同時是張愛玲在建構中國與自我身分時，不斷協商、確認的認同過程。倘若我們能將「異族書寫」也一併放進唐文標所說的那個屬於張愛玲的「古代的迷失神盒」裡，便也就能更全面的照見張愛玲以及她的時代、城市與世界。

　　細讀張愛玲的各類文本，並非只有本書聚焦討論的英國人、印度人、南洋人、雜種人與日本人。短暫閃現的其他外國人，亦不在少數。小說方面，〈第一爐香〉裡有名為亞歷山大・阿歷山杜維支的修

21 韋莉莉：〈言說「他者」言說自我──張愛玲筆下的外國人形象〉，《廣州廣播電視大學學報》2002年第2期，頁51。
22 張愛玲：〈洋人看京戲及其他〉，《華麗緣──散文集一・一九四〇年代》，頁18。

鋼琴的俄羅斯人;〈連環套〉的梅臘妮師太是葡萄牙人;〈年青的時候〉的女主角沁西亞・勞甫沙維支是俄國人;〈紅玫瑰與白玫瑰〉中有巴黎的妓女;〈創世紀〉裡的格林白格夫婦是猶太裔但領有葡萄牙護照等等。散文方面,還有〈公寓生活記趣〉的德國小主人、教日文的俄國人;〈秘密〉中記下了一隻關於德國佛德烈大帝的笑話;〈丈人的心〉寫法國人有一種玩世的聰明等等。雖難以構成篇幅加以討論,卻不失為展現張愛玲筆下異族紛呈以及她對族群關注的證明。

另外,張愛玲對美國人與美國文化的經驗和認識,亦有尚待挖掘之處。張愛玲於一九五五年赴美以後,曾在信件裡對鄺文美說過,自己對「美國」沒有「illusions」(幻想)[23],但她在美國待上近四十年的時間,生活經歷確是相當豐富的。張愛玲在初抵美國時,曾先去紐約找炎櫻和拜訪胡適(1891-1962);一九五六年三月,申請到麥克道威爾文藝營(Edward MacDowell Colony)寫作,並認識了文藝營中的德裔美國作家——斐迪南・賴雅(Ferdinand Reyher, 1891-1967),兩人更於同年八月結為夫妻;一九五九年,她和賴雅移居舊金山;中間也曾因經濟壓力太大,搬至肯塔基州;一九六六年,張愛玲申請到俄亥俄州邁阿密大學的駐校作家;一九六七年四月又前往麻州劍橋的賴得克力夫大學(Radcliffe University);一九六七年十月賴雅去世後,張愛玲於一九六九年七月轉到加州大學柏克萊分校中國研究中心(Center for Chinese Studies);而在一九八四年八月到一九八八年三月間,張愛玲則在洛杉磯的廉價汽車旅館間不停搬遷。張愛玲的人生後半,輾轉遷徙美國各地;單從她後期的散文創作,就能看出不少有關美國人和美國文化乃至在美國日常生活的記述。

---

23 出自一九五五年十月二十五日,張愛玲寫給鄺文美的信件。參見張愛玲、宋淇、宋鄺文美:《紙短情長:張愛玲往來書信集.I》(臺北:皇冠文化出版公司,2020年),頁22。

「我到紐約不久，就去見適之先生，跟一個錫蘭朋友炎櫻一同去。那條街上一排白色水泥方塊房子，門洞裡現出樓梯，完全是港式公寓房子，那天下午晒著太陽，我都有點恍惚起來，彷彿還在香港。」[24]這是張愛玲和炎櫻前去拜訪胡適時，在紐約街頭看到的風景，港式公寓房子，讓她有了還在香港的錯覺。而在〈談吃與畫餅充飢〉中，張愛玲談到美國人在「吃」上的自卑心理；〈對現代中文的一點小意見〉裡，則談過對美國「新女權運動」的見解等等。都顯見張愛玲對美國的觀察和感受。

再者，張愛玲在赴美前就著手翻譯許多美國作家作品，包括海明威（Ernest Hemingway, 1899-1961）的小說《老人與海》（*The Old Man and the Sea*）、華盛頓・歐文（Washington Irving, 1783-1859）的小說〈無頭騎士〉（*The Legend of Sleepy Hollow*）、愛默森（Ralph Waldo Emerson, 1803-1882）的詩歌和散文等等。張愛玲的翻譯工作在赴美後也依舊不曾止歇，同時她還持續創作：將〈金鎖記〉開展成英文小說《粉淚》（*Pink Tears*）；譯注《海上花列傳》；考證《紅樓夢》並將七篇考證論文出版成《紅樓夢魘》；英譯陳紀瀅（1908-1997）的《荻村傳》（*Fool in the Reeds*）以及英譯自己的〈等〉、〈桂花蒸　阿小悲秋〉等多篇小說，以及之後的《少帥》、《易經》、《雷峰塔》等英文著作。以上各類翻譯與創作，亦都是提供我們掌握張愛玲與美國關係的重要線索。

循此可見，「美國人」在張愛玲生命後半，佔據了極重要的位置。若再深入考察與分析，相信張愛玲的「美國人」書寫，定能再開展成豐富可觀的研究。最後，謹以張愛玲的話語作為本書之收梢：

---

24 張愛玲：〈憶胡適之〉，《惘然記——散文集二・一九五〇～八〇年代》，頁17。

> 人是生活於一個時代裡的，可是這時代卻在影子似的沉沒下
> 去，人覺得自己是被拋棄了。為要證實自己的存在，抓住一點
> 真實的，最基本的東西，不能不求助於古老的記憶，人類在一
> 切時代之中生活過的記憶，這比瞭望將來要更明晰、親切。[25]

回看張愛玲的一生，從「古老的記憶」到「種族的回憶」，她似乎總
是不停在回溯與追尋。張愛玲在生活中找到了中國的美好與悲哀、中
國人的可愛和荒涼；就像散文〈論寫作〉最後，張愛玲說她在聽到申
曲的套語：「文官執筆安天下，武將上馬定乾坤」兩句時「思之令人
落淚」；也許，張愛玲不停回溯與追尋的，正是申曲故事裡，古老中
國的「天真純潔的，光整的社會秩序」[26]。然而這令人嚮往的「遙遠
與久遠的東西」，則要在日後不斷與各色族群的參差對照裡，才能愈
發明晰、親切。

---

25 張愛玲：〈自己的文章〉，《華麗緣──散文集一‧一九四〇年代》，頁116。
26 張愛玲：〈論寫作〉，《華麗緣──散文集一‧一九四〇年代》，頁105。

參考書目

一　張愛玲著作

張愛玲、宋淇、宋鄺文美：《紙短情長：張愛玲往來書信集.I》，臺北：皇冠文化出版公司，2020年。

張愛玲、宋淇、宋鄺文美：《書不盡言：張愛玲往來書信集.II》，臺北：皇冠文化出版公司，2020年。

張愛玲：《色，戒——短篇小說集三·一九四七年以後》，臺北：皇冠文化出版公司，2010年。

張愛玲：《小團圓》，臺北：皇冠文化出版公司，2009年。

張愛玲：《紅玫瑰與白玫瑰——短篇小說集二·一九四四年～四五年》，臺北：皇冠文化出版公司，2010年。

張愛玲：《海上花落》，臺北：皇冠文化出版公司，2020年。

張愛玲：《惘然記——散文集二·一九五〇～八〇年代》，臺北：皇冠文化出版公司，2010年。

張愛玲：《華麗緣——散文集一·一九四〇年代》，臺北：皇冠文化出版公司，2010年。

張愛玲：《傾城之戀——短篇小說集一·一九四三年》，臺北：皇冠文化出版公司，2010年。

張愛玲：《對照記——散文集三·一九九〇年代》，臺北：皇冠文化出版公司，2010年。

二　專書

止庵、萬燕：《張愛玲畫話》，天津：天津社會科學院出版社，2003年。

巫樂華：《南洋華僑史話》，臺北：臺灣商務印書館，1994年。

李君維：《人書俱老》，長沙：岳麓書社，2005年。

李歐梵：《蒼涼與世故：張愛玲的啟示》，香港：牛津大學出版社，
　　　2006年。

沙美智（Mishi Saran）、章可主編：《黃浦江上的飛鳥：上海印度人的
　　　歷史》，上海：上海人民美術出版社，2018年。

卷　耳：《黃逸梵：一生飄逸一世梵唱》，北京：北京燕山出版社，
　　　2017年。

周蕾（Ray Chow）：《婦女與中國現代性：東西方之間閱讀記》，臺
　　　北：麥田出版公司，1995年。

邵迎建：《張愛玲的傳奇文學與流言人生》，臺北：秀威資訊科技公
　　　司，2012年。

姜龍飛：《上海租界百年》，上海：文匯出版社，2008年。

胡蘭成：《今生今世》，臺北：遠景出版事業公司，2009年。

唐文標：《張愛玲研究》，臺北：聯經出版事業公司，1976年。

唐文標主編：《張愛玲資料大全集》，臺北：時報文化出版企業公司，
　　　1984年。

夏志清：《張愛玲給我的信件》，臺北：聯合文學出版社，2013年。

夏蔓蔓：《南洋與張愛玲》，新加坡：玲子傳媒私人有限公司，2017年。

孫慕堅、馮鼎芬、朱荄陽編：《國語教學做法（新生活教科書）》，上
　　　海：大東書局，1933年，第4冊。

袁則難：《凡夫俗子》，臺北：爾雅出版社，1985年。

袁則難：《不見不散》，臺北：圓神出版社，1986年。

高嘉勵、邱明斌主編：《縱橫東南亞：跨域流動與文化鏈結》，臺中：國立中興大學，2021年。

張子靜：《我的姊姊張愛玲》，臺北：時報文化出版企業公司，1996年。

張小虹：《文本張愛玲》，臺北：時報文化出版企業公司，2020年。

莊信正：《張愛玲來信箋註》，臺北：印刻文學生活雜誌出版公司，2008年。

陳炯彰：《英國史》，臺北：大安出版社，1996年。

陳鐸編：《新學制地理教科書（小學校高級用書）》，上海：商務印書館，1929年，第4冊。

黃心村：《緣起香港：張愛玲的異鄉和世界》，香港：香港中文大學出版社，2022年。

黃偉雯：《用電影說印度：從婆羅門到寶萊塢，五千年燦爛文明背後的現實樣貌》，臺北：創意市集，2018年。

楊佳嫻：《懸崖上的花園：太平洋戰爭時期上海文學場域（1942-1945）》，臺北：臺大出版中心，2013年。

楊曼芬：《矛盾的愉悅：張愛玲上海關鍵十年揭秘》，臺北：秀威資訊科技公司，2015年。

楊瑞松：《病夫、黃禍與睡獅：「西方」視野的中國形象與近代中國國族論述想像》，臺北：政大出版社，2016年。

萬　燕：《解讀張愛玲：華美蒼涼》，北京：中華書局，2018年。

廖炳惠編著：《關鍵詞200：文學與批評研究的通用辭彙編》，臺北：麥田出版公司，2003年。

劉志鵬、劉蜀永：《香港史──從遠古到九七》，香港：香港城市大學出版社，2019年。

蔡登山：《重看民國人物──從張愛玲到杜月笙》，臺北：獨立作家，2014年。

鍾正道：《鏡夢與浮花：張愛玲小說的電影閱讀》，臺北：時報文化出
　　版企業公司，2021年。

嚴紀華、鍾正道：《張愛玲與《傳奇》》，臺北：五南圖書出版公司，
　　2021年。

嚴紀華：《看張‧張看：參差對照張愛玲》，臺北：秀威資訊科技公
　　司，2007年。

三　外文譯著

丸山真男著，藍弘岳譯：《日本的思想》，新北：遠足文化事業公司，
　　2019年。

米爾頓‧奧斯伯恩（Milton Osborne）著，王怡婷譯：《南向，面對東
　　南亞》，新北：好優文化，2017年。

芭芭拉‧麥卡夫（Barbara D. Metcalf）、湯瑪斯‧麥卡夫（Thomas R.
　　Metcalf）著，陳琦郁譯：《劍橋印度簡史》，新北：左岸文化
　　事業公司，2005年。

阿多諾（Theodor W. Adorno）著，彭淮棟譯：《貝多芬：阿多諾的音樂
　　哲學》，臺北：聯經出版事業公司，2009年。

阿馬蒂亞‧森（Amartya Sen）著，劉建譯：《慣於爭鳴的印度人：印
　　度人的歷史、文化與身份》，北京：中國人民大學出版社，
　　2018年。

約翰‧達爾文（John Darwin）著，黃中憲譯：《未竟的帝國：英國的全
　　球擴張》，臺北：麥田出版公司，2021年。

班納迪克‧安德森（Benedict Anderson）著，吳叡人譯：《想像的共同
　　體：民族主義的起源與散布》，臺北：時報文化出版企業公
　　司，2010年。

黃心村著，胡靜譯：《亂世書寫：張愛玲與淪陷時期上海文學及通俗文化》，上海：上海三聯書店，2010年。

愛德華・薩依德（Edward W. Said）著，王淑燕等譯：《東方主義》，新北：立緒文化事業公司，1999年。

愛默生（Emerson）編著：《英國人的特質（雙語版）》，臺北：崧博出版事業公司，2017年。

新渡戶稻造著，張俊彥譯：《武士道》，北京：商務印書館，1972年。

赫爾曼・庫爾克（Hermann Kulke）、迪特瑪爾・羅特蒙（Dietmar Rothermund）著，王立新、周紅江譯：《印度史》，北京：中國青年出版社，2008年。

鄧津華著，楊雅婷譯：《歐亞混血：美國、香港與中國的雙族裔認同（1842-1943）》，臺北：臺大出版中心，2020年。

賽胡先・阿拉塔斯（Syed Hussein Alatas）著，陳耀宗譯：《懶惰土著的迷思：16至20世紀馬來人、菲律賓人和爪哇人的形象及其於殖民資本主義意識形態中的功能》，新竹：國立陽明交通大學出版社，2022年。

羅蘭・巴特（Roland Barthes）著，江灝譯：《符號帝國》，臺北：麥田出版公司，2014年。

露絲・潘乃德（Ruth Benedict）著，陸徵譯：《菊與刀：日本書化的雙重性格》，新北：遠足文化事業公司，2018年。

四　專書論文與期刊論文

巴拔（Homi K. Bhabha）著，廖朝陽譯：〈播撒民族：時間、敘事與現代民族的邊緣〉，《中外文學》第30卷第12期（2002年5月），頁78。

水　晶：〈試論張愛玲〈傾城之戀〉中的神話結構〉,《替張愛玲補妝》,濟南：山東畫報出版社,2004年。

水　晶：〈蟬──夜訪張愛玲〉,《替張愛玲補妝》,濟南：山東畫報出版社,2004年。

王禎和口述,丘彥明訪問：〈張愛玲在臺灣〉,子通、亦清編：《張愛玲評說六十年》,北京：中國華僑出版社,2001年。

王德威：〈出國‧歸國‧去國──五四與三、四○年代的留學生小說〉,《小說中國：晚清到當代的中文小說》,臺北：麥田出版公司,2012年。

王曉丹：〈論英國離婚法改革的法治發展──法政策、法理、法社會之探討〉,《臺大法學論叢》第35卷第5期,2006年9月。

王艷芳：〈凝視異域：張愛玲的南洋書寫及其意義〉,《暨南學報（哲學社會科學版）》第7期,2018年9月。

史書美：〈張愛玲的慾望街車：重讀《傳奇》〉,《二十一世紀》第24期,1994年8月。

司馬新：〈炎櫻戲說張愛玲逸事〉,《明報月刊》3月號,1999年3月。

石萬鵬、劉傳霞：〈中國現代女作家異國女性形象書寫與自我身份認同──以陳衡哲、冰心、張愛玲筆下的異國女性形象為例〉,《名作欣賞》2017年第4期。

任茹文：〈論張愛玲小說中的陌生異族形象〉,《中國現代文學研究叢刊》2016年第6期。

池上貞子：〈張愛玲和日本──談談她的散文中的幾個事實〉,楊澤編：《閱讀張愛玲：張愛玲國際研討會論文集》,臺北：麥田出版公司,1999年。

李永然、龔維智：〈淺論英國法上幾個有關離婚之問題〉,《律師通訊》第15期,1980年9月。

沈松僑：〈近代中國民族主義的發展：兼論民族主義的兩個問題〉，《政治與社會哲學評論》第3期，2002年12月。

沈啟無：〈南來隨筆〉，子通、亦清編：《張愛玲評說六十年》，北京：中國華僑出版社，2001年。

周瘦鵑：〈寫在紫羅蘭前頭〉，唐文標主編：《張愛玲資料大全集》，臺北：聯經出版事業公司，1976年。

孟　悅：〈中國文學「現代性」與張愛玲〉，金宏達主編：《回望張愛玲・鏡像繽紛》，北京：文化藝術出版社，2003年。

拉希德・瓦迪亞著，沈依迪譯：〈始於古吉拉特的商業故事：帕西商人與他們的商業貿易〉，沙美智（Mishi Saran）、章可主編：《黃浦江上的飛鳥：上海印度人的歷史》，上海：上海人民美術出版社，2018年。

林巾力：〈建構「臺灣」文學──日治時期文學批評對泰納理論的挪用、改寫及其意義〉，《臺大文史哲學報》第83期，2015年11月。

法里德・扎卡利亞（Fareed Zakaria）：〈印度再發現〉，麥肯錫顧問公司（McKinsey & Company）編，李靜怡譯：《重新想像印度：亞洲下一個超級強國的潛力解碼》，新北：遠足文化事業公司，2017年11月。

波爾溫（Stanley Baldwin）：〈英國人〉，收入 A. D. K. Owen 等編著，王學哲譯：《英國人之生活與思想（下冊）》，上海：商務印書館，1945年。

金良守：〈張愛玲與國民國家的問題：以〈色，戒〉、〈浮花浪蕊〉為中心〉，林幸謙主編：《千迴萬轉：張愛玲學重探》，新北：聯經出版事業公司，2018年。

柯　靈：〈遙寄張愛玲〉，子通、亦清主編：《張愛玲評說六十年》，北京：中國華僑出版社，2001年。

韋莉莉：〈言說「他者」言說自我——張愛玲筆下的外國人形象〉,《廣州廣播電視大學學報》2002年第2期。

首作帝、郭爽：〈從《小團圓》看張愛玲的晚期風格〉,《華文文學》第138期,2017年1月。

孫名謠、馮傳禕：〈談張愛玲小說中的異國人形象——以《傳奇》為例〉,《遼寧師專學報（社會科學版）》2018年第3期。

徐禎苓：〈試論張愛玲「畫筆」對報刊仕女畫的受容與衍異〉,《中央大學人文學報》第62期,2016年10月。

祝宇紅：〈如何讀張愛玲散文？——一份基於人類學視野的考察〉,《現代中文學刊》2020年第4期。

袁則難：〈沒有臉的人〉,《中外文學》第3卷第12期,1975年5月。

張堂錡：〈新世紀澳門現代文學發展的新趨向〉,《中國現代文學》第17期,2010年6月。

梁慕靈：〈他者‧認同‧記憶——論張愛玲的香港書寫〉,《中國現代文學》第19期,2011年6月。

梅家玲：〈烽火家人的出走與回歸——〈傾城之戀〉中參差對照的蒼涼美學〉,楊澤編：《閱讀張愛玲：張愛玲國際研討會論文集》,臺北：麥田出版公司,1999年。

章　可：〈上海最顯眼的印度人：錫克警察〉,沙美智（Mishi Saran）、章可主編：《黃浦江上的飛鳥：上海印度人的歷史》,上海：上海人民美術出版社,2018年。

許子東：〈物化蒼涼——張愛玲意象技巧初探〉,《再讀張愛玲》,香港：牛津大學出版社,2002年。

許哲娜：〈日本「興亞」旗號下的反英美運動（1937-1945）〉,《東北亞學刊》第5期,2015年9月。

陳芳明：〈我們的張愛玲〉,《星遲夜讀》,臺北：聯合文學出版社,2013年。

陳建忠：〈「流亡」在香港──重讀張愛玲的《秧歌》與《赤地之戀》〉，
　　　　《台灣文學研究學報》第13期，2011年10月。

陳淑瑞：〈因為懂得，所以慈悲──論張愛玲小說中的外國女人形象〉，
　　　　《濟南職業學院學報》2016年第3期。

陳煒舜：〈混血兒的身分認同與價值實現：香港報刊內外的施玉麒〉，
　　　　《思與言》第55卷第2期，2017年6月。

陳　遼：〈「張愛玲熱」要降溫〉，《香港筆薈》第10期，1996年12月。

傑瑞・賓多（Jerry Pinto）：〈寶萊塢：夢想製造機的內幕〉，麥肯錫顧
　　　　問公司（McKinsey & Company）編，李靜怡譯：《重新想像
　　　　印度：亞洲下一個超級強國的潛力解碼》，新北：遠足文化事
　　　　業公司，2017年11月。

喬麗華：〈張愛玲筆下「雜七古董的外國人」〉，《文匯讀書周報》第
　　　　1699號第3版，2018年6月24日。

彭秀貞：〈殖民都會與現代敘述──張愛玲的細節描寫藝術〉，楊澤主
　　　　編：《閱讀張愛玲──張愛玲國際研討會論文集》，臺北：麥田
　　　　出版公司，1999年。

黃心村：〈光影斑駁：張愛玲的日本和東亞〉，林幸謙主編：《千迴萬
　　　　轉：張愛玲學重探》，新北：聯經出版事業公司，2018年。

黃安琪：〈張愛玲的自畫像──《對照記》的圖文展演〉，《靜宜中文學
　　　　報》第20期，2021年2月。

黃國華：〈民國的南洋：上海《良友》畫報的「南洋群島」想像〉，《中
　　　　國現代文學》第40期，2021年12月。

黃國華：〈南洋風起：《南洋研究》與《南洋情報》的地誌書寫（1928-
　　　　1944）〉，《東亞觀念史集刊》第20期，2022年9月。

黃萬華：〈異族、「他者」形象：戰時中國文學的一種尋求〉，《文史哲》
　　　　2002年第3期。

黃璿璋：〈對照記：從《明室》的攝影現象學看張愛玲對老照相簿的視覺感知與想像〉，《中外文學》第45卷第1期，2016年3月。

萬　燕：〈生命有它的圖案：評張愛玲的漫畫〉，林幸謙主編：《張愛玲：傳奇‧性別‧系譜》，臺北：聯經出版事業公司，2012年。

詹偉雄：〈使用羅蘭‧巴特〉，羅蘭‧巴特（Roland Barthes）著，江灝譯：《符號帝國》（臺北：麥田出版公司，2014年。

趙　園：〈開向滬、港「洋場社會」的窗口──讀張愛玲小說集《傳奇》〉，子通、亦清主編：《張愛玲評說六十年》，北京：中國華僑出版社，2001年。

劉永廣：〈殖民恥辱與文化戲謔──「紅頭阿三」形象的塑造與傳播〉，《歷史教學》2018年第12期。

蔡登山：〈張愛玲的偷梁換柱〉，《色戒愛玲》，新北：印刻文學生活雜誌出版公司，2007年。

蔡源煌：〈從後殖民主義的觀點看張愛玲〉，楊澤編：《閱讀張愛玲：張愛玲國際研討會論文集》，臺北：麥田出版公司，1999年。

鍾　希：〈顯隱之間──從《談看書》系列看張愛玲後期寫作〉，《華文文學》2015年第126期。

五　外文著作

陸洋：〈戦時期における張愛玲の散文：日本書化観と日本人観をめぐって〉，《JunCture：超域的日本書化研究》第10期，2019年3月。

Arif Dirlik, "Chinese History and the Question of Orientalism," *History and Theory* 35.4 (Dec. 1996).

A. Wright, T. H. Reid, *The Malaya Peninsula*, London: Fisher Unwin, 1912.

F. A. Swettenham, *British Malaya*, London: Allen and Unwin, 1955.

H. Clifford, *In Court and Kampong*, London: The Richards Press, 1927.

L. R. Wheeler, *The Modern Malay*, London: Allen and Unwin, 1928.

Mikhail Bakhtin, translated by Helene Iswolsky, *Rabelais and his world*, Indiana: Indiana University Press, 1984.

Sir Richard Winstendt, *Malaya and Its History*, London: Hutchinson University Library, 1956.

六　學位論文

張安怡：《張愛玲小說人物淵源之研究》，臺北：中國文化大學中國文學系碩士論文，2008年。

溫毓詩：《張愛玲文本中的人物心理與殖民文化研究》，高雄：國立中山大學中國語文學系碩士論文，2000年。

許舜傑：《裸狼——張愛玲及其作品的性別原型與象徵：以〈茉莉香片〉為核心》，高雄：國立中山大學中國文學系碩士論文，2009年。

陳建維：《近代中國社會的印度想像（1895-1949）》，臺北：中國文化大學史學系博士論文，2021年。

七　網路資料

陳煒舜：〈從艾許母女到喬琪喬——張愛玲小說與電影中的混血男女們〉，虛詞，2021年12月16日，取自 https://p-articles.com/critics/2642.html，瀏覽日期：2023年3月18日。

八 其他

〈納涼會記〉,《雜誌》第15卷第5期,1945年8月。

天天作詞,李偲菘作曲,孫燕姿演唱:《神奇》,收錄於專輯《未完
　　成》,臺灣:華納音樂唱片,2003年。

施心媛:〈孫燕姿變身印度女郎　真神奇〉,《民生報》,C2版,2002年
　　12月31日。

聞天祥:〈給我寶萊塢〉,《聯合晚報》,B8版,2012年3月25日。

文學研究叢書・現代文學叢刊 0806Z02

張愛玲異族論

作　　者　陳勁甫
責任編輯　林婉菁
特約校對　蔡昀融
封面插圖　黃璠璋
封面設計　彭瑩瑩

發 行 人　林慶彰
總 經 理　梁錦興
總 編 輯　張晏瑞
編 輯 所　萬卷樓圖書股份有限公司
排　　版　林曉敏
印　　刷　維中科技有限公司

發　　行　萬卷樓圖書股份有限公司
　　　　　臺北市羅斯福路二段 41 號 6 樓之 3
　　　　　電話 (02)23216565
　　　　　傳真 (02)23218698
　　　　　電郵 SERVICE@WANJUAN.COM.TW
香港經銷　香港聯合書刊物流有限公司
　　　　　電話 (852)21502100
　　　　　傳真 (852)23560735

ISBN 978-626-386-091-9
2024 年 6 月初版
定價：新臺幣 360 元

如何購買本書：

1. 劃撥購書，請透過以下郵政劃撥帳號：
   帳號：15624015
   戶名：萬卷樓圖書股份有限公司
2. 轉帳購書，請透過以下帳戶
   合作金庫銀行　古亭分行
   戶名：萬卷樓圖書股份有限公司
   帳號：0877717092596
3. 網路購書，請透過萬卷樓網站
   網址 WWW.WANJUAN.COM.TW

大量購書，請直接聯繫我們，將有專人為您
服務。客服：(02)23216565 分機 610

如有缺頁、破損或裝訂錯誤，請寄回更換

國家圖書館出版品預行編目資料

張愛玲異族論 / 陳勁甫著. -- 初版. -- 臺北
市：萬卷樓圖書股份有限公司, 2024.06
　　面；　公分. -- (文學研究叢書. 現代文學叢
刊 ; 0806Z02)
ISBN 978-626-386-091-9(平裝)
1.CST: 張愛玲　2.CST: 學術思想　3.CST: 人種學
4.CST: 文學評論
848.6　　　　　　　　　　　　　113005472